L'écrivain national

Du même auteur

L'Amour sans le faire, Flammarion, 2012 ; J'ai lu, 2013.
Bol d'air, Éditions du moteur, 2011.
L'Homme qui ne savait pas dire non, Flammarion, 2009 ; J'ai lu, 2012.
Combien de fois je t'aime (nouvelles), Flammarion, 2008 ; J'ai lu, 2009.
Que la paix soit avec vous, Flammarion, 2006 ; J'ai lu, 2012.
Les Collègues, L'Idée bleue, 2006.
L'Idole, Flammarion, 2004 ; J'ai lu, 2009.
U.V., prix France Télévisions, Le Dilettante, 2003 ; Folio, 2005.
In vivo, Flammarion, 2002 ; J'ai lu, 2012.
Situations délicates (nouvelles), Flammarion, 2001 ; J'ai lu, 2003.
Kenavo, Flammarion, 2000 ; J'ai lu, 2002.
Vu, Le Dilettante, 1998 ; Folio, 2000.

SERGE
JONCOUR

L'écrivain national

ROMAN

J'AI LU

1

Ce séjour promettait d'être calme. C'était même l'idée de départ, prendre du recul, faire un pas de côté hors du quotidien. En acceptant l'invitation je ne courais aucun risque, la sinécure s'annonçait même idéale, un mois dans une région forestière et reculée, un mois dans une ville perdue avec juste ce qu'il faut de monde pour ne pas craindre d'être seul, tout en étant royalement retiré, ça semblait rêvé. En plus, on était au début de l'automne, ça promettait de belles balades au fil des chemins creux, des fins d'après-midi à parcourir la forêt, des heures à se perdre dans des panoramas aux couleurs incendiées, pour en revenir le sang neuf et la tête gorgée d'idées neuves, ce serait parfait.

En contrepartie de cette villégiature j'aurais certes une mission à remplir, mais bien mince et plutôt distrayante, sans pression d'aucune sorte. À vrai dire il n'y avait pas de réels enjeux, pas le moindre péril, pas de piège, je savais être attendu avec une sincère bienveillance, voire de l'impatience chez certains, et c'est pourquoi, en prenant le train ce lundi matin avec mon grand sac, pas une seconde je n'imaginais que le doux séjour puisse virer au cauchemar, pas une seconde je ne pouvais envisager que tout bascule au point de sombrer dans la folie des pires dérèglements. Oui, sans ce fait divers à quelques kilomètres de là, tout se serait parfaitement bien passé.

Le projet, c'était de rester quatre semaines dans cette petite ville nichée entre Nièvre et Morvan – ils n'aimeraient pas que je parle de village, pourtant c'était un peu l'impression que ça donnait, d'être un village bien plus qu'une ville, près de deux mille habitants, en même temps je ne saurais dire à partir de quel seuil on passe d'un terme à l'autre. Toujours est-il que j'étais invité en tant qu'auteur en résidence, et ce à l'initiative d'un libraire plutôt bien avisé à mon goût, avec l'aval soi-disant enthousiaste de la responsable de la médiathèque, mais sur les budgets d'un maire qui lui, je le comprendrais vite, aurait largement préféré un handballeur ou un judoka, voire un navigateur, alors que la première façade maritime est située à plus de cinq cents kilomètres de là.

Le bénéfice pour moi n'était pas mince. En acceptant de rester un mois ici, de donner un peu de ma personne, je comptais compenser ce sentiment d'inutilité qui rôde toujours en soi dès lors qu'on ne fait qu'écrire, une culpabilité qu'il convient de fermement déjouer quand on se prétend écrivain. Avec un métier aussi peu concret que celui-là vient souvent l'intuition de ne servir à rien, d'être inutile, mais un auteur dans le fond doit-il servir à quelque chose, de même que chacun d'ailleurs, est-ce qu'on doit tous servir à quelque chose et est-ce qu'il y a des degrés dans cette implacable hiérarchie des utilités ? Ne serait-ce pas plutôt à chacun de déterminer l'importance plus ou moins manifeste de sa présence au monde ? Je n'en sais rien. Le fait est que d'avoir un vrai boulot ne me laisserait pas le temps de penser à tout ça.

Derrière ma permanente envie de bouger il y avait aussi que je vivais seul depuis deux ans et que je ne le supportais pas. Avec Helena on avait mis cinq ans à se quitter, cinq ans à se défaire. On n'y arrivait pas. Puis un jour en plein hiver on l'avait fait. Après dix ans de vie commune, dix ans d'une vie dont il ne restait rien, ni famille ni enfant, on s'était séparé, mon deux-pièces résonnait depuis d'un vide atroce, je vivais chez moi comme chez deux absentés, elle me manquait alors qu'on n'en pouvait plus, elle me manquait alors que je n'y tenais plus, elle me manquait comme un parent irrémédiablement effacé. Depuis deux ans sa trace hantait douloureusement l'espace, mais déménager je ne le voulais pas. Alors je bougeais le plus possible, je partais de chez moi comme s'il y avait quelqu'un à fuir, tout en sachant d'avance qu'au retour son ombre et la mienne seraient là à m'attendre…

Durant le séjour, il était prévu que mon activité s'organise autour de séances de dédicaces faméliques et d'une poignée de rencontres avec toutes sortes de cercles. Il était dit aussi que j'animerais des ateliers d'écriture et que, surtout, je devrais rédiger un feuilleton dans le quotidien régional, un grand feuilleton en cinq épisodes et en pleine page où il serait bienvenu de mettre en avant les aspects avantageux de la région, « pour peu toutefois d'en trouver », avais-je glissé au téléphone à la correspondante du journal qui avait moyennement apprécié ma blague. La seule chose qui m'inquiétait a priori, c'étaient ces ateliers d'écriture, notamment ceux au profit d'une association pour « personnes en difficulté » comme on dit pudiquement. Les autres auraient lieu avec des « littéraires », exercice non moins délicat, dans ce cas rôde toujours le risque que les participants soient bien plus mobilisés par le fait d'en remontrer à un auteur publié qu'ils ne sont réellement flattés de travailler sous l'égide d'un « écrivain national ».

« L'écrivain national », l'appellation ironique ne m'aura pas quitté. La première fois qu'on m'a affublé du sobriquet, c'était dans la bouche même du maire, le jour de mon arrivée, lors de son discours à une réception égayée de vins blancs, avec une petite foule au bas de l'estrade, une affluence de comice où tous attendaient la fin de la causerie pour plonger les mains vers les assiettes de chips, de saucisson et de bouchées charcutières. Dès ce soir-là, l'édile, dans sa faconde superbe et son ironie splendide, avait lâché au moins dix fois tout au long de son speech « Souhaitons la bienvenue à Notre écrivain national », et il l'avait répété à loisir sur le ton de la boutade, « Je vous prierai donc de réserver le meilleur accueil à Notre écrivain national », « Ne craignez pas de l'approcher, un écrivain national, ça reste un être humain ! » Faute d'être amusant c'en devenait blessant. À chaque fois que le maire dardait sa pique, le couple de libraires me lançait un sourire dont la bienveillance désamorçait l'offensante plaisanterie, la responsable de la médiathèque vissait son air sérieux pour ne pas prendre parti, et cette foule nourrie remplissant la grande salle ignorait allègrement ces subtilités, alimentant par vagues un papotage généralisé que le maire colmatait grâce à des haut-parleurs de kermesse, deux enceintes où percutaient les syllabes de l'élu qui parlait trop près du micro.

« L'écrivain national », le mal était fait, le label estampillé. Dès le lendemain les adultes comme les enfants m'appelaient « l'écrivain national », voire « l'écrivain » en guise de diminutif. Prodige de la métonymie, ma fonction était devenue mon nom, signe que mon patronyme à lui seul n'était pas suffisamment illustre ni célèbre pour m'identifier et qu'on ne me faisait pas non plus la faveur d'utiliser mon prénom. Jusqu'au jour où on ne me parla plus.

« Il est toujours bon de partir, de sortir un peu de son quotidien, de prendre du champ… » Je me répétais ça dans le TGV en regardant défiler les paysages gagnés par la pluie. J'essayais de consolider mon enthousiasme pour occulter toute prémonition de naufrage. La pluie s'était mise à tomber depuis le matin, j'y voyais comme un signe, il suffisait que je me lance dans ce voyage pour que l'automne bascule vers sa face sombre. Tout septembre avait été idéal et chaud, mais depuis deux jours le présentateur météo n'avait plus son ton enjoué pour annoncer les prévisions, le froid arrivait, je le devinais, de l'autre côté de la vitre, aux teintes rousses qui incendiaient le décor, à ces arbres qui prenaient des ardeurs de flambeaux, tout un paysage soufflant des prémonitions de foyers noyés sous des giboulées glaciales, ça faisait froid dans le dos.

« Il est toujours bon de partir ! Bouger ouvre l'esprit… ! » À trois cents kilomètres-heure je tentais de me remonter le moral. « Tout voyage est source d'inspiration, et pour l'artiste tout fait sens ! » Sans Collioure, Matisse natif du Nord n'aurait jamais peint que des toits plombés de pluie… Béni soit Collioure, et bénie soit la bronchite qu'il y aura contractée, sans cette bronchite jamais il ne serait allé à Nice pour la soigner pendant plus de quarante ans, s'épurant jusqu'aux *Nus bleus* face à l'azur, trouvant là sa forme, en plus d'un sens à sa vie… « Pour l'artiste c'est une obligation d'aller voir ailleurs, de casser la routine et de décamper. » J'aime m'associer à ce terme-là, l'artiste, même si dans la bouche de ma grand-mère à la campagne, l'artiste, c'était le terme baroque pour désigner celui qui ne fait rien comme les autres ou qui fait tout n'importe comment.

« Il est toujours bon de partir… », d'autant que cette fois il était dit que j'aurais table ouverte à l'hôtel du Grand Monarque, le soir comme le midi. Le luxe en somme. En ce qui concernait mes déplacements il était prévu qu'on me prête un vélo. Le libraire m'avait même promis que son fourgon serait à ma disposition, son vieux Kangoo Express qui lui sert à transporter les livres, je pourrais le prendre à chaque fois qu'il serait libre. Pour ce qui était du logement, on m'avait alloué une chambre, toujours à ce même hôtel du Grand Monarque. J'avais regardé sur Internet, les chambres étaient grandes, certaines donnaient sur la grand-place, l'établissement n'était pas loin de la mairie, en plein centre-ville, histoire de me fondre dans la peau d'un habitant de la commune. Ce n'est pas rien tout de même d'être choyé à ce point, et vivre quatre semaines à l'hôtel, quand on y pense, c'est un sacré luxe, même si les photos sur Internet montraient que le Grand Monarque cachait mal son âge, la salle de restaurant semblait vaste mais désolée, aussi dépeuplée que lorsque je la découvrirais à mon arrivée, toutefois l'on y servait une vraie bonne cuisine familiale. Le luxe donc.

Il était 12 h 12, je venais de descendre du TGV et me retrouvais dans cette gare paumée en rase campagne, une gare TGV sans rien autour, un satellite échoué en plein champ. Dans un premier temps il y eut une réelle affluence autour de moi, tous ces voyageurs qui débarquaient du train dans le même mouvement, ça faisait du monde. En face, il y en avait au moins autant à les attendre, des fébriles réceptionnant leur voyageur avec plus ou moins de démonstration. Pendant cinq minutes il y eut même un monde fou dans ce hall aux allures d'espace d'accueil d'une administration, des vitres orange donnant un air malade à la lumière du dehors. J'étais presque rassuré de voir autant de gens. Mine de rien je craignais un peu de me retrouver dans un trou, de passer un mois à déprimer dans ma résidence d'auteur comme un fugitif perdant le goût de sa cavale.

Dans cette gare abstraite il n'y avait rien, pas de maison de la presse ni de boutique, tout juste un petit comptoir tenu par une femme d'une soixantaine d'années, complètement démobilisée. Comme personne ne m'attendait, j'approchai du bar pour me donner une contenance. Dans mes poches je ne retrouvais pas le numéro de la personne censée venir me chercher, ne sachant plus si c'était le libraire, l'assistant de la médiathèque ou la secrétaire de la mairie. Dans le dernier mail ils ne l'avaient pas encore décidé. Autour de moi, des grappes d'humains offraient toute la gamme des retrouvailles, de ceux qui se serrent la main à ceux qui s'enlacent à pleins bras. Ce qui est sûr, c'est que chacun de ces voyageurs descendus là était forcément recueilli par quelqu'un, parce que de l'autre côté des vitres orange il n'y avait rien, pas de car ni de taxis, pas de ville, un grand plein air neutralisé par la pluie.

— Vous prenez quelque chose ?

— Oui, pourquoi pas.

— Non, mais je ne veux pas vous obliger, c'est juste que, comme je vous vois là…

— Si, je vais prendre un café.

La serveuse n'avait pas franchement envie que je commande quoi que ce soit, mais ma présence immanquable devant son petit comptoir suggérait la consommation.

— Alors, comme ça, on vous a oublié ?

Elle m'avait dit ça en poussant ma tasse jusque sous mon nez, avec un soupçon d'humanité taquine.

— Non, je ne crois pas.

En même temps je ressentais l'intime vexation de celui qui réalise qu'on l'a effectivement oublié, ce qui augurait de l'intérêt considérable de ma venue aux yeux de mes hôtes.

— Dites, pour rejoindre Donzières à pied, il faut combien de temps ?

Elle fut stupéfaite par ma question et me répondit par un geste de renoncement total que j'évaluais au moins à trente kilomètres...

— Faut bien une demi-heure, mais en voiture !

— Ah quand même !

Rôdait une fois de plus en moi le fantôme du môme que sa mère n'est pas venue chercher à l'école. Dans cet infime purgatoire, je sentais monter de vieilles rengaines sous forme d'apitoiements : *Jamais on ne vient m'attendre à la gare, la preuve, même là, même quand je suis attendu, on ne vient pas...* C'est vrai que jamais je ne devinais cette silhouette familière au bout du quai, cette présence qui rassure et qui prouve un assentiment du monde, même Helena ne venait jamais me chercher, que ce soit à Paris ou ailleurs, jamais on ne m'attendait à la descente d'un train, alors que ces gens autour de moi, tous ces familiers téléguidés dans leurs retrouvailles, vivaient exactement le contraire, le prodige d'être espérés. C'était beau à voir, cette petite humanité qui se recomposait par fragments, après une phase d'hésitation où l'un proposait à l'autre de prendre son sac, lequel avait le geste de refuser, montrant par là qu'il avait encore de la force malgré le voyage, il y avait un petit moment de flottement, mais on partageait les charges, on s'accordait sur tout. Dehors, la plupart s'éparpillaient déjà, précipités par la pluie, parce que ça tombait fort maintenant, ce qui décuplait le contraste entre ceux qui s'engouffraient à la hâte dans les voitures et ceux qui s'attardaient dans le hall, oubliant presque que leur vraie destination était ailleurs, qu'il y avait une maison quelque part à les attendre, un lit de fait, des draps propres. Petit à petit, ils finirent tous par se dissiper, il n'y eut plus personne dans l'espace dégagé, ce grand hall vide résonna de la tonalité probable d'une interrogation.

Mon téléphone était toujours sur silencieux. J'avais raté deux appels, visiblement on ne m'avait pas laissé de message, ce n'était donc qu'un contretemps.

— Si vous voulez le numéro d'un taxi, il y en a deux, mais il faut les commander avant.

Je l'aimais bien cette femme, attentive mais détachée, je l'imaginais dans dix minutes de cela, de nouveau toute seule dans sa gare désolée, le moindre de ses mouvements produisant un écho surprenant.

— Vous venez voir de la famille ?

— Non, je suis là pour le travail.

Le périlleux exercice d'engager la conversation avec une inconnue.

— Ah bon. Et vous faites quoi ?

Le nez dans mon café je lui répondis, « écrivain ».

J'attendais qu'elle réagisse, qu'elle marque une légère surprise, mais non, elle continua de passer l'éponge autour de sa machine, comme si le seul fait de m'avoir préparé un café avait tout sali, tout déréglé dans son organisation, elle ne m'avait pas écouté, ou alors peut-être que ma réponse était trop basse, qu'elle n'avait pas entendu. Avant qu'elle se retourne vers moi, je lui répétai un peu plus fort.

— Je suis écrivain.

Toujours dos à moi, elle répondit avec un parfait fatalisme, comme si je lui avais dit huissier ou anesthésiste...

— Il en faut bien !

C'est alors qu'elle glissa le journal jusqu'à moi.

— Tenez, ça vous fera de la lecture ! C'est celui d'hier mais c'est pareil, aujourd'hui ils sont en grève.

Je me mis donc à feuilleter *La Voix du Centre*, je survolais les pages dans un froissement allègre, avec en tête l'idée de trouver le canton de Donzières, d'y voir une photo de moi, jusqu'à ce que je tombe sur cet article où l'on parlait certes bien d'un auteur, mais de crime celui-là.

Je sais que ce genre d'article est souvent téléguidé par les enquêteurs eux-mêmes, ils savent qu'en exposant les faits dans la presse ils susciteront des témoignages et des réactions. Mais si l'article me sauta aux yeux, c'était à cause de ce titre : « L'auteur des faits sous les verrous, mais toujours pas de nouvelles du disparu ! » L'auteur, jamais l'ambiguïté de ce terme ne m'était à ce point apparue, d'autant que ce journal je l'avais précisément ouvert pour voir si un entrefilet annonçait ma venue ou ma dédicace du lendemain.

Dans l'article, on décrivait le disparu comme un solitaire vivant loin de tout en lisière de la forêt, un octogénaire illuminé, maraîcher en retraite, ancien gourou du Tonkin, probable crésus à la fortune enfouie. On parlait ensuite des deux suspects, un « couple de néoruraux », disait l'article, un mot qui servait sans doute à pointer les gens qui n'étaient pas d'ici, des abîmés qui fuyaient la déveine citadine pour élargir leur RSA à la campagne. À voir la photo ils n'avaient pas trente ans. Ils étaient solidement encadrés par des gendarmes, tout le groupe était photographié de profil. Le garçon avait la tête basse et les mains dans le dos, menotté visiblement, un gendarme le tenait par le bras. La fille, contrairement à tous les autres, avait le visage tourné vers la droite, elle avait repéré le photographe et fixait l'objectif avec une insistance détachée.

En l'examinant bien, le trouble venait justement de son regard. De fait, elle regardait quiconque regardait la photo, un regard tranchant où je devinais autant de défiance que de séduction. On la présentait comme la compagne du prévenu, sa complice peut-être, et pourtant je n'arrivais pas à me détacher d'elle. C'était une jeune femme brune à l'exotisme pas trop lointain, les traits réguliers, les cheveux courts, une attitude assez peu sensuelle, mais dont je déduisais une troublante beauté. Plus je m'arrêtais sur son visage et plus elle me fixait, au point que je finis par le prendre pour moi, ce regard, à le ressentir intimement, comme si d'instinct j'entrevoyais l'importance que revêtirait cette femme pour moi quelques jours plus tard. Elle s'appelait Dora. Son compagnon, le grand type à l'air abattu, l'auteur présumé du crime donc, c'était Aurélik.

En dessous il y avait une photo du disparu, toute petite, on la sentait extraite d'une prise de vue plus large, un groupe de chasseurs dans lequel figurait cet homme par exemple. Face aux faits divers exposés comme ça dans le journal, je suis toujours impressionné par ce décalage atroce qu'il y a entre la photo publiée, une photo banale qui n'aurait jamais dû être rendue publique, et le poids terrible qu'elle prend dès lors qu'elle est la seule image qu'on nous propose d'une victime.

Quand je revins sur le couple au milieu des gendarmes, la fille me fixait toujours, je sentais son regard remontant d'une mer affreuse, j'en éprouvais la note noyée, ce regard qui me visait comme un appel, venu depuis cette forêt, là-bas. C'était sans doute absurde de prétendre qu'une parfaite inconnue puisse avoir besoin de moi, mais là, sur le coup, c'est pourtant ce que je ressentais, avec la lumineuse évidence propre aux coups de foudre.

J'étais plongé si avidement dans cette lecture que j'en oubliais tout, la gare, le retard, mon café qui refroidissait, j'étais littéralement absorbé par ce qu'on décrivait de ce lieu étrange au bord de la forêt, fasciné par cette photo surtout, cette fille qui me regardait.

— Dites, vous avez entendu parler de cette histoire ?

— Le vieux qui a disparu ? Oui, mais c'est pas ici, c'est vers Marzy...

— Et c'est loin ?

— Oh là, y a bien quarante kilomètres !

D'instinct je compris que je n'avais pas à faire à une grande voyageuse.

— Et L'Épeau, c'est loin de Donzières ?

— Non.

— Vous y êtes déjà allée là-bas, à L'Épeau, le lieu-dit de L'Épeau vous connaissez ?

Elle me regarda puis s'approcha, le visage noué d'une répulsion froide.

— Mais y a rien là-bas, c'est les bois !

Derrière ce regard je sentais bien plus que de la méfiance, un genre de superstition atavique qui traîne toujours à propos de tel ou tel endroit.

— Justement, ça doit être beau la forêt, c'est sauvage non ?

— Vous me demandez mon avis, alors je vous le donne, faut pas s'aventurer là-bas, c'est humide, en plus c'est des coins à chasse, faudrait pas qu'on vous prenne pour un faisan !

— Mais je n'ai rien d'un faisan !

— À cent mètres tout ressemble à un faisan.

Un Kangoo s'ajusta alors sur le parking désert, mais loin de la porte vitrée. Ça ne pouvait être que mon hôte. Il ne sortit pas tout de suite de la voiture, attendant visiblement que les trombes d'eau s'apaisent, alors qu'elles ne faisaient que forcir. Je rassemblai mes affaires pour amorcer le mouvement.

— Je vous dois combien ?

— Un euro. Mais vous ne finissez pas votre café ?

— Il est froid. Le journal, je peux vous l'acheter ?

— C'est celui d'hier !

— Pas grave, il m'intéresse.

La dame se planta bien en face de moi.

— Mais puisque je vous dis que je ne vends pas de journaux !

— Alors on va faire autrement...

Je découpai la page qui m'intéressait, lui laissai le reste et repartis avec ma feuille à la main.

— Merci pour tout !

La double porte vitrée orange ouvrit devant moi un mur de pluie, les gouttes se fracassaient comme de grosses billes, je fis un pas en arrière, attendant que l'averse fléchisse, tout comme le libraire lui-même temporisait dans sa voiture. Ça ne rimait à rien de sortir pour se retrouver immédiatement trempé. Je devinais sa silhouette à travers la vitre inondée, il restait au volant sans bouger.

Je m'abritai sous le mince auvent, atteint par des milliers de gouttelettes pulvérisées. Dans une main je tenais cette page avec cette photo qui fixait ma conscience. C'est fascinant les histoires de disparitions, à la fois horriblement inquiétant et plein d'espoir, on peut y voir l'illusion d'une vie refaite, affranchie de tout passé, à moins que la vérité ne soit inerte et froide comme un cadavre et que la mort ne soit au bout de ça, c'est l'un ou l'autre, dans certains cas on ne sait jamais.

Je sentais la page de journal qui s'humidifiait peu à peu, alors je la glissai dans la poche intérieure de mon blouson, et là, en remontant ma fermeture Éclair, je surpris ma main toute noire, ma main souillée d'une encre funeste qui ne partirait pas.

— Désolé pour le retard, on a eu un petit problème à la librairie !

— Pas de souci, j'en ai profité pour prendre un café.

J'avais foncé jusqu'à sa voiture sous les hallebardes. Le libraire, plutôt surpris de me voir taper à sa vitre, sortit dans un empressement excessif, et on se retrouva bêtement tous deux sous la pluie. Il se présenta, Michel, il voulut me serrer la main, je lui montrai qu'elle était sale, de l'autre je tenais mes affaires, alors il s'activa et attrapa mon sac immense pour le caser à l'arrière de son Kangoo tout encombré de cartons. On se replia vite fait à l'intérieur, refermant les portières dans un claquement jumeau. Une fois à l'abri, la pluie martelait la tôle dans un bruit immense, le monde se figea dans ce crépitement hypnotique.

— Tout d'abord merci, un grand merci à vous d'être venu.

— De rien, le plaisir est pour moi.

C'était idiot comme formule, et surtout très anticipé, mais on en resta là. Le libraire démarra son diésel en me lançant la fameuse petite phrase, parfaitement galvanisante pour un auteur.

— Vous savez que vous êtes très attendu !

— Vraiment ?

Je n'osai pas lui demander de préciser quantitativement la mesure de cette attente, rêvant déjà d'une petite foule bien réelle devant la librairie, vingt ou trente personnes, une file d'attente docile sous les parapluies...

— Oui, ma femme est impatiente.

— Très bien.

— Et Nadège aussi, Nadège c'est notre stagiaire.

Ça en faisait déjà deux.

Trois avec lui. Qu'importe. Les maigres affluences ne m'atteignaient plus. Dans ce genre de rencontres il m'était souvent arrivé de n'avoir guère plus de public que les libraires eux-mêmes et une poignée de leurs amis ou de lecteurs fidèles, des enthousiastes toujours prompts à faire le nombre. Pour une rencontre dans une grande surface, un jour, il n'y eut même personne, sinon un homme venu se protéger du froid, saoul. L'animateur et moi étions juchés sur une estrade, les gens passaient devant nous sans même jeter un coup d'œil, on faisait pourtant notre interview, mais les clients allaient et venaient en continuant de faire leurs courses, à la limite on les dérangeait à cause du haut-parleur dans lequel on échangeait tous deux comme d'un bout à l'autre du monde... Depuis ce jour-là plus rien ne me faisait peur, pas même de devoir assurer une rencontre devant un bataillon de chaises vides.

— On ne peut pas dire que vous nous amenez le beau temps !

— Désolé.

— Je disais ça pour plaisanter !

Je ne parvenais pas totalement à le prendre pour un reproche, d'autant que le brave homme avait cette tête solaire de ceux qui d'emblée inspirent confiance, une bonne tête comme on le dit d'assez peu de gens en définitive, une bouille assez proche du souvenir que j'ai du visage de certains de mes oncles quand j'étais enfant, des êtres chaleureux et réconfortants qu'on a spontanément envie d'appeler tonton.

— Dans la région ça fait des mois qu'il n'a pas plu, je vous prie de croire qu'on l'attendait cette pluie, on va dire que c'est vous qui nous l'amenez, et à la campagne c'est une sacrée bonne nouvelle, croyez-moi.

— Je comprends.

On décrivit un inutile grand cercle sur ce parking désert, passant de nouveau devant la gare, la sortie semblait nous avoir échappé. Une fois sur la route, le libraire me lança un dernier sourire et se concentra sur sa conduite, se refermant littéralement, il ne disait plus un mot. Je le sentais absorbé par ce pilotage sur chaussée mouillée, déchiffrant le décor au travers d'un pare-brise myope, une buée intérieure résistant à toute soufflerie. Voyant sans doute pointer le malaise, il m'avoua qu'il préférait qu'on ne se parle pas trop avant la rencontre, histoire de ne pas éventer toutes les questions qu'il avait prévu de me poser devant tout le monde.

— La rencontre, c'est ce soir ?

— Non demain.

— Ah, d'accord.

— Eh oui, j'ai plein de choses à vous demander, seulement si on se dit tout maintenant, demain je n'aurai plus de munitions... Une interview, c'est pas un exercice facile, c'est pas si simple de faire parler les auteurs, enfin ça dépend lesquels...

Il avait rudement préparé cet entretien, d'autant que ce serait une manière de me présenter à toute la ville, du moins à ceux qui seraient là. Toutefois il me prévint que demain il n'y aurait sans doute pas trop de monde pour cette rencontre, d'abord parce qu'il y avait un match à la télé, et ensuite parce que c'étaient les premiers froids.

— De toute façon les gens ici n'aiment pas trop sortir tard.

— Pourquoi, c'est à quelle heure ?

— 19 heures, pour ici c'est tard.

— Pourquoi ne pas la faire ce soir, alors, il n'y a pas de match ce soir...

— Non, je vous explique, ce soir il y a le pot du maire, un grand raout vous allez voir, quelque chose de grandiose. Et justement, puisque demain il y a le match, le maire a tenu à ce que le pot d'accueil ait lieu aujourd'hui. Mais là, en revanche, je vous garantis qu'il y aura du monde... eh oui, parce qu'il y aura un buffet.

Déjà je sentais décliner en moi l'orgueil du messie espéré par une ville entière.

— Tout le monde s'active pour votre venue, en tête il y a Nadège, il y a aussi la secrétaire de la mairie, et puis Mme Romeux qui s'occupe des animations culturelles, on vous a mitonné un sacré programme, ah vous n'allez pas chômer...

— Pas de problème, je suis là pour ça.

— Vous n'avez pas peur des gens ?

— Non, pourquoi ?

— Parce que vous allez être l'attraction, avec vos livres, les films, tout ça, les gens ont plein de questions à vous poser, et même les mômes…

— Formidable.

Sous la pluie, le paysage était illisible, tourmenté par ces essuie-glaces qui délayaient tout. On roulait sur une nationale bordée de platanes, une de ces vieilles routes impersonnelles qui sillonnent le territoire, pas trop rassurantes. Le bruit de la soufflerie envahissait tout, devenant abrutissant. Le libraire semblait en permanence distrait par une idée qui lui passait par la tête, son regard balayait des points abstraits au-dehors, comme si tous ces platanes, ces rares maisons, tous ces panneaux qu'on croisait, tissaient un parcours de repères connus et qu'il voulait n'en manquer aucun, les saluant tous abstraitement, d'où ses curieux coups de tête. Histoire de l'amener un peu sur le sujet, je sortis la feuille de journal du fond de ma poche.

— L'Épeau vous connaissez ?

— Oui. Pourquoi ?

— L'histoire de cette disparition, vous êtes au courant ?

— En ce moment on ne parle que de ça en ville, mais avec votre arrivée on avait autre chose à penser, on veut que tout se passe bien vous comprenez, que tout soit parfait, comme ça l'année prochaine on pourra redemander une enveloppe au maire, et qui sait, voir les choses en plus grand !

— C'est sur notre route ?

— Quoi donc ?

— L'Épeau, lui dis-je en lui montrant la page mouillée.

— J'ai oublié mes lunettes.

— On y passe ?

— Non, c'est de l'autre côté, vers la forêt.

— Et le disparu, vous en aviez déjà entendu parler ?

— Commodore ? C'est une figure dans le coin, il y a encore deux ans il faisait les marchés.

— Il faisait quoi sur les marchés ?

— Des légumes.

— Pourtant j'ai cru comprendre qu'il était riche, que ce serait une histoire d'argent…

— Ah ça pour être riche, il l'est.

— En vendant des légumes ?

— Faites le compte, quatre cents euros par marché, trois marchés par semaine, et sur cinquante ans… Sans parler de tout ce bois qu'il vend au noir, et sans jamais dépenser un centime, je ne vous fais pas de dessin…

— Dans le journal ils disent qu'il possède une centaine d'hectares de bois.

— Le double, oui ! Il avait fait fortune en Indochine, soi-disant en parachutant des moutons.

— Des moutons ?

— Il y en a plus d'un en ville qui se fera un plaisir de vous raconter ça… Ce bonhomme, il y aurait de quoi en faire un livre.

— Et le couple, les deux jeunes, vous les connaissez ?

— Eux, c'est une autre histoire.

— À votre avis c'est eux qui l'ont tué ?

— Je n'en sais rien. Tout ce qu'il y a de sûr c'est qu'Aurélik est en prison, quant à Dora... Enfin, c'est triste pour elle.

C'était saisissant. Ces trois parfaits étrangers exposés là dans le journal, ces trois protagonistes totalement abstraits et inconnus jusque-là, voilà que déjà ils prenaient corps, ce n'étaient plus seulement des photos irréelles dans une fiction lointaine, mais ça devenait trois êtres dont je percevais la trace, trois maudits que j'allais rejoindre à l'autre bout de ce rideau de pluie.

— Et cet Aurélik, pourquoi ils l'ont gardé ?

— Les gendarmes ont retrouvé trente-cinq billets jaunes dans son blouson, ça fait beaucoup pour un RSA.

— Et pas la fille ?

— Dora, ils l'ont interrogée aussi, mais elle est ressortie libre. De toute façon depuis cette histoire d'usine, ça leur a tous tourné la tête là-bas, et même en ville ça les chamboule, c'est un peu la ruée vers l'or vert vous comprenez ?

— Non. Mais Dora, c'est son vrai prénom ?

— Pour être franc, il y a des choses dans lesquelles il vaut mieux ne pas trop fourrer son nez, surtout que les gendarmes ont la manie d'interroger tout le monde, dans ces cas-là moins on en sait, mieux on se porte...

Sur cette page de journal que je tenais entre les mains, Dora continuait de me regarder. Ce qui m'importait, c'était de la voir, non pas pour savoir ce qui s'était passé, non pas pour élucider quoi que ce soit de son drame, non, juste pour lui parler. C'était sans doute malsain et déplacé de se sentir attiré comme ça par un être en aussi mauvaise posture, c'était surtout hors de propos par rapport à ce qu'on attendait de moi en l'occurrence, mais je n'y pouvais rien, c'était elle qui me convoquait.

— Je vous demande de réserver un accueil chaleureux, je dirais même triomphal, à celui que je me permets d'appeler Notre écrivain, oui je dis Notre écrivain, car pendant plus de trois semaines il sera à vous, à vous tous, et en votre nom je tiens à le remercier de ce temps précieux qu'il va nous accorder, d'ailleurs je le lui dis en face, merci, merci à vous d'être venu, nous sommes fiers, croyez-le bien, d'inaugurer cette session de résidence d'auteurs avec un écrivain national, et je compte bien que vous parliez de Donzières dans votre prochain roman, que vous montriez notre ville sous son meilleur angle, du reste elle n'en a pas d'autres...

La salle des fêtes était comble et les rires se récoltaient facilement, surtout que le maire m'avait l'air d'un orateur aisé, le verbe haut et les mouvements amples, un parfait beau parleur. À côté de lui j'essayais d'exister, mais sans rien dire et sans bouger, bizarrement exposé face à ces regards avides.

— Oui, je le dis en vous taquinant, mais soyez sûr qu'on lira votre prochain livre en essayant de nous y reconnaître, comme on se cherche sur les photos de mariage et qu'on s'y trouve toujours trop gros, le ventre qui déborde et la joue flasque !

Il joignait les mimiques à son propos, ce qui évidemment ravivait l'hilarité.

— En même temps, cher écrivain, vous n'avez pas encore eu le temps de découvrir notre chère jolie ville, je vous rappelle que Donzières est labellisée Village fleuri de France depuis 2002, que nous avons même obtenu notre deuxième fleur il y a deux ans, et que j'ai bon espoir que nous en obtenions une troisième d'ici à 2015, en tout cas c'est un de mes objectifs, je le dis avec le plus grand sérieux, même si l'absolue priorité reste, c'est une évidence, la Seriaf, projet emblème des années à venir, et à ce propos j'ai de très bonnes nouvelles, puisque le tribunal administratif devrait très certainement débouter les plaignants...

Dans la grande salle ils applaudirent tous, et à partir de là le maire se lança dans un discours qui ne me concernait plus, où je n'avais pas franchement ma place, mais le pire c'est qu'il ne cessait de me prendre à témoin, comme si je cautionnais ses dires ou que j'y étais pour quelque chose dans son projet d'usine, alors que je ne voyais pas du tout de quoi il parlait.

— Oui, c'est Donzières qui montrera à la France que le bois, c'est l'avenir, oui, Donzières deviendra un modèle de combustion de biomasse dans la perspective européenne de 2020, à condition bien sûr, mes chers concitoyens, que tout le monde ici y mette du sien et ne relâche pas la pression, je salue donc ce soir la présence de Mme Richaud, qui représente M. Deflicker, président de la Seriaf, retenu en Belgique, ainsi que M. Saget, qui représente le sous-préfet dont l'avion a été, me dit-on, immobilisé par les intempéries. Je vous le dis, c'est de l'initiative locale que viendra la croissance, et notre énergie, plutôt que d'aller la chercher en Russie ou je ne sais où, c'est à nous de la produire, et ici, avec pas moins de cent vingt emplois à la clé je vous le rappelle, oui, Donzières est bel et bien engagée dans le troisième millénaire, et nous en profiterons tous !

J'endurais son speech, un peu comme le skieur nautique demeure prisonnier de la trajectoire du hors-bord. Pendant qu'il parlait, je scrutais l'audience copieuse et galvanisée. Sa femme, au pied de l'estrade, buvait les paroles de son époux comme celles d'un tribun en campagne, elle vibrait d'un frisson de fierté dont elle ne serait jamais rassasiée. D'ailleurs le discours de l'élu n'en finissait pas, il se délectait du plaisir suprême d'avoir la parole. Flottait là comme un parfum de kermesse dont je n'étais qu'un prétexte. Au fond de la salle, on commençait de garnir les grandes tables dressées de papier blanc. Dans le même temps plusieurs personnes sortirent des coulisses en portant de grands plateaux remplis de coupes de champagne, des mains y fondirent comme des moineaux sur des sacs de riz, tout ça relevait d'une organisation parfaite.

Ça valait le coup de subir le discours électoral parce que, mine de rien, on me faisait réellement l'honneur d'un « cocktail-banquet », le terme était inscrit sur la grande ardoise à l'entrée de la salle des cérémonies, où tous s'étaient émerveillés du clinquant inhabituel de cette appellation.

— L'avenir, mes chers concitoyens, il ne faut plus l'attendre d'en haut, c'est à nous d'initier les projets, parce que les projets, c'est l'emploi, et l'emploi, c'est la croissance ! Je vous l'annonce, dans la foulée de notre futur complexe industriel, il y aura le prolongement de la « deux fois deux voies », ainsi que la construction d'une nouvelle médiathèque et de la salle omnisport, mais le progrès, ce soir, il est là à côté de moi, et c'est Notre écrivain national, alors levons tous nos verres à celui qui, je n'en doute pas, fera rayonner notre ville...

À ce moment-là ils tentèrent tous d'applaudir, mais, visiblement gênés par leur verre, ça donna une salve d'applaudissements inachevés, et pourtant je ne savais plus où me mettre, tant il était flatteur de se voir comparé à une « deux fois deux voies » et à un projet de scierie.

— À votre séjour !

Ils se tournèrent tous vers moi en levant haut leur coupe, des coupes que, pour la plupart, ils avaient déjà vidées. Je descendis de l'estrade en même temps que le maire pour aller renouer avec ce monde qu'on avait un instant survolé. Je serrai quelques mains qui s'offraient çà et là, mais je voulais surtout rejoindre le couple de libraires et la responsable de la médiathèque qui devisaient entre eux vers le fond de la salle, seulement le maire voulait serrer la main de tout le monde et me présenter tous ces concitoyens, il n'en finissait pas de m'expliquer le besoin vital de la contribution de chacun aux projets de balconnières et de nouveaux ronds-points. Sa femme lui tenait le bras comme si elle nous l'avait prêté uniquement le temps du discours. Se joignant à la conversation elle m'assura que ce serait bienvenu que je réfléchisse à une idée de rond-point culturel, un rond-point qu'elle voulait « littéraire », parce qu'elle en avait marre des vélos géants et des saynètes forestières, des horreurs qu'elle était obligée de contourner tous les jours et qui lui faisaient honte ! De là je compris que l'épouse du maire était la caution culturelle de son mari, à ce titre elle devait être pour beaucoup dans la création de cette résidence d'auteurs que j'inaugurais, dans ce genre de couples, la femme est souvent le ministre de la Culture de son mari.

Tout en l'écoutant, elle et les autres, tous ces autres qui un par un venaient nous glisser un mot, mine de rien j'enchaînais les coupes et trinquais à tour de bras, d'autant qu'il y avait du chablis et qu'on me resservait sans cesse, me proposant chaque fois le verre de l'amitié, au point que je commençais de sérieusement ressentir les effets de l'amitié, je flottais dans un présent idéal, l'alcool s'ajoutant à la sournoise ivresse de l'orgueil, je sentais que dans ce petit monde la lucidité m'échappait comme un savon au fond d'une baignoire, ils avaient tous quelque chose à me dire.

— Oh, l'écrivain, quand vous aurez le temps, faudra venir nous voir, on a plein de choses à vous raconter... Un soir, vous passerez bien dîner ?

— Vous devez toujours en chercher des histoires, pas vrai ? Un midi venez donc à la ferme, on vous présentera l'arrière-grand-père, il a cent deux ans, il a traversé deux guerres mondiales et il attend la troisième, ah ça, il en aura des choses à vous raconter…

— Si vous avez besoin de quoi que ce soit, passez me voir à Jardiland, me dit un autre en me tendant sa carte. Je vous ferai 15 % sur le matériel de jardin, et même sur les tronçonneuses si vous voulez… Et puis je vous raconterai le coup qui nous est arrivé à ma femme et moi en croisière… pas croyable.

Se présenter aux autres en tant qu'écrivain, c'est prendre le risque d'être perçu comme un réceptacle, soudain chacun se valorise de l'universelle conviction d'avoir quelque chose à raconter. Bien sûr, tout destin est exceptionnel, mais une vie ne suffit pas à faire un livre, un livre c'est bien plus que ça, et bien moins tout en même temps. À un moment, au beau milieu de cette valse chaotique, un homme m'approcha secrètement, le genre de revêche qui ne cache rien de sa désapprobation, un frondeur qui s'en voulait d'être là mais qui était venu quand même. Il portait un genre de vêtement kaki de chasseur ou de garde forestier. D'abord il me serra la main avec fermeté et la garda dans la sienne, ensuite, avec des manières d'intrigant, il me tira la pogne pour m'écarter du maire et, froidement, il me lança qu'il fallait se méfier de lui, que son usine c'était une saleté, une vraie mafia, qu'il fallait absolument que j'écrive là-dessus… Aussi surpris que gêné, je haussais les épaules, façon sincère de dire que je ne comprenais pas, puis le gars me rendit ma main et me lâcha, avec un aplomb d'imprécateur : « Un arbre qui tombe fait plus de bruit que la forêt qui pousse... »

En voyant ça, le maire me rappela à lui d'un geste autoritaire. De nouveau à sa hauteur je jetai un regard derrière moi, le type avait disparu. Dans toute soirée, il y a le rabat-joie qui veut casser l'ambiance, l'aigri qui pourrit la fête avec un mélange de rancune et de jalousie. Le maire me présentait maintenant une grappe de personnes éminentes, dont le directeur de l'hypermarché accompagné de son épouse, puis trois autres et en particulier une femme dont il me dit fièrement qu'elle fabriquait des granulés de bois et de la briquette, je pris l'air impressionné de celui qui sait ce que c'est. Je découvrais l'exaltation facile de devenir le centre d'intérêt d'une petite foule aimante, après tout ce n'est pas si courant d'être célébré, applaudi, de se retrouver l'objet de toutes les attentions, dans la vie ça n'arrive que rarement, en dehors des anniversaires et du mariage, voire de l'enterrement. Je croyais goûter là au vertige de la gloire, abordant de plain-pied le mirage de la reconnaissance, alors que c'était juste que dans une ville de deux mille habitants, tout le monde connaît tout le monde, chacun est connu de tous. Dans une ville de deux mille habitants, l'anonymat n'existe pas.

Le maire continuait de me présenter à ses administrés, à moins que ce n'ait été l'inverse. Je sentais bien à quel point ça l'aurait aidé de pouvoir m'annoncer en tant que lauréat d'un prix illustre, un prix ça qualifie à vie, avoir un prix ne dure que quelques heures, mais *l'avoir eu* dure toute une vie. Le maire et sa femme ne se quittaient pas, ils en devenaient touchants. Puis ils m'échappèrent pour continuer à passer de groupe en groupe, on remarquait chez tous ceux à qui ils faisaient l'honneur d'un moment de conversation une forme de fierté passagère qui les rehaussait, et cette ivresse républicaine tous ici avaient bien l'intention d'en profiter. Dans cette assemblée légère le couple municipal butinait son petit pollen d'honneur en volant de bouquet en bouquet, comme deux danseurs, et tous les autres autour, y compris moi, n'étaient là que pour figurer l'environnement docile de la fascination.

Cela dit, c'est toujours touchant de sentir une vraie complicité dans un couple, sa femme ne lui lâchait pas le bras, à coup sûr ils étaient de ces êtres qui se sont construits à deux, incapables de se disjoindre, deux êtres soudés qui ne font qu'un, du moins tant qu'il y a du monde autour, tant qu'ils sont dans cette forme de représentation, pour le reste, après tout on ne sait pas. J'essayais de les imaginer plus tard chez eux, est-ce qu'ils continueraient ainsi d'aller de pièce en pièce dans cette osmose parfaite, est-ce qu'ils se laveraient les dents ensemble, se coucheraient dans le même mouvement, bien que, plus que de l'amour, c'était la communion ultime de deux âmes consolidées par les décennies, deux êtres soudés qui ne savent même plus qu'au fond de soi on ne fait qu'un. Avec Helena on ne sera jamais arrivé à ça, à cette forme d'osmose consolidée par le temps, à moins que, de nos jours, ce soit devenu complètement extravagant de vivre avec la même personne pendant vingt, trente, ou cinquante ans. Cette forme d'éternité-là nous a quittés.

L'horloge de la salle des fêtes n'indiquait que 21 heures et pourtant j'étais déjà saoulé de tout un tas de choses, et pas seulement de vin blanc. C'était flatteur et en même temps parfaitement pathétique d'être à l'origine de ce rassemblement. En plus il y avait ce ruissellement de musique tombée d'enceintes ambitieuses, rien moins que du Beethoven mais à l'accordéon. Dans le fond je ne méritais pas ça, d'autant que je n'avais encore rien fait, je n'avais encore aucun mérite, sinon celui d'avoir pris le train pour venir jusque-là. Malgré tout je ne boudais pas mon plaisir, ce soir moi aussi j'étais ce type auquel tout le monde vient serrer la main, celui à qui on glisse une ou deux amabilités de circonstance, voire un compliment, car certains avaient pris de l'avance et m'avaient lu sur les conseils des libraires. Mais qu'ils m'aient lu ou pas, tous ou presque tenaient à me saluer, me demandant de prendre la pose au milieu d'eux pour la photo. J'entendais les mômes qui disaient à leurs parents : « C'est qui, le monsieur ? » Mais les parents trop occupés à ajuster leur sourire et à s'assurer que leur téléphone était bien en mode prise de vue ne leur répondaient même pas, je passais mes bras d'épaule en épaule, à chaque fois je figurais au centre de ce dispositif dérisoire, je savais d'avance que j'irais rejoindre ce bataillon de clichés inutiles qu'on fait au long d'une vie, j'irais dormir dans la mémoire figée de ces appareils qui l'un après l'autre me figeaient de leur flash, me tétanisant dans l'expression assez bancale du type faussement à l'aise, la répétition de l'exercice crispant mon visage, jamais jusqu'à ce jour je n'avais souri un aussi long moment.

Puis insensiblement le ressac s'amorça, car le buffet était de nouveau approvisionné, des cassolettes chaudes et des bouchées tentantes, du solide. Je vis les gens passer à autre chose, après avoir tous trouvé deux ou trois mots à me dire, c'était entre eux maintenant qu'ils se parlaient, ils profitaient de cette formidable aubaine de s'avoir tous sous la main pour se dire des choses pas si importantes que ça, des choses qui n'auraient pas mérité de se voir mais qu'ils se disaient là, de ces propos de croisement qu'on échange en se tombant dessus par hasard.

Enfin soulagé de tous ces avides, je sentis que les verres de chablis et les coupes de champagne m'avaient salement gazéifié le sang, je ne touchais plus terre, j'eus beau avaler quatre mini-sandwiches à la va-vite, les bulles me vaporisaient le cortex, et plus le vide se faisait autour de moi, plus je flottais dans ce vide, sans la moindre main ni épaule à laquelle me raccrocher, je montais dans un vertige à la hauteur suspecte.

— Tout va bien ?

— Oui. Oui oui ça va. Tout va bien, Marie.

La femme du libraire se montrait d'une bienveillance quasi médicale. Dès le début, j'avais senti chez elle ce désir de me rassurer. Déjà au moment de me dire bonjour, tout de suite elle avait eu cette phrase qui, pour un auteur en déplacement, est l'éclaircie parfaite : « Vos livres partent bien vous savez, depuis que les gens vous ont découvert, ça part... » Qu'il est bon de s'entendre dire cela, « Je vous ai découvert », j'éprouvais chaque fois le soulagement de celui qui touche au but, j'étais le vibrion septique sous le regard de Pasteur, l'Amérique dans l'azimut de Colomb, « Je vous ai découvert », c'est dire que j'étais entré dans l'intimité studieuse de quelques-uns, que mes livres étaient passés de mon ombre à leur petite lampe, c'est vertigineux quand on y pense.

— Vous avez l'air fatigué.

— C'est le changement d'air, je crois que j'ai un coup de pompe...

— Vous devriez repasser à votre chambre pour prendre une douche, comme ça vous reviendrez pour les desserts, ici les buffets ça peut durer longtemps, vous savez. Le voyage, les discours, et toutes ces têtes nouvelles, j'imagine que c'est épuisant...

Manière de jouer la franchise, je confiai à la libraire que l'alcool m'avait rudement entamé.

— Ah bon, je vous croyais plus solide que ça !

Voilà bien la seconde phrase au monde que j'aurai le plus entendue.

La libraire prit les choses en main et me guida au travers de la salle des fêtes, m'assurant qu'une douche me requinquerait. Je la suivis en slalomant au milieu de ces petits groupes bavards d'où pivotaient quelques sourires, en les frôlant je pressentais qu'ils parlaient tous de l'affaire, un concitoyen qui se volatilise c'est plutôt violent, je me demandais quelle hypothèse devait prévaloir ici, enlèvement ou disparition, je n'avais qu'une envie, me mêler à leurs conversations, mais la libraire fendait la foule avec vigueur et m'ouvrit le passage jusqu'à la sortie.

Sur le parvis de la mairie c'était une tout autre ambiance, d'un coup il y eut la nuit, le froid, un froid humide d'après la pluie, ça revigorait. Je respirai un grand coup, empli de la sensation bienheureuse de redescendre sur terre. Marie alluma une cigarette et tira une longue bouffée avant de dire paradoxalement :

— De l'air, ça fait du bien !

J'acceptai la cigarette qu'elle me tendit, uniquement pour sceller le lien. Depuis le parvis j'envisageai cet édifice municipal, plutôt vaste pour une petite ville, la mairie dominait la grand-place.

— Vous êtes content ?

— Oui, vraiment, mais ça fait du bien de sortir !

— Je vous comprends, en plus quand on ne connaît personne, c'est fatigant de trouver un petit mot pour chacun. Vous apprendrez à les connaître. Il y avait du monde tout de même, je suis étonnée, ils voulaient voir quelle tête vous aviez...

— Et profiter du buffet sans doute.

— Ah ça, côté nourriture, ici on fait les choses bien.

— C'était qui le type habillé en treillis ?

— Je ne sais pas, lequel ?

— Le type avec des bottes pleines de boue.

— Sûrement René, l'ancien garde forestier, ou alors Francis, celui de la vieille scierie, en tout cas vous avez fait bon effet, tout le monde vous a trouvé sympa. On peut dire que vous les avez emballés, d'ailleurs, vous voyez, ils restent, ils ne repartent pas, c'est bon signe. C'est vrai aussi qu'ils attendent la farandole des desserts.

— À la fin ils m'ont tous zappé.

— Oh c'est sûr qu'ils ne vont pas parler de vous toute la nuit... Mais bon, pour un début c'est encourageant, j'avais peur qu'ils n'osent pas vous aborder.

— En sortant j'ai eu l'impression qu'ils parlaient tous de la disparition de ce vieux type.

— C'est possible.

— Qu'est-ce que vous en pensez ?

— Évidemment que ça secoue tout le monde, mais bon dans ce genre d'histoire, faut surtout garder la tête froide.

— D'accord, mais en général qu'est-ce qu'en disent les gens ?

La libraire marqua un temps avant de me répondre le plus concrètement possible.

— Tout ce que je peux vous dire, c'est que c'est heureux qu'il y ait un suspect, sans quoi tout le monde suspecterait tout le monde. Une petite ville, vous savez ce que c'est...

— Vous pensez que c'est le jeune qui l'a tué ?

— Je sais juste que c'est triste pour la fille.

— Dora ?

— Vous connaissez déjà son prénom ?

— Vous l'avez déjà vue ?

— Bien sûr, elle vend des livres d'occasion sur le marché, et sur Internet aussi. On ne sait pas bien où elle les trouve ses bouquins, mais bon elle aime ça, elle lit pas mal, parfois je lui prête même des nouveautés, la plupart du temps elle me les rend. Enfin pas toujours...

— Et son copain ? Vous le connaissez lui aussi ?

— Lui c'est autre chose... Il devait nous aider pour le site, vous savez qu'on va se mettre à la vente en ligne... ?

— Non ?

— Si, la librairie évolue vous savez, c'est pour ça aussi que vous êtes là...

— Mais cet Aurélik, qu'est-ce qu'on en dit ici ?

— Je sais qu'à Marzy les gens ne l'aiment pas.

— C'est où Marzy ?

— Le village à côté de L'Épeau. Parfois ils étaient toute une bande à faire la fête, l'année dernière ils ont même organisé un concert en été, avec des tas de jeunes qui venaient d'Allemagne, de Pologne, et même de Hongrie, plus de cinquante voitures vous imaginez... Alors bien entendu, à Marzy ça passe mal, c'est un peu des sauvages là-bas, c'est la forêt.

Depuis le parvis de la mairie, on voyait la fenêtre de ma chambre, celle avec le petit balcon au deuxième étage, la seule éclairée.

— Vous avez laissé la lumière de votre chambre allumée ?

— Non, il faisait encore jour quand je suis sorti.

— Méfiez-vous, avec votre fenêtre qui donne sur la place, toute la ville saura à quelle heure vous vous couchez ! C'est le charme de la province, pas vrai ! Au fait, ne ressortez pas sans votre clé, il n'y a pas de veilleur de nuit.

En même temps qu'elle me parlait, je fouillais dans mes poches sans la retrouver. Pourtant elle était au bout d'une sphère en laiton cernée d'un caoutchouc, une chose bien lourde, dans une poche c'est immanquable.

— J'ai dû la laisser sur la porte.

— Ce n'est pas grave, mais en redescendant prenez-la, sinon vous serez à la rue... Mme Meunier ne vous a rien dit ?

À mon arrivée la patronne de l'hôtel m'avait certes indiqué toutes les consignes, mais elle m'en avait tellement dit sur les subtilités du fonctionnement de son hôtel que ça aurait mérité de prendre des notes. Elle m'avait montré l'astuce pour ouvrir la petite porte après 22 heures et ne pas passer la nuit dehors, et pour l'eau chaude aussi il y avait une astuce, pour le chauffage également, en revanche il n'y avait pas d'ascenseur, et visiblement pas trop de clients non plus, parce que tandis qu'elle m'expliquait tout ça, je scrutais ce grand panneau à clés qui trônait derrière elle, pas une ne manquait sauf la mienne, elles y étaient toutes, pendues comme des hameçons désolés.

La libraire m'accompagna jusque devant l'hôtel.

— Tenez, vous avez vu, il y a même une caméra en haut du poteau, ça faisait plaisir au maire. Le délire sécuritaire. Bon, allez vous passer un coup d'eau et vous reviendrez pour les desserts. Je vous expliquerai votre programme de demain.

— La rencontre, c'est à quelle heure ?

— À 18 heures, mais on se retrouvera avant pour tout vous expliquer, et après il y aura un dîner, ça vous va ?

— Très bien.

— On se reparle de tout ça tout à l'heure, si vous avez des questions n'hésitez pas.

— Vous pourriez me prêter la voiture demain matin ?

— Vous verrez ça avec mon mari.

Il était 21 h 30, la grande porte de l'hôtel était encore ouverte, le hall allumé, dans la salle de restaurant sur la droite, il n'y avait personne. Pas plus qu'à la réception. Ma clé, la 28, était au tableau, je la pris et montai l'escalier sans croiser une ombre. À mon étage, l'ampoule du couloir était grillée, pour trouver le trou de la serrure je visai ce rai de lumière venu de ma chambre au travers du barillet, avec la sensation que j'allais tomber sur quelqu'un.

À l'intérieur régnait le calme douillet d'une chambre sans âme mais, augmentée de mon bazar précoce, je me sentais chez moi. Je me sens toujours pleinement à l'aise dans une chambre d'hôtel. La chambre d'hôtel, c'est la sphère idéale, dégagée de toute histoire, de toute contrainte, de tout passé. La chambre d'hôtel, c'est le territoire parfait pour croire de nouveau en soi, avoir l'impression d'être neuf, réinventé. Celle-là n'était pas moderne, mais il y avait une télé murale malgré tout, un écran plat. Le dessus-de-lit devait avoir vingt ans, le sommier aussi semblait fatigué. Sur les murs, un vieux papier peint démultipliait des motifs de biche et de bosquets, il y avait deux tableaux de part et d'autre de la pièce, de vraies peintures au cadre orné, la plus grande représentait une scène de chasse à courre, et l'autre au-dessus de mon lit, je ne savais pas bien, sinon qu'il y avait du sang sur un cheval à terre, des tas de chiens salement blessés, je craignais presque que l'oreiller en soit taché.

La salle de bains était vaste, un bidet, une baignoire à l'ancienne, avec des têtes de robinet en forme de barre de navire, l'émail un peu passé. Sûrement que dans les années soixante cette salle de bains faisait déjà démodée. Je restai assis dans la baignoire en faisant couler la douche, l'eau me ruisselait tout le long du corps, je régulais la température en atteignant les robinets du bout du pied, cette eau chaude me faisait un bien fou. Je serais bien resté des heures comme ça, tellement ça me soulageait de tout, de l'alcool, du voyage, de cette orgie de têtes nouvelles et de commencements de conversation, seulement on m'attendait à la soirée et je voulais goûter à ces desserts, j'adore le sucré, et bien sûr leur dire au revoir à tous, les remercier comme il se doit. Chaque fois que je sors d'une assemblée ou que je quitte des proches, après coup je réalise que je n'ai pas été assez chaleureux, je repars toujours avec le remords de ne pas avoir été assez amical et content d'être là, pas assez démonstratif. Pour éviter ça je me séchai vite fait et remis les mêmes vêtements. Mon pantalon me semblait maintenant tout léger, ma chemise vaporeuse, mon pull enveloppant.

En descendant l'escalier, il y avait de la lumière dans le couloir du premier étage, mais au rez-de-chaussée, en revanche, tout était éteint. Dans la pénombre je vis que la porte à double battant de l'entrée était fermée, et celle du hall aussi. La patronne de l'hôtel m'avait expliqué comment rentrer dans son établissement après la fermeture, mais absolument pas comment en sortir. Combien de temps j'avais pu rester sous cette douche, je ne le savais pas... J'improvisai une connaissance parfaite de l'endroit et m'engageai à gauche vers l'office, c'était là qu'était la petite porte de nuit. Du côté de la cuisine ça sentait les vestiges de cuisson, comme s'il y avait eu du monde dans cette grande salle de restaurant. Après une manipulation j'arrivai tout de même à sortir, je refermai prudemment la porte, avec l'angoisse anticipée de ne pas pouvoir la rouvrir tout à l'heure. Je longeai l'hôtel le long de la petite impasse, la grand-place était là, intacte, parfaitement déserte, rien d'étonnant à cela, mais ce qui était surprenant, en revanche, c'est que la mairie avait l'air éteinte, en tout cas fermée, aussi abandonnée que la place. J'avançai vers l'édifice, montai les quelques marches du perron, à l'intérieur il n'y avait plus rien, les grilles étaient cadenassées, tout le monde était reparti. Tout autour de moi, les maisons et les petits immeubles demeuraient muets, aucune lumière ne filtrait des volets, comme s'il n'y avait personne derrière ces façades, aucun signe de vie, un simple décor de carton-pâte. Je ne comprenais pas. Bon sang, j'aurais pourtant juré que cette douche n'avait pas duré cinq minutes.

Et cette caméra en haut de son poteau qui me regardait.

La réalité dépasse souvent la fiction, le problème c'est qu'elle est bien moins bavarde, bien plus dissimulée. Qu'on ne me jette pas la pierre, qui n'est pas attiré par les faits divers ? Qui ne lance pas un œil dans le journal sur ces histoires invraisemblables où l'impensable se confond avec le quotidien, le sensationnel avec le banal, des histoires souvent bien plus folles que celles inventées. Au-delà de l'indéniable voyeurisme, le fait divers distrait de l'actualité conventionnelle, on y éprouve les affres d'un bien intime spectacle auquel on se sent soulagé de ne pas participer. Il y a une vertu expiatoire à plonger dans ces paragraphes aux titres incandescents, ces chroniques terribles qui entraînent vers une tout autre histoire que la sienne et la rend chanceuse par comparaison. Et puis c'est un bon exercice pour l'imaginaire, au point que parfois, quand les articles sont approfondis, les enquêtes plus fouillées, je les lis avec le sentiment d'une élucidation, une évidence qui ne serait pas apparue aux enquêteurs, comme si avec le recul j'arrivais à en savoir plus qu'eux. Mais le plus fascinant ce sont toujours les photos, ces clichés qui servent d'illustration. Ce qui est angoissant dans ces portraits antérieurs aux faits, ceux des victimes comme ceux des meurtriers, c'est de ne jamais y déceler la moindre prémonition, on n'y perçoit jamais le moindre indice avant-coureur, pas la moindre ombre du précipice funeste vers lequel les uns comme les autres avancent inexorablement. Bien sûr je ne parle pas des faciès de braqueurs façonnés par la haine et les années de prison, des types à l'expression tellement coriace que leur visage intimide rien qu'à le regarder. Non, je songe à ces destins courants, des gens banals que rien ne prédestinait au drame, des êtres qui n'auraient jamais dû se retrouver exposés en pleine page dans un journal, des destins rattrapés par ce que Balzac appelait « les faits enfouis dans les mers orageuses de la vie privée ». Dans la rubrique des faits divers on sent la chair qui palpite, la vie au bord du gouffre, qu'il y soit question de crime ou de vol, de coup de sang ou de disparition, c'est toujours de la vie poussée jusqu'à l'excès, des existences saccagées par la folie meurtrière ou la passion, par le désir ou la colère, de simples mortels emportés trop loin par leur destin. En même temps, si je suis fasciné par les faits divers, d'instinct j'ai toujours senti qu'il fallait s'en tenir à ça, les lire, et avant tout rester bien à distance, ne jamais chercher à s'en approcher, a fortiori lorsque l'affaire est en cours.

Au matin, j'étais à peine descendu dans le hall de l'hôtel que la patronne venait déjà vers moi pour savoir si je voulais du thé ou du café.

— Un café allongé, dans un grand bol.

— À l'américaine ?

— S'il vous plaît.

Ça la décevait presque. D'emblée je lui demandai s'il y avait la presse. Un peu désolée elle m'avoua n'avoir que *La Voix du Centre*.

— C'est parfait !

Du local, c'est ce que je voulais, pour voir si aujourd'hui il y aurait du nouveau sur l'affaire. La patronne crut voir là mon désir d'assimilation, mon réel intérêt pour les préoccupations de la région. J'allai droit aux faits divers, mais cette fois c'était très différent, cette fois je ne guettais pas les développements d'une affaire impliquant des inconnus, mais des nouvelles sur des gens qui m'étaient proches. Seulement il n'y avait rien sur Dora et Aurélik, rien non plus sur le disparu, je le ressentis comme un abandon.

Pour le reste, le petit déjeuner était idéal, il y avait tout ce qu'il faut, j'avais un plateau complet comme je n'en ai jamais chez moi, du pain frais, des confitures maison, et même « du miel de la forêt », m'annonça fièrement Mme Meunier. Je me régalais de tout. J'étais son seul client. Elle me couvait d'une bienveillance maternelle, me demandant si j'avais bien dormi, si le lit était bon, et l'air, est-ce que je sentais à quel point l'air d'ici était meilleur qu'à Paris et qu'il me ferait du bien. Elle déroula toute une gamme d'attentions un peu excessives, d'autant que je devais chaque fois lui trouver une réponse, là, dès le réveil.

Toute de prévenance, elle me resservit une dernière rasade de café et me lança en regardant le journal fermé :

— Eh bien, vous ne le lisez pas ?

— Je cherchais un article précis, mais je ne l'ai pas trouvé.

Soulevée d'un excès de zèle, la patronne rétorqua :

— Ne bougez pas.

En la voyant sortir du hall et passer dehors devant la baie vitrée, sans même avoir enfilé un gilet, je me sentis coupable. Elle revint deux minutes plus tard et me tendit trois journaux, des journaux nationaux ceux-là. Je ne savais pas comment la remercier, je l'enrobais de belles formules sincères, et là, en ouvrant *Aujourd'hui en France* au hasard, je tombai pile sur cette pleine page où je reconnus cet immanquable visage. L'émotion était aussi forte que si j'étais tombé sur elle dans la rue, je refermai le journal sans rien trahir de mon trouble et remontai vers ma chambre en emportant le tout.

— Merci beaucoup, madame Meunier.

— Eh bien, mais vous ne finissez pas votre café ?

Allongé sur mon lit défait, j'attrapai la page du journal d'hier, toujours précieusement rangée dans la poche intérieure de mon blouson. Je ne sais pas pourquoi mais je craignais que la femme de ménage ou Mme Meunier ne mette la main dessus en faisant ma chambre. Depuis hier le papier avait curieusement vieilli. D'autant plus en comparaison de l'article du jour. Dans *Aujourd'hui en France*, on montrait la maison du disparu, je la découvrais, ça donnait l'impression d'une grande et vieille bâtisse encadrée par la forêt, une ferme en partie en ruine, surplombée par de grands arbres. Bizarrement il n'y avait pas de photo du disparu, ce qui aurait pourtant aidé aux recherches. Avant de lire l'article, j'ouvris *Libération*, là aussi il y avait un article, et surtout une nouvelle photo du couple. Une fois encore on ne voyait qu'elle. C'était une simple prise de vue, sans pose ni maquillage, et néanmoins Dora se détachait, cette fille était d'une photogénie qui survolait toute lumière. La maison du disparu était en majesté dans la page, ça dispensait une ambiance inquiétante dans tout l'article, cette vieille maison dominée par les hauts chênes, l'ensemble noyé dans un décor sauvage, ça suggérait la sale histoire. Le plus saisissant, c'était que ce décor, il était juste à côté de moi, à moins de dix kilomètres, j'aurais parfaitement pu m'y rendre, là tout de suite.

Dans ces deux articles j'en appris bien plus sur le fond. D'abord on expliquait que l'octogénaire avait disparu depuis vingt jours, mais qu'après une semaine sans nouvelles, voyant les volets clos et pas de voiture, les gens de Marzy, village le plus proche, avaient d'eux-mêmes inspecté les lieux. Faute de réaction des gendarmes ils avaient organisé trois battues sauvages dans les environs. Ensuite on parlait plus précisément du couple, les qualifiant de marginaux, à deux reprises je relevais sous la plume d'un des journalistes l'expression « la belle brune », comme si le rédacteur lui-même n'avait pu s'empêcher de le souligner, sous-entendant que ce serait un des éléments à soulever dans ce dossier. Pour les détails, j'appris qu'il y avait eu un dépôt de plainte du procureur, que l'affaire avait été transmise à un juge d'instruction et que le compagnon de Dora avait été placé en détention au terme de sa garde à vue, compte tenu de son casier et au vu d'indices sur lesquels il n'avait aucune explication à donner. Une somme importante avait été retrouvée dans un blouson rangé dans son armoire, trente-cinq billets de deux cents euros, il refusait de fournir le moindre éclaircissement et restait muet. Il y avait aussi cette brûlure au bout de ses doigts, une brûlure qui aurait pu être consécutive à un tir au canon scié. Cette somme d'argent en elle-même constituait un mobile, d'autant plus en l'absence totale d'explication sur son origine, et puis le couple louait une des maisons du disparu, et vu la configuration des lieux il n'était pas extravagant de penser qu'il avait pu y avoir des différends entre eux, surtout que ce couple recevait beaucoup, on parlait là aussi de fêtes fréquentes ralliant des gens venus de l'Est, ce n'était pas un voisinage des plus calmes.

Et pourtant, tant qu'il n'y avait pas concrètement de victime, il ne pouvait y avoir réellement de meurtre.

Déjà j'envisageais les différentes hypothèses, un homicide, une simple disparition, un accident camouflé, à moins que ces deux jeunes n'aient vraiment appartenu au milieu, ou qu'ils aient été piégés par une sorte de mafia de l'Est. De nouveau je m'arrêtais sur les photos, j'essayais de supposer le déroulement des événements, de ressentir un peu l'effroyable séquence, j'imaginais ces mêmes visages paisibles et doux, défigurés par la violence ou la panique. Mais ce qui dominait dans cette page en couleur, c'était la teinte de cette maison perdue, l'affolant désordre de la nature autour. Comment un homme vivant dans un cadre aussi vétuste pouvait-il détenir une quelconque fortune ? Le syndrome de Diogène, évoquait un des articles.

Pour en revenir à Dora, la petite photo du couple avait été prise pendant l'été, elle était tout juste vêtue d'un débardeur et d'un short, coiffée d'un chapeau de cow-boy. En général je ne trouve pas particulièrement séduisant ce genre d'accoutrement, mais sur elle c'était seyant. Je notais aussi l'attitude nonchalante de son compagnon, à moitié affalé sur un muret, un grand mince qu'on imaginait assez mal violent, mais plutôt apathique ou étourdi de haschich. En même temps les grands minces un peu flegmatiques peuvent surprendre par leur impulsivité, les grands secs sont parfois les plus nerveux, d'ailleurs d'un meurtrier, après coup, ses voisins disent toujours que c'était quelqu'un de très calme… Sur la photo ils s'appuyaient tous deux contre ce muret, sans regarder l'objectif, une photo étrange où dominait l'insouciance. Dans la légende je remarquais encore une fois ce terme de « néoruraux ». Des néo, sous-entendu des marginaux, des gens qui viennent s'installer à la campagne pour profiter des loyers modiques, des instables vivant généralement des allocations ou de la débrouille, des étrangers.

Dora et Aurélik vivaient dans la fermette au bord de la rivière, on ne voyait qu'une partie de cette maison, j'aurais pourtant aimé la voir entièrement. On parlait de deux bâtiments en contrebas de la bâtisse du propriétaire. Tous ces décors semblaient sortis d'une toile d'un romantique allemand, trois bâtiments dont un en ruine et deux assez abîmés. Partout l'herbe était haute, dans la cour et autour, le lierre anarchique, les branches des arbres effleuraient les toits. Ce qui était flagrant, en regardant ces bâtiments, c'est que pour vouloir vivre seul dans un tel cadre, il fallait être au bord de l'effacement.

Là, avec ces trois pages étalées devant moi, je réalisai que je n'étais plus neutre. De toute façon il est impossible de s'intéresser à une affaire sans un a priori, même pour les enquêteurs, policiers ou gendarmes, ils abordent toujours un crime avec une arrière-pensée, ce n'est pas possible autrement. Je remis la vieille page de journal dans mon blouson et camouflai les deux autres dans ma table de nuit. Il n'y aurait que dix kilomètres à faire pour le voir en vrai ce regard, mais déjà ce que je savais de cette histoire, c'est que cette fille n'y était pour rien. Sur cette photo je l'entendais presque qui me le soufflait, qui essayait de me le faire comprendre, elle était perdue, dans son regard je le sentais.

Au début il y a toujours un réel trouble à conduire une voiture qu'on vous prête, on tâtonne, on sent une réticence du véhicule, une résistance manifeste qui rend la moindre manipulation compliquée. Ce matin, par exemple, dès que j'ai mis le contact, il y a eu un souci. C'était un moteur diésel, j'ai donc patienté jusqu'à ce que le petit voyant rouge s'éteigne, mais quand j'ai tourné la clé, la voiture n'a pas démarré. Le démarreur a toussoté péniblement, sans effet. Le libraire se tenait là sur le trottoir, attendant que je parte, il me faisait signe de ne pas forcer, de couper le contact, de temporiser et de recommencer. C'était l'humidité certainement. Depuis le lever du jour, l'air était saturé d'eau, un brouillard enveloppait la ville comme une boule à neige, on voyait à peine l'autre bout de la place. On annonçait de sérieuses averses pour l'après-midi. En me voyant débarquer chez eux bien avant 11 heures, les libraires m'avaient d'abord proposé un café, ils n'en revenaient pas de mon besoin si pressant d'aller faire un tour, d'explorer la forêt dès le premier jour. Michel m'avait fermement recommandé de ne pas aller trop loin, considérant que le mieux serait sans doute de remettre ma balade au lendemain, il allait pleuvoir d'ici peu, et rudement à ce qu'on annonçait. En toute mauvaise foi je leur avais dit que la pluie j'adorais ça, que pour moi ce serait le rêve de marcher dans la forêt sous la pluie.

— Ça alors, vous êtes breton ?

— Pas tant que ça, mais j'aime la pluie.

Avant d'empocher les clés de la voiture, j'avais pris le temps de discuter avec eux. Nadège, leur toute jeune employée, avait bu un café avec nous, mais elle ne disait rien, je la sentais bien trop intimidée pour me parler. Pourtant, elle avait soi-disant plein de choses à me dire, Nadège, mais elle aussi gardait ses questions pour la rencontre de ce soir, elle les avait même préparées depuis des jours, et tout à l'heure elle se lancerait dans l'exercice de l'interview, une première pour elle, à moins que d'ici là le trac ne l'ait renversée et ramenée chez elle sous forme d'une crise de spasmophilie. À un moment on s'était retrouvés tous les deux dans l'arrière-boutique, j'en avais profité pour lui parler directement.

— Bon sang, Nadège, je vous assure que je n'ai rien d'intimidant, franchement il n'y a pas de quoi être impressionnée, je suis un auteur rien de plus, comme il en existe des milliers autour de vous, vous les voyez tous là, partout dans la librairie !

— Oui je sais, mais ils m'intimident tous.

— Même les morts ?

— Surtout les morts.

Nadège était une émotive née, une lectrice supérieure, elle avait fait un IUT des métiers du livre, et après quelques années d'études à Strasbourg et à Bordeaux, puis l'obtention de son diplôme, elle s'estimait chanceuse d'avoir pu trouver un stage dans sa ville natale, un stage qui allait très vite se transformer en embauche, et dans une vraie librairie qui plus est, mine de rien c'était une belle aubaine. Nadège était de ces jeunesses à la vie gâchée par la timidité, elle avait la peau blanche de ceux qui aiment les études, et des taches de rousseur qui ajoutaient à sa fragilité, les joues constamment rougies. Elle n'était pas si menue que ça, Nadège, et cependant on sentait bien qu'un simple souffle, un simple mot, une toute fine émotion, aurait pu la renverser. Du coup, pendant qu'on dégustait ce café matinal, j'évitais de trop lui parler, attendant qu'elle prenne un peu d'assurance et qu'elle mesure à quel point j'étais largement moins structuré qu'elle.

Une fois le café bu, je refusai un énième gâteau sec et redis à Michel et à Marie que je voulais rouler en forêt parce que la forêt, ce serait un bon thème pour les ateliers d'écriture, et surtout pour ce feuilleton dans *La Voix du Centre*, la forêt c'était hautement inspirant. Après tout, le Morvan était réputé pour ses massifs forestiers, et il y avait sûrement des choses à dire sur l'industrie du bois, sans parler des créatures que recélaient les périmètres ombrageux, loups, vouivres, sangliers et farfadets, j'avais envie de me confronter à toutes ces chimères, ça ferait des thèmes intéressants, littérairement parlant s'entend.

— Alors vous allez être déçu, parce qu'en forêt tout ce qui vit se planque... tout ne fait que disparaître.

— Justement, c'est ça qui est fascinant !

Les deux libraires me faisaient la faveur de me croire, en même temps je sentais bien qu'ils lisaient dans mon jeu. Alors, tandis que Michel cherchait les papiers du Kangoo, je demandai à Marie par où sortir pour aller en direction de Marzy. Il fallait prendre la route à gauche en débouchant de la place, la D8, puis, d'un air entendu, Marie ajouta que pour se rendre à la maison de Commodore il fallait passer le village et tourner six kilomètres plus loin dans un chemin sur la gauche, vers le lieu-dit de L'Épeau, mais j'aurais du mal à le trouver du premier coup parce que L'Épeau ça n'était que deux maisons, une en retrait au bord des bois, et l'autre cinq cents mètres plus bas.

— Oui je sais, au bord de la rivière.

Pour la tranquilliser je lui assurai que je ne m'y arrêterais pas, je voulais juste rouler vers la forêt, m'imprégner de l'ambiance, mais je n'irais pas sur les lieux de l'affaire, ce serait aussi malvenu que malsain, et ça ne m'inspirait pas. Tout en parlant, j'avais l'image de cette photo dans la poche de mon blouson, le visage de cette fille qui, si elle m'entendait, s'estimerait trahie.

Il y avait tellement de jeu dans la direction de la voiture fatiguée qu'il fallait sans cesse rattraper l'imprécision sournoise du volant. Ce flottement déconcertant obligeait à une concentration permanente. Donzières en elle-même était une ville étroite aux rues jamais larges. Dès qu'on sortait de l'agglomération, la campagne avait vite fait de reprendre le dessus. À peine dépassé le cimetière, les champs ondulaient entre les haies vives, des paysages opulents comme dans les tableaux de Constable ou de Corot, riches et colorés, une belle générosité derrière laquelle on en viendrait à voir une preuve de la bonne volonté divine. Dans une lettre à son frère, Van Gogh résumait à merveille ce prodigieux bienfait de la campagne : « Beaucoup de bien-être dans l'air, pas d'usines mais de la belle verdure en abondance et en bon ordre… » C'était dans une lettre datée du 25 mai 1890. Peu de temps après il se tirait une balle dans la tête et en plein champ.

Depuis Donzières je n'avais pas croisé une seule voiture. J'avançais prudemment sur cette départementale. Et puis je voulais tout voir de ce décor, de cette campagne onctueuse et vallonnée, des grandes prairies généreuses quadrillées de haies dodues, des hauts chênes qui faisaient de l'ombre en été, des châtaigniers parés à étayer le ciel. Plus j'avançais et plus c'était vallonné, la route montait un peu, les virages étaient de plus en plus marqués, quelque chose se tendait.

Le panneau du village de Marzy m'apparut sans signe avant-coureur, très en amont de la commune, en pleine nature. C'était un village inattendu qui se dressait d'un bond au sortir d'un virage. La départementale traversait le bourg à titre de rue principale. En y passant sans m'y arrêter, je n'y vis qu'un café et une boulangerie-épicerie, mais pas un chat dans les rues, et pas plus sur la petite place devant l'église, à droite. Il faisait tellement sombre que certaines fenêtres étaient encore allumées. Je décidai de tracer, je verrais ça au retour, j'irais me poser dans ce café pour prendre un sandwich, ou dans la grande auberge qu'on devinait en contrebas, sur la gauche. Il était midi, j'avais juste le temps de me lancer dans une exploration rapide de la forêt et de revenir sur mes pas, histoire de parler à ceux que je trouverais là dans ce village. Je m'imaginais faire ça aussi facilement que les détectives dans les polars, alors que dans la vraie vie ce n'est pas si simple de se mettre à parler d'un crime à des inconnus, surtout dans un village aussi refermé et complètement désert.

Je continuai sur la départementale après le village, je roulai lentement, le regard rivé au bord de la route, à l'affût de cet éventuel chemin qui pourrait surgir des haies épaisses. Il y avait bien des chemins, mais aucun de convaincant, ils semblaient tous filer au milieu des champs. Je roulai plus avant, le regard concentré sur les abords immédiats, et là d'un coup, au détour d'un virage, je fus soulevé par ce décor qui surgissait devant moi, saisi par cette masse verticale qui s'élevait en face, la forêt paraissait jaillir du sol comme un dragon se déploie pour se montrer féroce, une masse d'arbres géants qui rehaussaient furieusement le relief, j'en étais stupéfait, comme si jusque-là je n'avais fait que rouler à un étage inférieur de la Terre.

C'était donc ça la fameuse forêt que tous évoquaient avec retenue. La forêt, ici, ils en parlaient comme d'un littoral, une mer qui les encerclerait, une limite à partir de laquelle la terre s'arrêterait net pour laisser place à un élément autre, des milliers et des milliers d'hectares obscurs et vertigineux, un véritable océan vertical aux marées sournoises et aux tempêtes introverties. La forêt, on m'avait tout de suite prévenu de m'en méfier, du moins on m'avait recommandé de ne pas y aller seul, et surtout pas le soir. Sans doute qu'on cherchait à m'inoculer un peu de cette peur ancestrale qui sert à contenir les enfants, une peur probablement étayée par de vraies mésaventures. Apparemment le danger était réel, de se perdre déjà, à tout le moins de se faire peur.

J'oubliai L'Épeau pour rouler jusqu'aux premiers grands arbres, je voulais la voir de près cette forêt, comme face à la mer on ressent l'envie de plonger, c'est elle qui m'attirait, seulement juste avant la ligne droite qui s'enfonçait vers l'ombre, cent mètres avant les hauts chênes, il y eut ce chemin en contrebas qui partait sur la gauche, un chemin bordé de talus et de haies, visiblement il descendait en épousant le mouvement de la vallée. À coup sûr c'était ce chemin-là. Il allait rejoindre une rivière que d'ici on ne voyait pas.

Avant de m'y engager je voulus d'abord renifler l'endroit. Je m'arrêtai donc à l'amorce du chemin, coupai le contact sans sortir de la voiture, et là, silence total. C'est assez rare d'entendre ça, même à la campagne, pas un bruit, aucun son, pas même une lointaine voiture ni les éclats pétaradants d'une moto déréglée, pas de chant d'oiseaux non plus, pas d'avion dans le ciel ni de bruissements de quoi que ce soit, rien. J'écoutai ça un bon moment puis, en m'habituant à ce silence, me vinrent les aboiements caverneux et lents d'un chien au loin, très loin, un grand chien sûrement, le son porté par l'écho avait quelque chose de terreux et d'humide dans la résonnance, ça disait la gueule immense et l'obsession de continuer, ça devait venir d'en bas ou d'une clairière au fond des enfers.

Je n'en menais pas large. En fait j'avais peur qu'on me surprenne, qu'on me demande ce que je foutais là, et je commençais à me le demander moi-même. Je restai dans la voiture, je regardai mon téléphone, il affichait à peine une barre, dans le coin on captait mal. En quinze kilomètres, je n'avais pas croisé une voiture. Personne ne semblait en sortir de cette forêt, ni même y pénétrer. De l'autre côté du pare-brise je voyais les premières rangées d'arbres, ces arbres en avant-poste qui étaient là pour en cacher d'autres, qui eux-mêmes en cachaient d'autres, des milliards de présences trompeuses comme ça jusqu'à l'infini.

En baissant la vitre j'évaluais ce chemin qui descendait rudement, je doutais de la pertinence de s'engager dans un bourbier aussi pentu, le risque n'était pas mince de s'y embourber, ce qui ferait toute une histoire, surtout avec une voiture qu'on venait de me prêter et pas de connexion pour téléphoner en cas de pépin. Ce serait franchement pitoyable de devoir appeler le libraire à la rescousse dès le premier jour, après tout rien ne m'assurait que ce soit bien le bon chemin, aucune pancarte n'affichait L'Épeau, la fonction de localisation 3G ne fonctionnait pas, ce chemin ne menait peut-être nulle part.

Mais là je compris tout de suite en ouvrant la portière.

Là, en posant le pied à terre je m'arrêtai net, j'en eus même un haut-le-cœur, c'en était déchirant. En plus de l'humidité profonde, il y avait toutes ces traces au sol, des stigmates qui lacéraient la terre, enchevêtrés en tous sens, ça remuait le ventre de voir ça, j'eus même ce mouvement de recul comme quand on pose le pied dans une flaque de sang. Le chemin était déchiré de traces de pneus de tous calibres, des empreintes profondes dont certaines mordaient sur le bas-côté, signe que des tas de véhicules, et visiblement des gros, s'étaient récemment engouffrés dans ce chemin-là, voilà pourquoi il était aussi mal en point, labouré, défiguré de toutes parts. J'imaginais les probables mouvements des camions de gendarmes, les allers-retours des brigades de recherche, des enquêteurs, voire même des équipes cynophiles et des escadrons d'hommes du rang… De voir ce chemin totalement déchiré, ça matérialisait les choses. Là devant moi, cette affaire de disparition prenait corps, elle m'affolait dès le premier contact. Mon excursion se teintait d'une gravité imprévue, je ne me sentais pas de me fourrer là-dedans, j'avais peur de ce que je trouverais là-bas, comme si le simple fait de m'engager dans cette ornière, de descendre ce banal chemin, pouvait avoir quelque chose d'irrémédiable et de compromettant. Tous ces mots que j'avais lus jusque-là dans la presse, dispersés çà et là dans les journaux, voilà que face à moi ils se montraient dans leur réalité sordide, irréparable, tout ce vocabulaire du fait divers qui reste romanesque tant qu'on ne fait que le lire à distance, voilà qu'il se matérialisait là, dans ce chemin saccagé, m'apparaissaient tous ces termes aux connotations terribles, « disparition », « recherches », « battues », « détention », « meurtre », « cadavre », tout ce lexique habituel du lecteur, je l'avais sous les yeux en forme de stigmates, j'en décelais toutes les implications tangibles, et ces concepts qui m'accompagnaient depuis hier, « homicide », « suspect », « incarcéré », « crime », voilà qu'ils me foudroyaient de leur charge dramatique, je n'étais plus dans cette distance prudente que sécrètent les histoires tant qu'on ne fait que les lire.

Je ne voulais pas ajouter une trace à ces traces, saloper mes chaussures. Je me dressai sur le bas de caisse de la voiture, les bras écartés entre le toit et la portière, comme un talonneur dans une mêlée de rugby, de là-haut j'évaluai le site, je tâchai d'entrevoir jusqu'où allait ce chemin. Mais il partait dans un coude sur la droite, à deux cents mètres de là il tournait vers la forêt. La maison du disparu et celle du couple étaient au bout de ce toboggan tragique. Ce serait grave d'y foutre les pieds, pas innocent en tout cas. Je ressortis la page de journal de mon blouson, c'était comme si deux univers radicalement contradictoires se confrontaient, d'un côté la retranscription imbibée d'imaginaire contenue dans cette feuille fragile, une feuille chahutée par le vent, et de l'autre l'univers tangible et glaçant, étalé là dans son impitoyable réalité, un monde où tout était inexorable, irrattrapable, abîmé pour toujours, un monde d'où soufflait ce vent qui malmenait la malheureuse feuille de journal tremblotant entre mes doigts...

J'essayais de la replier quand elle m'échappa sous le coup d'une rafale. En tendant le bras je tentai de la rattraper mais elle était déjà à plus de dix mètres devant moi, alors que je marchais dans cette fange pour la récupérer, elle se souleva pour s'éloigner encore, j'accélérai et posai le pied dessus pour la coincer, ce qui me fit glisser, je m'étalai, me cassai copieusement la figure dans cette boue et m'affalai sur le flan droit. Avant de me relever je ramassai la feuille plus sale que jamais et la repliai, réalisant que j'avais de la boue plein mon pantalon, mes chaussures, et même mon blouson, le mal était fait.

On n'entendait toujours pas le moindre bruit, comme si à dix kilomètres à la ronde toute vie se camouflait, suspendue à ma décision. Je me raccrochai à la portière grande ouverte, ça dérapait sacrément, et là je sentis monter cette odeur de terre humide d'avant la pluie, une odeur lointaine et fraîche. Je jetai un œil à cette forêt qui occupait l'horizon, cette ombre secrète faite de silence et de feuilles, et là, pour la première fois de ma vie, j'entendis ce bruit fameux, là au milieu de ce silence total j'entendis enfler l'amorce de tumulte propre aux grands bois, le grésillement d'abord infime d'une averse encore très loin d'ici, puis qui progressait, une averse qui avançait à des kilomètres de là dans un fracas grandissant, en patrouillant sur les frondaisons. Ça commença par le bruissement lointain des feuilles qui se mirent à grelotter, des feuilles qui réagissent toujours au moindre souffle, ensuite il y eut l'effet démultiplicateur des milliards de gouttes d'eau qui percutaient ces milliards de feuilles, la pluie là-bas s'abattait sur les arbres et se rapprochait, ça devenait un bruit immense, une marée sonore gigantesque qui, comme une rumeur reculée, gonflait comme une vague, une vague qui n'en finirait pas d'avancer sur le rivage, qui ne s'arrêterait jamais, bientôt c'est tout l'espace qui fut envahi par le crépitement affolé de la giboulée matraquant les arbres, bien avant que ne se fassent sentir les premières gouttes, la pluie avait inondé tout le champ sonore, c'était aussi fort que de surplomber une falaise avalée par l'océan. D'un coup ça se mit à tomber à seaux. Je m'enfermai dans la voiture et remontai la vitre.

C'était minable mais en moins de deux minutes j'étais sale, mouillé, j'avais froid, et peur surtout, soudain tout devenait fragile, je craignais de revenir dégueulasse et d'esquinter la voiture, d'avance je me voyais me lancer dans d'interminables explications face au libraire, me justifiant comme un gosse, c'est toujours humiliant de se justifier, d'autant plus quand on a tort et que l'on ment. La pluie martelait la tôle dans un fracas de déluge, la vague m'avait rattrapé. À la boue s'ajouta l'eau, tous les éléments m'enveloppaient d'une consistance rebutante, mais je ne voulais pas en rester là, ce serait pitoyable d'en rester là, l'envie était trop forte d'aller voir tout de même, j'étais si près du but, alors je remis le contact, passai la première et m'engageai là-dedans.

Pour y avoir pensé toute la nuit, je savais déjà ce que je dirais à la fille, je m'y étais préparé, je lui dirais que son histoire était folle, qu'elle m'intéressait parce que j'étais écrivain, comme si ça légitimait toute intrusion. J'ai toujours eu en moi ce besoin de persévérer, encore plus quand c'est une connerie, l'obstination c'était même le moteur de ce passé trouble sur lequel je n'écrirai jamais, mais bon sang que c'était excitant de rouler sur un chemin dont je ne savais pas vraiment où il menait, ni ce que j'y trouverais, le pire ou l'idéal. Il y avait de gros cailloux par endroits, des ornières emplies d'eau que je contournais plus ou moins, j'étais toujours en première pour garder l'adhérence. Je pilotais au millimètre près, comme un conducteur d'engin bourré de matières explosives, je veillais avant tout à ne pas esquinter le bas de caisse, mais la boue giclait de partout... Dans les passages à la pente plus marquée, je sentais le Kangoo qui m'échappait et glissait comme une semelle sur une flaque d'huile, une fois ou deux je sentis aussi que ça tapait en dessous, que ça cognait salement dans le carter. Les essuie-glaces balayaient ce qu'ils pouvaient de cette averse torrentielle, je me raccrochais à l'idée qu'à tout moment je pouvais faire demi-tour, dès que ça se pourrait, mais en même temps je savais bien que ça ne se pourrait qu'une fois en bas, une fois touché au but. Dans la vie c'est rare de faire demi-tour, c'est une idée qu'on garde en tête pour se rassurer, tout en sachant qu'au fond ça ne se peut jamais.

Qu'importe, j'avais trop envie de voir si l'image de la déesse dramatique correspondait bien à la réalité. Au-delà de ses traits, cette fille m'attirait parce qu'elle était dans une situation impossible, et qu'elle se hissait au rang supérieur de ces humains qui bataillent avec le tragique.

Je sentais tous ces regards avides fixés sur moi. J'étais seul face à eux, ils ne pouvaient faire autrement que de me dévisager. Pas de doute qu'ils me jugeaient tous. Avant que ça démarre, il y eut un long moment de flottement, je demeurais là sans rien faire, devant des gens assis, pendant que d'autres continuaient d'arriver au compte-gouttes, et on me promettait qu'il en arriverait encore. Mine de rien la petite assistance se gonflait, mon auditoire s'étoffait. Dans ce genre de rencontres en librairie, j'ai toujours l'espoir fou qu'il manque des chaises, que les derniers soient obligés de rester debout, qu'il y ait plein de gens adossés contre le mur du fond, en fin de compte ça ne se produit jamais.

Mes deux libraires semblaient préoccupés ce soir, ils voulaient être certains que tout le monde était bien là, en même temps ils tenaient à commencer à l'heure. Selon eux, trois habitués n'étaient pas encore arrivés, sans parler de ces inattendus toujours possibles qui grossissent miraculeusement les rangs. Du coup, la petite arrière-salle de la librairie se remplissait de façon émouvante. Michel et Marie accueillaient un par un ces auditeurs providentiels, ils s'assuraient que tous soient assis, quand les chaises se mirent à manquer réellement. Michel commença d'en déplier d'autres, qu'il allait chercher derrière moi. Tout cela durait un peu. Face à cette assemblée de plus en plus consistante, avec mon pantalon maculé de boue, mes semelles crottées que j'exhibais malgré moi, mon blouson encore taché même si j'avais tenté de le nettoyer, j'étais mal à l'aise. J'en voyais qui chuchotaient en me regardant, la main en paravent, pas de doute qu'ils se demandaient les raisons de cette saleté. Histoire de m'occuper, j'ouvris un de mes livres posés sur la petite table et fis semblant de me lire.

À un moment, Michel dut même monter à l'étage pour trouver de nouvelles chaises, bizarrement il y avait plus de monde que prévu, une bonne cinquantaine de personnes, je n'en avais jamais eu autant, et chaque nouvelle présence plantait une perplexité de plus devant moi, un regard que j'endurais et qui paraissait dire : « Mais qu'est-ce qu'il est arrivé à notre écrivain ? »

Michel vint enfin s'asseoir à côté de moi, il avait l'air nerveux. Tout à l'heure en me voyant revenir, j'avais bien senti qu'il ne voulait pas me faire de reproches, mais en découvrant l'état dans lequel je lui ramenais sa voiture, il avait eu du mal à cacher sa déception. Je lui avais dit que je la laverais le lendemain, qu'il ne s'inquiète pas, ce n'était que de la boue.

Il ne s'inquiétait pas, simplement il était étonné, on dira cela.

J'avais devant moi ce petit public bien campé sur ses chaises fragiles, un doux tribunal tout prêt à m'acquitter, à condition toutefois que je ne bluffe ni ne mente, ils avaient fait la démarche de ressortir de chez eux un soir de pluie et de match, quand même, tout ça pour voir parler un auteur même pas connu, national certes mais pas connu, des bienveillants suffisamment courtois et magnanimes pour me faire la grâce de supposer que j'avais quelque chose à dire. Je me redressai sur ma chaise.

Michel commença de me présenter. Tous les visages restaient braqués sur moi, ils me scrutaient de leur moue dubitative. Pas de doute que c'était la force de conviction de deux libraires qui avait réussi à drainer tous ces lecteurs, ils avaient dû les tarabuster depuis des semaines, leur clientèle comme leurs connaissances, qui s'étaient donc sentis obligés de venir. Pas tant pour moi que pour honorer l'opiniâtreté de ces deux acharnés qui tenaient la librairie à bout de bras depuis dix ans. C'est pour ça qu'il y en avait autant. Personnellement je serais incapable de rameuter autant de monde, si un jour je devais organiser mon anniversaire, pas sûr que je parvienne à en rassembler le quart. Même Mme Meunier était venue, mon hôtelière. Sans la connaître j'avais pour elle une reconnaissance abstraite, je l'aimais bien son hôtel, un établissement à la vétusté douillette dans lequel bizarrement je me sentais à ma place. Je reconnaissais aussi des visages croisés hier, des gens avec lesquels j'avais échangé deux trois mots dans la belle ébriété générale et qui s'étaient tous volatilisés d'un coup, mais ce soir ils réapparaissaient.

Michel déroula sa présentation, il me fit parler de ces petits boulots, de cette errance avant d'arriver à me faire publier, dans le même esprit il m'interrogea sur mes livres, sur mes adaptations au cinéma, à la radio, à l'entendre ce passé récent et le lointain se confondaient dans une surprenante harmonie, comme si tout cela avait été vécu calmement, logiquement, et dans sa bouche ces quinze ans passés à essuyer des refus ça semblait presque une bohème idéale et heureuse, alors qu'au fil de ces années il y avait eu tant de peurs, de découragements, de galères et d'accidents. Une notice biographique d'auteur, c'est comme un album de famille dans lequel on a préalablement fait le tri, un tri sévère pour ne garder que le plus flatteur. Pourtant avant d'être publié j'avais essayé mille rôles, entre vingt et trente ans ma vie n'avait été qu'une zone d'ombre, en même temps des zones d'ombre on en a tous. Travaillant de nuit à Paris, je m'étais laissé influencer par toute une faune, embarquer dans un tas d'histoires, mais contrairement à eux je n'étais jamais allé jusqu'au bout, quelle que soit la combine ou le trafic au dernier moment j'avais toujours eu la lâcheté de me débiner, comme tout à l'heure face à cette maison au bout du chemin, cette maison curieusement muette, une petite ferme sans âme qui vive, alors qu'il y avait pourtant de la lumière dans la pièce du fond, et même si personne n'avait répondu quand je frappai à la porte, je sentais bien qu'il y avait quelqu'un, tout ça devenait inquiétant, là encore j'avais eu la lucidité de prendre peur, de faire demi-tour avant de me noyer dans cette cour où il pleuvait plus que jamais.

Ce chemin, finalement, je l'avais descendu, et jusqu'au bout, de toute façon une fois lancé là-dedans je ne pouvais plus faire demi-tour, j'avais donc atterri dans cette cour détrempée, le chemin continuait sur quelques mètres jusqu'à la rivière et repartait sur l'autre rive, signe que le cours d'eau pouvait se traverser à gué.

Avant d'arriver dans la cour, presque au milieu du chemin, j'étais d'abord passé devant une clairière, une vaste trouée qui s'avançait dans le bois et au fond de laquelle j'avais reconnu la maison du disparu. La vieille bâtisse était encore plus impressionnante que dans le journal. Mais ce que ne disait pas la photo, c'est qu'il y avait un mur devant et un large portail en bois, du moins ce qu'il en restait, les vestiges d'une barrière disloquée. Des rubans de plastique jaune étaient tendus entre les deux montants pour protéger la zone et en interdire l'accès. Je m'arrêtai devant la maison de Commodore, juste pour envisager ce cadre presque familier, mais ces rubans de gendarmerie et la cire des scellés sur les portes n'engageaient pas à traîner dans le coin. Alors je continuai de descendre le chemin sur cinq cents mètres, la voie était de plus en plus encaissée et dominée par deux hauts talus, et là dans le fond, au sortir du dernier virage, je l'avais devant moi, la maison d'Aurélik et Dora, deux minces bâtiments parallèles, deux longères de brique rouge avec la cour au milieu, une cour déchirée par les stigmates des véhicules fantômes et les rangers des militaires.

Des traces, c'est tout ce qu'il restait de tous ces véhicules et des gendarmes, il n'y avait là aucune voiture, pas même celle de ceux qui vivaient là. Au moins j'avais cette fierté d'être allé jusqu'au bout. Je fis quand même mon demi-tour au cas où il faille déguerpir pour une raison ou pour une autre. Sans couper le contact je descendis de la voiture pour marcher vers le bâtiment de droite, je mêlais mes traces à toutes les autres, prêt à dire que j'étais perdu. De toute évidence, c'était une vieille grange, un hangar avec en dessous tout un bric-à-brac désordonné. Je n'avais rien pour me protéger de la pluie, si bien que j'allai vers le bâtiment à gauche en ramenant mon blouson sur la tête, il y avait trois marches au bas d'une porte vitrée, des petits carreaux pas trop limpides. À l'intérieur je ne voyais personne. La grande pièce au premier plan était vide, des bols traînaient sur la toile cirée. Pourtant je m'attendais à ce que Dora soit là, assise à cette table, déboussolée et magnifique. Mais non, personne. Tout de même, il y avait de la lumière dans les pièces du fond, il faisait tellement sombre là-dedans qu'on se rendait bien compte qu'à l'arrière une lampe était allumée. Je frappai au carreau comme le ferait quelqu'un qui demande son chemin. Pas de réponse, à l'intérieur rien ne bougea. À travers le carreau, j'apercevais cette maison telle que je l'avais imaginée, un vrai désordre, des meubles disparates, une cheminée au feu éteint, avec des bûches toutes prêtes au pied du foyer, sans doute pas d'autre chauffage que celui-là, un genre de bohème rustique. Sur une chaise près de la table était posée une étole orange, ça ne pouvait être qu'à elle, une sorte de fourrure à la teinte pas trop conventionnelle, d'un orange roux, ça lui ressemblait… En redémarrant, les roues motrices du Kangoo patinèrent dans une ornière de camion, j'accélérai dans le vide. J'allai voir dans la grange s'il y avait deux planches que je pourrais caler sous les roues avant, mais je n'en trouvai pas d'assez grandes, je retournai frapper au carreau de la maison, et là l'étole orange n'y était plus, à moins qu'elle ne soit tombée, je ne comprenais pas…

— N'est-ce pas que c'est une bonne question ?

— Pardon, je pensais à autre chose, je n'ai pas entendu.

— Eh bien, vas-y Nadège, repose ta question. Non ? Bon, alors je le fais pour toi, en gros je la résumerai comme ça : qu'est-ce qu'il faut vivre de son roman avant de pouvoir l'écrire ?

— Ouh là, vaste question !

Nadège y tenait tellement à sa question que c'est elle qui la reformula :

— Si vous préférez, est-ce qu'on pioche dans des émotions vécues pour nourrir son roman, ou est-ce qu'il suffit d'imaginer ?

— Je ne sais pas, Nadège, ça dépend sans doute de ce qu'on veut écrire…

— Pour vous donner un exemple, est-ce que Conrad aurait pu écrire *Au cœur des ténèbres* s'il n'avait pas d'abord vécu cette expérience de l'Afrique et navigué sur des grands fleuves…

— Sans doute pas. Mais bon, on pourrait dire aussi que comme Proust n'est jamais allé en Afrique, il n'a jamais écrit dessus, mais peut-être que s'il y était allé, ça ne l'aurait absolument pas intéressé d'écrire dessus… Enfin, c'est un peu spécieux comme raisonnement, mais là vous me prenez de court.

Sans être paranoïaque, je sentais poindre une arrière-pensée dans les questions de Nadège. Mine de rien elle faisait allusion à mon escapade de cet après-midi, sous-entendant que j'étais allé rôder autour de L'Épeau dans le dessein de m'inspirer de cette histoire... Mais peut-être que c'était moi qui me sentais coupable d'être allé là-bas.

Elle continua devant nous son curieux exposé, développant que Conrad n'aurait jamais pu écrire *Au cœur des ténèbres* s'il n'avait pas d'abord lu Stanley, qui lui-même, dans son récit, relatait l'histoire vraie d'Emin Pacha, source d'inspiration du personnage de Kurtz de Conrad, je ne comprenais plus rien à ce qu'elle voulait me faire dire...

— Donc, tout part toujours du réel... ?

— Oui, Nadège, on va dire ça, oui sans doute.

— Il faut donc vivre avant d'écrire ?

— Disons qu'il vaut mieux être en vie pour le faire...

J'eus cette facilité-là, de récupérer un peu de sympathie du public pour désamorcer le trop grand sérieux de la petite, au moins en les faisant rire, je reprenais un peu le dessus sur la jeune libraire qui s'évadait dans le conceptuel et prenait sur moi une hauteur de point de vue discriminante, on ne voyait qu'elle ! Désamorcer le raisonnement de l'autre par le trait d'esprit, le croche-pied en forme d'humour, ce n'est pas très glorieux comme procédé.

— Mais, tout de même, pour essayer de vous répondre, Nadège, quand j'écris je n'ai pas besoin de m'appuyer sur une histoire vraie. Que le roman soit certifié par le réel ne le rend pas meilleur, ni plus authentique, en tout cas je n'écrirai jamais en m'inspirant de l'histoire de quelqu'un, d'ici ou d'ailleurs, jamais.

— Mais ce n'est pas interdit !

— Non, mais c'est juste que j'aurais le sentiment de commettre une effraction.

— Eh bien, c'est peut-être justement ce qu'on attend de vous !

Nadège avait réponse à tout. Et là, cherchant dans ses notes, elle lut avec l'intonation solennelle dont on souligne les citations :

— « Une bonne fiction n'a pas à ressembler à la vie réelle, c'est la vie qui essaie de toutes ses forces de ressembler à une bonne fiction. » C'est vous qui avez écrit ça sur votre page Facebook.

— Non, je citais Isaac Babel.

— Ah, vous ne l'aviez pas précisé.

— Je m'en excuse.

— Du coup j'ai cru que c'était de vous !

— C'est le problème avec Facebook, tout ce faux réel, ça crée la confusion.

— Et vous êtes d'accord avec cette phrase ?

Pendant qu'elle me parlait, je revoyais la pièce du fond avec la lumière allumée, j'imaginais Dora apparaître avec l'étole orange autour du cou, celle qui n'était plus sur la chaise. Mais devant moi des mains se levaient, des remarques se mirent à monter du public, alors qu'en général personne n'ose jamais poser la première question, en général il faut toujours les quémander.

— Mais ce n'est pas parce qu'une histoire ne vous est pas arrivée que vous n'avez pas le droit de vous en inspirer ! Il n'y a pas de droits d'auteur sur la vie des gens...

— Un droit moral peut-être...

— Mais vous pouvez écrire sur nous, vous savez, me lança une dame en plaisantant.

— Laissez-moi d'abord le temps de vous connaître !

— Vous écrirez peut-être sur le village ? me lança un autre.

— Ouh là, c'est trop dangereux, ce serait prendre le risque de bien des malentendus !

— Pourquoi, on n'est pas méchant ici, on n'a rien à cacher, je ne vois pas où est le mal...

C'était le comble, d'avance je sentais venir le procès paradoxal, non pas d'avoir écrit sur eux, mais de ne pas vouloir le faire justement. Je continuais de recevoir leurs questions comme des grenades non offensives, mais je ne sais pas pourquoi, je m'en méfiais, j'essayais toujours de désamorcer tout esprit de sérieux.

— Mais alors, s'il se passait quelque chose d'extraordinaire dans votre vie, vous n'écririez pas dessus ?

— Si peut-être, ça m'inspirerait sûrement, mais je dois en être à l'abri...

— Avez-vous déjà été jaloux d'un de vos personnages ?

— Pardon ?

— Ben oui, dans la mesure où visiblement il leur arrive bien plus de choses à eux qu'à vous...

— Je n'avais pas réfléchi à ça. Mais c'est vrai qu'un jour, un type m'a cassé la figure au Salon du livre, tout ça parce que sa copine avait aimé mon livre, du moins elle avait aimé le personnage principal, au point même qu'elle m'avait écrit un mail. Évidemment je lui avais répondu, et son copain était tombé sur notre échange, ça l'avait rendu fou de jalousie, alors que cette lectrice ne faisait que me dire à quel point elle était amoureuse de Boris, mon personnage…

— Et il vous a fait mal ?

— Oui. Mais le pire, c'est que par la suite je n'ai plus répondu aux mails de la fille, qui continuait de m'écrire, à moi ou à mon personnage…

Comme la veille, tout se conclut par une salve d'applaudissements, et je feignis de les avoir mérités. Puis il y eut les détonations de bouchons de champagne, de vin blanc, ce qui une fois de plus me saoula au bout de trois verres, que j'avais ingurgités cul sec tellement j'avais soif et faim. Marie et Nadège revinrent de l'arrière-boutique avec de magnifiques plateaux de minisandwiches, mais je ne réussis pas à en attraper un seul, dans la foulée de l'interview je dus dédicacer une bonne trentaine d'exemplaires, surtout des poches, trente dédicaces coup sur coup, je touchais du doigt l'illusion concrète du franc succès, celui qui prive radicalement du buffet.

Une fois l'effort consenti, je me levai pour souffler, fourbu comme si j'avais coupé du bois. Les gens traînaient un peu. Les libraires avaient l'air satisfaits de la soirée, Marie parlait avec tout le monde, passant de l'un à l'autre, tendant encore des verres, aussi agile et sociale que la veille, Nadège était tellement soulagée que ce soit fini qu'elle riait fort et buvait trop, Michel vint près de moi, il se félicitait du parfait déroulement de l'entretien, puis il m'entraîna à l'écart, et là il devint ombrageux, grave, il voulait que je lui raconte mon après-midi, pourquoi j'étais parti aussi longtemps, et cette boue partout, ça l'intriguait, il voulait comprendre ce que j'avais foutu là-bas, visiblement inquiet. Je lui dis que j'avais juste roulé jusqu'à la forêt, que j'avais descendu le chemin jusqu'aux maisons, à L'Épeau, mais que sur place il n'y avait personne, je m'étais embourbé, puis j'étais reparti. En revenant je m'étais arrêté au café du Chêne à Marzy, en face de l'église, histoire de prendre un sandwich, et là j'étais tombé sur le fameux Pierrot, je lui avais proposé un café, il préférait un cognac, et il s'était mis à me parler de tout, de la forêt, de son ancien métier, du projet d'usine, puis du disparu qu'il connaissait depuis toujours, il avait même voulu me montrer où était sa Jeep, parce que lui disait savoir où elle était, il en était sûr, et même si les gendarmes avaient déjà regardé, il certifiait que la Jeep de Commodore était au fond du lac, près de la retenue d'eau, déglutie par la vase...

Michel s'assombrit et me lança froidement, comme à un enfant :

— Vraiment, il vaudrait mieux ne pas trop fourrer votre nez là-dedans, surtout pas avec lui...

— Mais c'est lui qui voulait me montrer, moi je n'ai fait que l'écouter.

— Pardon de vous dire ça comme ça, mais je ne voudrais pas que vous vous colliez les gendarmes sur le dos, il y a une enquête en cours, vous savez, ici on se sent tous un peu épiés, enfin, en ce moment ce n'est pas une atmosphère normale. Et puis le souci quand on se met à poser des questions à ce genre de gars, c'est que demain, vous pouvez en être sûr, tout le canton le saura. Il est même capable de parler de vous aux enquêteurs, faut pas mettre le doigt là-dedans sinon le bras y passe…

— Y a pas de problème Michel.

À cet instant on fut rejoint par un détachement de notre auditoire, certains venaient nous dire au revoir, d'autres simplement discuter avec nous. À quelques-uns, Michel répondit qu'on se retrouvait dans un quart d'heure au restaurant, parce que ce soir on mangerait dans les salons de l'hôtel du Grand Monarque, on y serait même nombreux. Au moins ce soir, je saurais pourquoi ça sentait bon la cuisine dans cet hôtel vide.

Je saluai ceux qui partaient et échangeai deux ou trois mots avec tel ou tel, tout en essayant de deviner si selon les critères de Michel, c'était bien quelqu'un à qui l'on pouvait parler, ou pas.

À 5 h 50 du matin, un branle-bas de combat étrange me tira de mon sommeil, on aurait dit la manœuvre obscure d'une armée se déployant sur la grand-place. Le regard fixé sur les diodes vertes du radio-réveil, seule source lumineuse de toute la pièce, je me posai la question d'aller jeter un œil à la fenêtre. Mais les bruits s'arrêtèrent. Flottant entre deux sommeils j'imaginai la mise en place d'un dispositif qui investirait sournoisement le terrain, je voyais des gars de la BRI se mettant en place en se parlant par gestes, attendant 6 heures pile pour forcer une porte et perquisitionner… Mes divagations paniquées s'ankylosèrent dans les vertiges du pouilly-fuissé et du champagne de la veille, je rebasculai sans m'en rendre compte dans l'inconscience parfaite et me rendormis. Mais l'éclat sonore d'une barre de fer m'éjecta de nouveau de mon rêve, une barre jetée à terre, et s'ajouta le cri retenu de quelqu'un qui grognait, trois fois de suite ça se produisit, il était 6 h 12. Je n'avais pas le courage de me lever pour aller voir dehors, un genre de refus de réalité, alors je replongeai la tête sous l'oreiller et ça marcha, de nouveau le pouilly m'absorba dans ses vertiges accueillants.

À 9 h 10 j'écartai grand les rideaux, j'étais aux premières loges de ce spectacle ultravivant, immuable quelle que soit la ville ou le pays, sinon qu'ici ça hurlait moins bruyamment que dans un marché méditerranéen. C'était presque calme, au ralenti, d'autant que le ciel était bien gris, plombé de nuages faits de la même pierre que celle des maisons, une tonalité qui neutralisait les couleurs des bâches et des parasols. Mais le son, les éclats évocateurs du marché étaient bien là, la rumeur d'une conversation diffuse et large qui montait de la place, sans excès, un flux de paroles duquel s'élevait par moments le couplet calibré d'un vendeur, puis d'un autre qui devait parler de poissons, en ouvrant la fenêtre j'entendis mieux. Je contemplais cette foule quasiment dissimulée par les toiles bariolées des stands, je la dominais, je regardais de haut, non pas dans l'attitude de l'empereur romain mais en caleçon et en tee-shirt. L'espace d'une seconde, l'orgueil me hissa dans la sensation du citoyen supérieur, celui qui domine tout sans y participer, en même temps je me sentais surtout prendre froid. Je refermai la fenêtre pour me couper de ce monde sacrément réveillé, je l'observai à travers la vitre, c'était émouvant de voir ces gens déjà en marche, lancés dans leur journée depuis plusieurs heures sûrement, c'était rudement culpabilisant.

Depuis deux jours je traînais un lointain mal de gorge, je flottais dans cet état fébrile entretenu par tout l'alcool que j'avais bu, l'ivresse me tenait comme un rhume qui ne passe pas. Je tirai le rideau pour m'isoler de tous ces êtres bien trop actifs, mais pile à ce moment-là, en coulissant le rideau le long de la tringle, je la vis qui passait au travers de la gaze blanche, oui c'était bien elle qui filait tout là-bas, dans une trouée entre deux bâches, une fine silhouette avec une étole de fourrure orange, je rouvris le rideau et grand la fenêtre, je n'avais pas une seconde envisagé la possibilité de tomber sur elle de la façon la plus improvisée qui soit, de la voir tout simplement depuis ma fenêtre. J'avançai sur mon étroit balcon, comme au bout du plongeoir. Est-ce que ça se pourrait de la rejoindre et de tout naturellement l'approcher, de lui adresser la parole comme à n'importe qui ? Évidemment que oui.

Je m'habillai à la va-vite mais pas dans le bon ordre, j'enfilai le pull avant la chemise que je portais hier soir, mais que je ne retrouvais pas, je mis un temps fou à faire mes lacets, mes chaussures étant plombées de boue sèche. Je quittai ma chambre sans même me poser la question de la clé, en bas je traversai le hall devant Mme Meunier, toute surprise que je sorte sans prendre mon petit déjeuner. Au bout de deux jours elle était déjà chamboulée par l'idée que je puisse déroger à mes habitudes...

Il faisait bien plus froid que la veille. Dora était partie par là sur la gauche, du côté du grand dégagement où les gens garaient leur voiture pour venir au marché, derrière l'étal du poissonnier, le stand le plus vaste et le plus bruyant de tous. Je me dirigeai vers la marée, prêt à braver cette foule lente et encombrée, des matinaux pleins de sacs et de choses à se dire, je traçai au milieu d'eux tous sans même les voir, jusqu'à ce que je sois arrêté par celle dont je venais de percuter l'épaule, une qui était venue hier à la rencontre, je ne me souvenais plus de son nom, pourtant elle nous avait rejoints au repas, elle semblait importante, je lui avais même fait trois dédicaces, elle m'avait pris trois livres, mais je ne savais plus son nom... Elle me demanda si j'avais bien dormi, avec la culminance de ceux qui sont déjà debout depuis des heures et qui sentent bien à vos yeux troubles que vous venez juste de vous lever.

— Alors, ça vous a plu ce dîner hier, c'était bon, pas vrai ?

— Formidable, l'épaule d'agneau comme dans un rêve, d'ailleurs j'y ai repensé en dormant !

— Ah, vous voyez, ici on n'est peut-être pas dans une grande ville, mais au moins on a un bon restaurant...

Ce n'est pas facile d'être impoli, de couper la parole à des gens tellement aimables, tellement prêts à vous aimer, alors que l'essentiel de mon projet était justement de m'en faire accepter. Cependant je ne la regardais déjà plus cette brave femme, je visais loin au-dessus de son épaule, vers le fond là-bas, il y avait une petite foule dans les allées, toutes ces silhouettes qui se mélangeaient, ça faisait écran.

— L'atelier d'écriture, vous le commencez bien ce soir à 17 heures, c'est ça ?

— C'est possible, je ne sais pas en fait, mais si vous le dites...

— Vous savez que j'y serai ?

— Très bien.

— Ah quelle chance, si vous saviez comme j'aime les mots... Et quel thème vous avez choisi pour les exercices ?

Sans savoir de quoi elle me parlait j'improvisai :
— Eh bien, les faits divers peut-être.
— Tiens, c'est bizarre comme idée, vous pouvez m'en dire plus ?
— Non, pas encore, il faut que ce soit équitable, pas de fuite...
— Oui, vous avez raison, mais n'allez pas croire que j'essayais de tricher...
— Je ne pensais pas à ça madame, madame ?
— Romeux, mais vous êtes pressé ?
Je lui répondis sèchement que oui, il fallait absolument que j'aille du côté du poissonnier. Plutôt surprise, elle s'inquiéta de savoir si je cuisinais dans ma chambre, je lui lançai un « À plus tard » cruel mais courtois, et elle me répondit « À tout à l'heure, on se retrouve un peu avant 17 heures, dans la grande salle... » Déjà elle était loin, sans me retourner je lui concédai un salut de la main, pas très élégant.

Une fois devant le poissonnier je passai de l'autre côté de l'étal pour voir l'arrière-plan, face à moi je découvris le parking bien rempli pour une fois, et là, je la vis au volant d'une antique camionnette blanche, une camionnette qui manœuvrait pour se dégager de son stationnement. Enfin elle était là, à moins de cent mètres de moi, sublime et simple, même au volant de ce véhicule désuet, elle avait la grâce des filles dont le moindre geste signe une façon peu commune d'être au monde, rien que dans sa façon de se pencher pour desserrer le frein à main et de se remettre droite dans l'axe de son siège tout en ramenant ses cheveux derrière ses oreilles, son élégance imprégnait tout.

Dora était donc bien réelle, elle n'était plus seulement ce personnage de papier dans la rubrique des faits divers, je l'avais sous les yeux. J'eus le réflexe idiot de reculer d'un pas, de peur qu'elle me voie, ce qui n'avait pas de sens. J'avais beau me dire que cette fille n'avait rien d'exceptionnel, qu'elle était une personne comme une autre, absolument pas hors du commun, il n'empêche qu'elle était environnée d'un parfum trouble, d'un drame qui la hissait au rang de déesse ou de martyre, une fille sublimée par le tragique, encore plus belle que je l'avais imaginé.

— Les salauds !

Je reçus ça comme un coup de poignard. Un vieux bonhomme se tenait pas trop loin de moi, à gauche, habillé d'un bleu d'ouvrier, je ne l'avais pas remarqué jusque-là, il fumait en regardant dans la même direction que moi, sans se soucier de ma présence. « Les salauds », il marmonna salement en suivant des yeux le petit camion blanc qui disparaissait là-bas, entre deux pans de maisons grises.

En deux mots il cassa tout l'émerveillement. En deux mots il me renvoya à la sordide réalité qui souillait l'inconnue, ce drame dont je n'avais peut-être pas pris la mesure. Au fond je n'en savais rien de leur histoire, si ça se trouve ils l'avaient vraiment tué ce retraité, ils s'étaient embrouillés pour des histoires de loyer et ça avait mal tourné. Jusqu'ici je préférais croire que le vieux misanthrope s'était mis en tête de disparaître, des gens qui disparaissent comme ça du jour au lendemain il y en a des milliers tous les ans, sans nécessairement mourir, même s'il y a ceux qui meurent avant de disparaître, on n'en sait rien, tant qu'on n'est pas au cœur des êtres, on n'y comprend rien à leur histoire.

L'ancêtre en salopette bleu était toujours là, il n'avait pas bougé, il tirait sur sa cigarette puis la tenait devant lui pour évaluer l'incandescence, le coude plié, après chaque bouffée il estimait son bout de mégot. Ça devait être un ancien journalier, un paysan noueux comme un cep, la peau tannée par le dehors. Il se mit à soutenir mon regard sans même attendre que je lui demande quelque chose, moi-même je me posai la question de le faire parler, mais d'une pichenette il éjecta son bout de tabac cuit et s'engouffra derrière la bâche pour retourner vers le marché, comme on ressort des coulisses pour retourner sur scène.

Qu'importe j'irais la voir, j'avais bien trop envie d'en savoir plus sur elle et son histoire, je me trouvais toutes les bonnes raisons de le faire. Maintenant que je l'avais vue, je me fabriquerais tous les prétextes pour la revoir, quitte à me mentir. Cette fille me fascinait. D'une certaine façon elle était comme moi, une exilée du réel, une malmenée, sinon qu'elle, elle était allée jusqu'au bout, une héroïne mais pour de vrai, maudite ou adulée, traquée en pleine page dans les journaux et insultée là, dans la rue. Oui, cette fille était une héroïne, ça se voyait à sa manière de survoler les choses, à cette élégance de ne même pas entendre les insultes, à sa façon de manœuvrer la vieille camionnette comme un hors-bord d'acajou, avec le magnétisme détaché de celles qui invitent à se damner.

2

Depuis que j'étais arrivé à Donzières, j'avais eu vite fait de comprendre que ma place ne serait pas si facile à trouver, et si je lisais dans le regard de certains une pointe de reconnaissance, surtout chez les jeunes et les bienveillants, chez les autres en revanche j'avais rapidement senti une sorte de désapprobation lointaine, une distance qui ne poussait pas jusqu'au mépris, mais à une forme très distanciée de méfiance. Pourtant je suis assez désarmant de bonhomie, avec mon air de regarder le monde comme depuis une vitrine, avec le quintal anxieux et l'amplitude sympathique des types *pasméchants*. Jusque-là, dans mes nombreux déplacements, je m'étais toujours cantonné dans ce rôle-là, celui de l'hôte pas dérangeant, de l'auteur plaisant qui ne fait pas d'histoires, jamais encore je n'avais endossé le rôle de l'ennemi désigné ni du bouc émissaire.

Les autres on les croise toujours de trop loin, c'est pourquoi les livres sont là. Les livres, c'est l'antidote à cette distance, au moins dans un livre on accède à ces êtres irrémédiablement manqués dans la vie, ces intangibles auxquels on n'aura jamais parlé, mais qui, pour peu de se plonger dans leur histoire, nous livreront tout de leurs plus intimes ressorts, lire, c'est plonger au cœur d'inconnus dont on percevra la plus infime rumination de leur détresse. Lire, c'est voir le monde par mille regards, c'est toucher l'autre dans son essentiel secret, c'est la réponse providentielle à ce grand défaut que l'on a tous de n'être que soi. Bien sûr, les autres on peut aussi les approcher pour de vrai, pour peu d'en avoir le courage, pour peu de prendre cet élan formidable et d'aller leur parler, on peut les atteindre, comme ça, dans la rue ou au café, ou là autour de soi. Pour ma part je ne le fais que rarement, il y a toujours une gaucherie cruelle dans ma façon d'accoster l'autre, c'est comme d'atterrir sur un sol incertain, je ne suis pas d'un abord très rassurant.

Pourtant je le fais parfois, d'accoster l'autre, la preuve, cette fille, j'avais finalement réussi à l'approcher. Vers le milieu de l'après-midi, j'étais retourné à L'Épeau, j'avais une fois de plus descendu le chemin traître pour atterrir dans la fameuse cour, si bien que cette fille, je l'avais juste là, en face de moi, je la tenais enfin ma sombre héroïne, au point presque de pouvoir lui parler, d'entendre le son de sa voix, elle était là, à moins de dix mètres de moi, mais au milieu d'un tel chaos et dans un tel fracas que je m'en voulais d'avoir osé.

Entre elle et moi, c'était donc parti sur les bases d'une effroyable violence, un mélange de déchaînement total et d'incompréhension. À cause de la sauvagerie invraisemblable de cette rencontre, je savais que je ne remettrais plus jamais les pieds à L'Épeau, dans cette cour, ça ne serait plus possible, non pas à cause de cette histoire de meurtre ou d'un fantôme, mais à cause de ces trois types sur lesquels j'étais tombé en arrivant, trois types prenant très mal de me voir débarquer.

C'était de ma faute aussi, j'avais été trop sournois dans ma manière de me rapprocher d'eux, pas assez franc, toujours est-il que ma seconde visite s'était très mal passée. En plus de cette altercation je m'étais salement mis en retard pour mon premier atelier d'écriture, après l'incident j'étais rentré en ville sans même repasser par ma chambre pour me changer, je savais qu'ils m'attendaient dans la salle au premier étage de la mairie, néanmoins je voyais mal comment justifier mon retard et ces traces de sang, le bilan de tout ça était terrifiant, j'avais en tête l'écho de cette violence de tout à l'heure, la rage de leurs propos dans un langage incertain, j'en tremblais encore, comme on tremble longtemps après un accident.

Quand ils me virent m'asseoir en face d'eux, avec mon blouson déchiré et ces griffures sur le visage, ils comprirent bien qu'il s'était passé quelque chose. Je n'osais pas franchement les regarder. Nadège s'était rapprochée de moi pour me demander si tout allait bien, si je voulais qu'elle aille à la pharmacie m'acheter du désinfectant. Je lui assurai que non, ça irait, ce n'était pas la peine de perdre plus de temps, je pouvais parfaitement assurer un atelier d'écriture en me tamponnant le front d'un vieux Kleenex sanguinolent.

N'empêche que j'y étais allé, que je ne m'étais pas dégonflé. Nadège m'avait téléphoné deux fois sur la route du retour, sans compter les trois messages qu'elle m'avait laissés pendant la phase où mon téléphone ne captait pas. Pour les faire patienter, elle s'était occupée de l'aspect pratique de la séance. Elle avait apporté ce qu'il fallait de papier et de stylos, et disposé les tables en fer à cheval dans cette salle pas chauffée. En attendant que je sois là elle leur avait servi des jus d'orange et des gâteaux secs, d'ailleurs quand j'étais arrivé ils étaient tous le nez dans la grande boîte, la bouche pleine, tels des enfants à un goûter, ils avaient stoppé net en me voyant, comme face à un proviseur amoché ou à un zombie ensanglanté. Nadège s'était postée à côté de moi avec une sorte de fierté inquiète, soulagée que je sois enfin là, mais déboussolée de voir dans quel état.

J'avais enlevé le plus de boue possible tout en conduisant, mais j'en avais encore plein le dos à ce qu'il paraît, et dans les cheveux, me fit-elle remarquer. Mme Romeux était là elle aussi, un peu en retrait, à l'écart des tables. Elle qui ce matin sur le marché était si communicative et enthousiaste de me voir, là bizarrement elle ne disait rien, elle s'était dissociée des autres, me signifiant à quel point elle désapprouvait mon retard, ma tenue, tout de moi devant la choquer maintenant, en deux minutes j'étais passé de l'écrivain qu'on se flatterait presque de côtoyer au type infréquentable.

Face à moi, assis autour des tables en U, ils étaient une bonne douzaine, je les sentais aussi farouches que des élèves face à un nouveau prof, même si, en la circonstance, ils avaient là un auteur totalement décrédibilisé. Ils attendaient de moi quelque chose. Bien sûr ils attendaient que je démarre l'atelier, mais avant tout ils attendaient que je leur explique ce qui s'était passé, pourquoi ce retard, pourquoi ce col déchiré et ces traces de coups sur le visage. Je ne savais plus par où commencer, je leur dis juste que je m'étais perdu dans la forêt et que j'avais dû ramper sous les ronces. Tout en leur racontant cela je me rendais bien compte qu'ils n'en croyaient rien. Alors je fis diversion en parlant de ce qu'on allait faire, je réfléchissais tout haut, je ne savais pas quoi leur donner comme exercice, pour chaque nouvel atelier d'écriture j'improvise en fonction de ce que je ressens des personnes présentes, au pire je me replie sur les exercices de base, la prosopopée ou l'écriture d'une histoire à partir de dix mots piochés au hasard dans le dictionnaire, chacun la sienne. Ou bien encore on pourrait se lancer dans la séquence narrative alphabétique, ce serait plus simple, oui sans doute qu'on ferait cela, écrire une très longue phrase dont chaque mot commence par une des lettres de l'alphabet prises dans l'ordre. Mais ces participants-là, je les trouvais curieusement déboussolés, je sentais qu'ils étaient perdus dans mes explications. Dans leurs regards je devinais même de la défiance, déjà ils se méfiaient de moi, alors qu'on n'avait encore rien fait.

Mme Romeux restait figée dans sa moue désapprobatrice. Mon aspect déglingué donnait une teinte particulière à l'atelier. En plus de ça, j'éprouvais une gêne réelle face à cette assistance étrange, une sorte de non-dit cruel, à croire que j'étais parfaitement déplacé ou que ma présence les incommodait. Nadège n'avait prévu qu'une dizaine de feuilles de papier au total, des feuilles qu'elle gardait devant elle sans les distribuer, quand je lui fis signe de le faire, elle refusa avec force mimiques. Alors je me levai pour les distribuer moi-même, fatalement il n'y en avait pas assez, lorsque je lui en demandai d'autres elle me lança un regard d'une détresse absolue, une détresse qui vira à la consternation au moment où je lâchai cette phrase au retentissement catastrophique :

— Qu'est-ce que vous avez envie d'écrire ?

Tous ces visages jusque-là perplexes devinrent blêmes, désorientés, presque venimeux. Au fond, le regard de Mme Romeux me visait pire qu'un fusil, leur silence à tous, en plus de l'absence totale de réponse, dressait un mur d'incompréhension. C'est là que je réalisai ma bourde, sur l'instant je fus foudroyé par un scrupule atroce, je ravalai bien vite mon trouble pour qu'il n'en paraisse rien, prenant conscience que j'avais là devant moi douze êtres perdus sur le parcours des mots, douze illettrés, douze adultes dont la graphie même des lettres était fantomatique, l'ayant oubliée dans les derniers cahiers d'une scolarité bazardée. Pour le coup, d'entre tous, c'était moi le plus déstabilisé, le plus déconfit, si bien que pour balayer l'impair je suggérai que chacun se présente, l'un après l'autre, et au fur et à mesure j'écrirais leur prénom sur une feuille blanche, un papier plié en trois pour qu'il tienne debout et qu'ils puissent le placer face à eux en guise d'écriteau. Je commençai par le garçon au fond à droite.

— Faut qu'on se présente ? Mais on dit quoi ?

— Eh bien, vous dites votre nom, ou votre prénom si vous préférez, et votre profession.

De nouveau je sentis Mme Romeux qui m'ajustait de son regard. La question du travail n'était visiblement pas à aborder non plus.

— Bon, alors vous me dites juste votre prénom !

— Bonjour. Je m'appelle Vic ! On dit Victor, mais mon vrai prénom c'est Vic.

— Ah d'accord, Vic, et qu'est-ce que vous voulez que je mette sur le papier, Victor ou Vic ?

— Oui. Vic, c'est comme ça qu'on m'appelle. Mais vous pouvez me dire tu !

— D'accord et vous habitez où ?

— J'habite pas loin de Donzières, chez mes parents.

— Très bien, Vic, c'est parfait, c'est court en plus, c'est parfait.

— Et mon métier ?

— Non, on ne parle pas du métier, après tout c'est pas le plus important, le métier.

— Ah non, pour moi c'est très important, j'ai trente-cinq ans et je suis artiste peintre professionnel.

Là-dessus je sentis naître un sourire chez tous, quelques rires montèrent même, de doux rires modérément moqueurs.

— D'accord, mais on a dit qu'on se présentait juste en donnant son prénom, pas l'âge ni le travail, le travail ce n'est pas ce qui nous définit le mieux dans la vie.

— Si, il faut écrire mon travail sur l'étiquette, pour moi c'est très important mon travail !

— D'accord.

— Parce que j'ai beaucoup de clients...

Les rires reprirent de plus belle, mais Vic enchaîna :

— Et si je suis venu à l'atelier c'est parce que je voulais vous demander de faire un livre avec mes dessins, et vous, vous ferez les mots.

— Les légendes tu veux dire ?

— Vous êtes d'accord ?

— Oui, écoute Vic, oui, pourquoi pas, mais il faudrait d'abord que je voie tes dessins, enfin, je ne sais pas si j'aurai le temps...

Je fis laborieusement le tour de table, petit à petit je les grignotais de mes minces questions auxquelles ils répondaient longuement, se livrant avec une facilité réconfortante. Sans doute escomptaient-ils de ma présence un genre de miracle, mais en attendant ils me parlaient d'eux. Je ressentais la perdition totale de tous ces êtres face au monde écrit, face au monde tout court, je ressentais l'enfer que c'était de ne pas pouvoir déchiffrer l'environnement, la détresse de celle qui ne pouvait pas lire le mode d'emploi des biberons de son bébé, de celui qui n'arrivait pas à suivre les devoirs de ses enfants, qui du coup avait le sentiment d'être nul face à eux, et de Max qui refusait toute promotion à l'usine parce qu'il était incapable de rédiger des notes de service, et puis cette impossibilité pour tous de se mettre en règle face aux incessantes requêtes de la moindre administration, perdant de fait toute autonomie, n'accédant même pas aux aides et assistances qui leur étaient dues, face à moi ils illustraient une somme de déveines et de handicaps rédhibitoires, d'ailleurs je m'étais assis, et dès que je demandais le prénom du suivant, celui-ci se lançait dans une exposition bien développée de son cas. À force je m'enfonçais dans les sables mouvants d'une inexplicable culpabilité, alors, comme je n'osais plus vraiment leur poser de questions, ils commencèrent de m'en poser.

D'abord ils voulaient comprendre d'où venaient ce coquard et ces traces de griffures sur le visage, et pourquoi je m'étais mis à ramper sous les ronces, puis l'un d'eux, Didier, me demanda carrément pourquoi j'étais allé hier dans les chemins de L'Épeau, visiblement tout le monde savait que la veille j'étais passé là-bas et que j'en étais revenu avec la voiture dégueulassée. Je compris à quel point dans cette ville, même pour ceux qui se foutaient pas mal de ma présence, je n'en étais pas moins un objet d'observation. Qu'on m'estime ou qu'on m'ignore, tous ici gardaient un œil sur moi.

— C'est pour ça que vous y allez, pour les défendre ? Vous pensez que c'est pas eux qui ont fait le coup ?

Je ne savais quoi leur répondre, je me voyais mal prétendre que j'étais allé là-bas dans l'intention du justicier, mû par la seule grandeur d'âme, alors que c'était pour voir Dora, approcher quelque chose de son malheur, et surtout l'approcher, elle, comprendre la situation incroyable dans laquelle cette brune souveraine se retrouvait plongée. Jusque-là, je n'avais même pas songé à l'éventualité de jouer les redresseurs de torts, de caler mes pas dans ceux des parfaits humanistes qui prennent fait et cause pour des accusés qu'ils savent innocents, de ces auteurs qui volent au secours de victimes ou d'opprimés, je ne me voyais pas dans le sillage de ces purs désintéressés qui mettent leur talent au service de paumés honteusement floués, de marginaux dépassés par une erreur judiciaire. Non, là face à eux, je devais admettre que je n'avais rien de généreux, que ma curiosité ne me grandissait pas. Du reste, tout à l'heure, en descendant ce chemin encore plus impraticable que la veille, j'avais eu la prémonition de faire une connerie, de m'enfoncer, c'est vrai que le chemin se dérobait sous mes roues, j'étais comme aspiré par cette rampe funeste ou convoqué par l'esprit des lieux. Pour de vrai je m'enfonçai, mais ce fut encore pire en abordant la cour et en découvrant la maison de Dora éclairée cette fois, et surtout en apercevant ces deux voitures garées près de la rivière, deux grosses berlines pas trop neuves et immatriculées en Allemagne ou aux Pays-Bas, l'une d'elles avait une plaque orange en tout cas.

J'aurais largement préféré déguerpir alors, seulement à ce moment-là je n'avais pas d'autres possibilités que de continuer jusqu'au milieu de la cour pour faire demi-tour et décamper aussi sec. Impossible de bifurquer sur les côtés ou de faire une marche arrière, ça ne se pouvait pas.

En entendant le bruit du Kangoo, un type était sorti par la porte du bâtiment de gauche, cette même porte à carreaux que j'inspectais hier, un grand blond avec des dreadlocks, qui se planta en haut des marches en me regardant d'un œil noir. À ce moment-là un autre type apparut à son tour et poussa nerveusement le premier, il avait l'air salement excité, un peu dingue. Une fois engagé dans la cour, je décidai de continuer mine de rien, sans trop regarder dans leur direction, de poursuivre jusqu'à la rivière, quitte à la traverser et à rouler sur l'autre rive, d'un autre côté leurs voitures me gênaient, et surtout je n'étais pas sûr que le cours d'eau se traverse à gué, avec les pluies récentes le niveau était haut, je n'avais absolument pas anticipé cette situation.

Alors je m'arrêtai. De toute façon le brun nerveux était déjà à ma hauteur, à me gueuler dessus, il se mit même à taper sur ma vitre, me demandant ce que je foutais là, ce que je leur voulais. Un troisième homme sortit de la maison en même temps que Dora, ils restèrent tous deux sur le pas de porte, de toute évidence on me prenait pour un intrus, un curieux.

— T'es journaliste, c'est ça ? me lança le grand blond.

Quant au petit brun, de plus en plus excité il n'arrêtait pas de hurler :

— Réponds, qu'est-ce que tu fous là, bordel ?

Pour me défendre, sans descendre de la voiture, protégé par la portière, je répondis que je n'étais pas journaliste, dix fois je le répétai comme une manière de me défausser.

— Mais qu'est-ce que tu veux alors, qu'est-ce que tu viens foutre ici...

Le premier, le grand blond, s'approcha du brun agité, le saisit par l'épaule en lui disant que c'était bon, que ça allait, mais le brun continuait de déverser sa rage, me parlant de son frère, qu'on foute la paix à son frère, il déversait sur moi toute cette rancune qu'il ne pouvait pas balancer ailleurs, faute d'exutoire. Du seul fait de me trouver là, je devenais le réceptacle de toute cette haine impossible à lâcher à la gueule des gendarmes et du juge, et le représentant de tous ces gens du coin qui les disaient coupables et les enfonçaient, j'étais un défouloir offert, alors il se mit à flanquer des coups de pied dans la portière, mais cette haine je ne me sentais pas de la contrer, je ne me sentais pas de descendre et de l'affronter, déjà parce que j'avais tort, je savais bien que je n'avais rien à faire là, et pourtant jamais je n'avais été aussi proche de Dora, je l'avais pour ainsi dire sous les yeux, à moins de dix mètres, elle était tout proche, mais jamais quiconque ne m'aura paru aussi inaccessible et irrémédiablement loin, piégée dans un ailleurs où dominaient l'effroi et la bestialité fauve.

Tandis que le brun se détournait en foutant rageusement des coups de pied dans des cailloux, le grand blond s'approcha de moi, plutôt calme, et je sortis de la voiture en signe de pacification. Il me demanda sans s'énerver ce que je leur voulais, je lui dis que je souhaitais juste faire demi-tour, que je m'étais trompé de chemin. Suspicieux, il voulut savoir ce que je faisais dans la vie, je lui répondis écrivain, et c'est là que l'autre excité, le brun que je croyais résorbé, s'envenima de plus belle et revint sur moi pour me choper par le col et me bousculer jusqu'à me foutre à terre.

Pour se battre il faut se croire légitime, il faut penser fondées les raisons de sa propre violence, je n'avais rien à faire là, alors je me défendais mal, je ne rendais pas les coups, je n'avais pas ce qu'il faut de colère pour me décupler, pas assez de haine pour m'en irriguer le corps, face à eux je n'avais rien que de la peur et de l'incompréhension, je ne faisais que parer les baffes d'un type devenu dingue, un allumé tellement déchaîné que même ses deux potes n'arrivaient plus à le calmer. Ça n'en finissait pas. À un moment je réussis à lui agripper le pull et à le repousser franchement en le balançant contre le capot de la bagnole, je m'en défaisais par réflexe, comme on réagit à l'attaque d'un frelon ou qu'on dévie une grenade, un geste qui l'enragea plus que tout, c'est là qu'il me remit à terre et me balança des coups de pied… Les deux autres l'arrêtèrent en lui gueulant dessus, ils le maîtrisèrent et le ramenèrent vers la maison, Dora s'écarta pour les laisser passer tous les trois, et elle se tint plantée sur le pas de sa porte. Étendu sur le sol je la voyais, juste devant moi, mais à l'envers, je me redressai tant que je pus pour corriger l'angle, pour mieux la discerner, elle me regardait sans aucune expression, aucune émotion ne passait sur son visage, pas la moindre réaction. Un des types ressortit, il la prit par le bras et lui demanda de rentrer, elle le suivit, mais en franchissant la porte elle marqua un temps d'arrêt et me lança un regard appuyé. Je compris qu'elle avait reconnu la voiture du libraire, qu'elle se demandait à quel titre j'étais là, et, d'une voix calme, sur un ton absolument pas de circonstance, elle me dit, avec un accent étrange qui accentuait l'apparente sérénité :

— Pour les livres, il faut pas rester là.

Je ne compris pas sa phrase. Je la vis qui reculait pour rentrer, dans un mouvement lent, je reconnaissais là ses qualités d'être d'exception, dans sa façon de survoler l'instant, dans sa sensibilité non atteinte, alors que nous quatre, les hommes, on était lourds et essoufflés, plombés de boue et de colère, elle non, sa parole partait d'un être calme. Elle pénétra dans la maison sans détacher son regard du mien. Elle était telle que je l'avais devinée, je percevais ce charme que depuis toujours je mendiais auprès des personnages de roman ou de l'environnement réel, ne les dissociant plus vraiment. Je me relevai difficilement, une fois debout elle n'était plus là, disparue à l'intérieur, la porte refermée, le rideau tiré. Même immobile, même sans rien dire, cette fille rayonnait d'un charisme total, si ça se trouve elle était l'instigatrice de tout, si ça se trouve elle contrôlait tout de la situation et de ces êtres qui l'entouraient, qu'ils soient morts ou vifs, ou incarcérés, c'est elle qui décidait de tout pour tous.

— Pour les livres, il faut pas rester là.

Je ne saurais jamais si elle m'avait dit ça pour me refouler ou par précaution, s'il fallait y voir de la bienveillance ou un rejet, à moins que l'insolite de la formulation ne vienne de son accent, de son phrasé singulier. Après coup, je me demandais si elle l'avait réellement dit pour moi, ou si c'était une sorte d'aveu qu'elle se faisait à elle-même.

Au moins maintenant je connaissais sa voix, je l'avais entendue. Je remontai dans la voiture pour faire demi-tour, le sang me coulait sur le visage, ça saigne vite le cuir chevelu, j'avais l'impression d'en avoir partout. Je braquai ce volant rigide sans traîner, je manœuvrai devant le fantôme de mes spectateurs, comme le taureau se relève dans une arène vide, à moins que les trois types n'aient été toujours là à me regarder de l'autre côté de la fenêtre. Pas impossible. Avec le contre-jour et ce pan de nylon tiré je ne voyais rien. C'était humiliant de les savoir si sûrs d'eux, si convaincus de cette impression définitive qu'ils avaient de moi, au point même de ne pas prendre la peine d'appuyer la menace et de m'intimider davantage. Sans plus un regard je quittai cette cour et remontai la pente de ce chemin épouvantable.

Une fois arrivé sur la route, je me sentais tellement honteux que je ne me voyais pas retourner tout de suite en ville, je puais le déshonneur. Avec le recul, je m'en voulais de ne pas lui avoir cassé la gueule à ce brun, de ne pas avoir essayé au moins, tout en me disant que ça n'était pas possible, on n'est jamais ce parfait héros qu'on attend de soi. À moins que je n'aie plus le courage de me battre, que j'en sois désormais incapable. Ça faisait des années que je n'avais pas empoigné quelqu'un, pas même pour chahuter, c'était devenu une sensation extravagante de choper l'autre par le col ou de lui balancer un coup. Adulte, on ne se bat plus, pourtant môme on chahute tout le temps, on n'arrête pas de s'empoigner dans les cours de récré ou pendant les jeux, à la piscine ou dans les chambres, en plus des jeux on prolonge le mouvement pendant les heures de sport, au judo ou au rugby, là encore on saisit l'autre, on le renverse, on le fout par terre, on l'étreint, plus tard il y avait eu ces coups de sang entre potes, ce bordel foutu dans les manifestations, ces soirées qui finissent mal, des débordements qui entretiennent la sensation corporelle. Travaillant de nuit pendant dix ans, plus d'une fois je m'étais colleté avec des éméchés pas respectables, des empoignades pour refouler ou me déprendre. Mais passé quarante ans on ne chahute plus, ça devient déplacé de se battre, à partir de là les autres sont à distance, une distance à laquelle ils resteront pour toujours. Passé quarante ans, la force c'est d'être bien au-dessus de ça, de ne pas même élever la voix, de dissuader l'autre rien que par les mots, de s'imposer en se posant là. Visiblement je n'inspirais pas ça.

Après cet épisode, plutôt que de prendre à droite pour retourner en ville, je partis vers cette zone où tout se perd, je roulai dans la forêt, m'enfonçant le long de ces routes ombreuses comme pour me défaire de moi, je me sentais sale, dévalué, je n'étais plus rien qu'un type fragile et lâche, le plus pleutre de tous mes personnages. La forêt emplissait le regard et les poumons, l'air y entrait plus profondément dans la poitrine. En roulant la vitre ouverte j'avais la réelle sensation de trouver un environnement allié. J'aurais dû avoir peur de me perdre, mais à mesure que je coulissais le long de ces couloirs d'arbres de plus en plus étroits, j'avais l'heureuse sensation de disparaître, soulagé de tout regard, de toute conscience.

Je roulai deux heures comme ça. Plus j'avançais et plus j'avais la sensation d'être envahi par ce dehors mystérieux. À un moment je m'arrêtai à une croisée de chemins symétriques, avec l'impression d'avoir quatre fois la même route devant moi, quatre suites possibles, sans panneau. Je sortis de la voiture, le silence était immense, l'humidité traversait les vêtements, la nuit avait un temps d'avance. Sans panique je fis demi-tour, sans savoir à quoi me fier pour remonter mon parcours. C'est alors que mon téléphone avait sonné, de nouveau ça captait, il y avait quatre messages de Nadège, plus trois appels sans réponse, au moins on m'attendait. Au fil des messages j'entendais Nadège qui crescendo s'inquiétait de savoir si j'arrivais bientôt, de sa voix claire elle me demandait si je préférais du thé ou des jus de fruits pour l'atelier, parce que les gens commençaient de s'impatienter, on n'attendait que moi, de sa petite voix intimidée elle n'osait pas me faire de reproche, c'était touchant d'humanité.

Pendant deux heures je dus batailler avec la curiosité et l'humour féroce de ces douze incertains, qui se régalaient de me déstabiliser. C'était une forme de lutte, pas plus inégale que celle de la cour, pas moins éprouvante. Au début, j'en voulus à ceux qui avaient eu l'idée d'infliger un atelier d'écriture à ces gens ne sachant ni lire ni écrire, l'initiative était malvenue, cruelle, indécente, autant balancer en pleine mer une bordée de passagers qui ne savent pas nager. Je me retrouvais piégé dans une situation impossible, parce qu'une fois les présentations faites, il fallait bien trouver un exercice jouable, je sentais qu'ils attendaient de moi quelque chose, non pas un miracle ou une révélation, mais qu'au moins je les rapproche des mots. Alors je leur suggérai de parler, pas pour instaurer un genre de libre parole, mais pour inventer une histoire à plusieurs, une sorte de grand cadavre exquis à l'oral, moi dans tout ça je ne ferais qu'écrire, je consignerais au fur et à mesure leurs inventions… Mais ça ne les motivait pas, et de nouveau ils se mirent à me poser des questions, ça virait à l'interrogatoire, au nauséeux supplice, mon vocabulaire ne résistait pas à leurs syntaxes bancales, je n'arrivais même pas à leur mentir, et c'est là que j'eus l'idée de cette proposition folle, que ce soit eux qui me dictent une lettre, oui, que chacun leur tour ils me dictent une lettre, mais pas n'importe laquelle, cette lettre que, s'ils savaient écrire, ils s'enverraient à eux-mêmes, un courrier pour se demander de corriger quelques petites choses d'eux-mêmes, ou bien pour se féliciter de telle ou telle profonde satisfaction, une lettre pour se faire la promesse d'un engagement ou d'un projet. Après avoir mollement refusé l'idée ils se prirent à ce jeu exaltant d'écrire, du moins de me dicter, ils s'adonnèrent à cette ivresse longue à venir, mais qui, une fois la phrase lancée, n'en finit pas d'inspirer, les idées venaient, chacun voulant s'illustrer aux yeux des autres, ils s'envoyaient à eux-mêmes des fleurs ou s'enjoignaient à maigrir, ils se souhaitaient un nouveau travail ou s'intimaient l'ordre d'être plus sympas avec leurs parents ou leurs enfants, ils se dirent des choses à eux-mêmes tout en sachant qu'à l'instant où ils les exprimaient elles passaient par le filtre attentif des autres, avant d'aller se graver là, au bout de mes doigts. Je me concentrais pour ne pas mélanger les prénoms, plein de prénoms et des surnoms aussi, certains voulant être appelés comme ça, Vic, Béné, Jean-Ber, Max, Kevin, le Gros, Didier, Steve, Hélène, Toto, Nolwenn, Manu, Richard, je m'étais promis qu'une fois l'atelier fini je conserverais ces étiquettes nominatives qu'ils n'arrêtaient pas de triturer tout en parlant, pour me souvenir de tous, seulement au moment de les ramasser ils voulurent tous les garder, chacun empocha son écriteau, de même qu'ils emportèrent tous leur lettre, chacun la sienne, non pas pour feindre de l'avoir écrite, mais parce qu'ils en étaient le surprenant destinataire. On avait assez peu progressé sur le parcours des mots mais au moins ils repartaient avec une lettre, mince trophée, dérisoire victoire sur l'incommensurable lacune. En les voyant prendre leur missive, la plier pour la mettre dans la poche après y avoir jeté un œil étonné, je fus rattrapé par l'émotion à l'idée qu'ils rangeaient là dans leur poche des mots qu'ils s'étaient dits à eux-mêmes, mais sans aucune possibilité de les relire, sans la moindre possibilité d'accéder à leur intime dictée, à moins de demander à quelqu'un, un môme, ou un proche, mine de rien, sur ce bout de papier s'étalait la substance inerte d'une langue qui leur échappait totalement.

À la fin, le grand costaud vint vers moi, Manu, il n'avait pas beaucoup participé à l'atelier, se contentant de me regarder fixement, d'ailleurs quand j'avais voulu le faire parler, les autres s'étaient marrés, et joignant le geste à la parole ils m'avaient dit : « Manu, il a un casque dans la tête... ! » Et quand je lui avais demandé ce qu'il faisait dans la vie, les autres avaient tous pouffé. Dans un mouvement de connivence ils s'étaient mis les mains sur les oreilles pour mimer le casque antibruit, et l'un d'eux avait lancé plein d'ironie : « Il travaille au taille-crayon, mais il fume trop d'herbe planante... »

Ça les avait fait rire. En réalité Manu bossait dans une scierie, à l'écorceuse, une vieille scierie avec des scies gigantesques qui font un bruit féroce, l'écorceuse en faisant plus encore, il passait la journée avec un casque de protection sur les oreilles.

À la fin, donc, il se planta devant moi, comme s'il avait quelque chose à me dire, mais sans prononcer un mot. Alors je le félicitai, je trouvais ça impressionnant de travailler sur ce genre d'engin colossal, mais plutôt que de me répondre, bizarrement il me demanda :

— Et vous, l'écrivain, si vous faisiez pousser du haschich, vous auriez peur de qui ?

— Pardon !

— Vous n'auriez pas peur d'être repéré ?

— Si, sans doute que si.

— Par qui ?

— Par la police évidemment !

— Eh non. C'est pas d'eux qu'il faut se méfier...

— Ah bon, et de qui alors ?

— De ceux qui vous le volent.

— Mais Manu, pourquoi tu me parles de ça ?

— Pour rien. C'était juste pour voir si vous aviez vraiment de l'imagination.

Dès le début j'avais bien senti chez ce garçon une forme d'absence, ça procurait à sa façon d'appréhender le monde quelque chose de cocasse, d'enfantin, il semblait un peu ailleurs, c'était d'autant plus surprenant de le voir me soumettre à cet interrogatoire avec gravité.

— Dites, je peux vous appeler tonton ?

— Mais, je ne sais pas, Manu, oui sans doute, si tu veux. Enfin, tu sais que je ne suis pas ton oncle, mais pourquoi pas... Tu veux me donner un surnom, c'est ça ?

— Non, je serais fier d'avoir un oncle écrivain.

— Pas de souci, Manu, on fait ça, oui pas de souci. Du coup, tu vois, c'est moi qui suis fier d'avoir un neveu qui écorce des arbres entiers !

Ça le fit marrer, ce qui disait bien que l'humour était un pont tout à fait jouable, même si je me sentais gêné par cette soudaine complicité et cette affection surprenante dans sa poignée de main, signe qu'il me considérait réellement comme son oncle, quelqu'un de sa famille donc, un parent. C'était encombrant de prendre autant d'importance chez un parfait inconnu.

— Tonton, faudra venir me voir un jour à la scierie là-haut.

— Bien sûr que je viendrai te voir, je te le promets, et comme ça tu me montreras comment on épluche les arbres !

— Oui et bien plus que ça tonton, j'ai plein de choses à vous montrer.

Ce matin en me réveillant, je replongeai la tête sous l'oreiller pour fuir ce grand bain de lucidité déclenché par le radio-réveil, j'en avais presque honte, mais je sentais que je n'aurais plus jamais le courage de retourner là-bas. J'avais beau me dire de me bouger, je n'arrivais pas à me lever.

Le problème avec le passé, c'est de s'y voir plus beau qu'on ne l'a vraiment été. Pourtant avant je n'avais pas peur de me battre, c'est juste que j'avais perdu cette inconscience totale qu'il faut pour foutre un coup à quelqu'un. La consigne quand un excité s'enflamme, c'est de le balancer à terre, et soit il en reste là, soit il se relève et te revient dessus, mais un type qui se relève a déjà trois souffles de retard sur toi.

Maintenant, ce type à terre c'était moi. Rien de ma jeunesse ne me manquait, surtout pas ces heures passées à la salle de sport, toute salle de sport est une microsociété ultracorporelle et faussement maçonnique, à force d'y traîner se nouent toutes sortes de combines et de trafics, naïvement je m'y sentais protégé, conforté par cette illusion du groupe, mais à présent j'étais seul, un écrivain est seul. Et rien de ce passé ne me manquait, je n'avais pas la moindre nostalgie, le risque aurait bien été plutôt que des fantômes en remontent, que des types refassent surface, que de vieilles conneries ressurgissent. Parfois j'ai peur de ça, que des anciens alliés de ce passé me replongent dans ces souvenirs, qu'ils pensent que j'ai de l'argent, c'est idiot de penser ça, mais l'idée me traverse l'esprit. De ces dix années seules me manquent l'insouciance profonde et cette excessive santé, la constance tranquille de tutoyer l'excès.

En découvrant cette lumière derrière les rideaux, ce ciel gris posé sur la grand-place, je sentis une irrépressible envie de courir, le genre de chose qui ne m'arrivait plus jamais. Il y avait au moins quinze ans que je n'avais pas couru, je veux dire couru sur une longue distance, chausser des baskets et se mettre à détaler pendant des kilomètres, même pas pour fuir, pour rien finalement. Après une nuit à quémander le sommeil, une nuit agitée de remords et de résolutions molles, il fallait que je me défoule sur autre chose que sur mon estime de soi. L'échauffourée de la veille m'avait mis le nez face à une inaptitude insupportable, cette image de moi au sol, ce goût de terre et de sang sur mon visage, ça m'écœurait. Dans son petit tribunal de conscience, après coup on peut toujours se trouver des tas d'excuses de ne pas avoir réagi, mais la vérité c'est que cette fille n'aurait vu que ça de moi, un lâche qui se fait taper et se débine.

Ce matin encore, la grande salle du petit déjeuner était vide, à l'exception d'un homme debout là-bas vers le buffet, un type en costume qui se brûlait en essayant de retirer son œuf coque, sans doute un commercial en déplacement, je lui adressai un bonjour plutôt retenu, il me répondit avec aussi peu d'intention, gêné d'être surpris en si mauvaise posture. Je me mis à l'autre bout de la salle. Mme Meunier, un peu comme dans une pension de famille, vint me saluer. Quand elle s'approchait de moi, je me sentais bien plus pensionnaire que client. Elle me félicita de m'être servi aussi abondamment en tout, j'avais pris des céréales et du fromage, de la confiture et de la charcuterie, toutes ces victuailles que je posais sur ma table pendant qu'elle me versait un café allongé, à l'américaine comme elle disait.

— Vous êtes bien matinal aujourd'hui, vous avez un programme chargé ?

Programme chargé. J'appréciai le caractère exagéré de l'épithète. Dans mon planning il y avait quoi ? Ce soir, une rencontre avec des lecteurs de l'ancienne bibliothèque, et à midi un déjeuner avec le couple de libraires dans un restaurant forestier, un endroit typique, m'avait dit Michel, le regard illuminé de promesses. Ce n'était pas à proprement parler le profil d'une journée chargée, mais Mme Meunier continuait de me fouiller de ses questions, voulant savoir pourquoi ce matin j'avais l'air si actif, je lui fis l'aveu de ma soudaine envie.

— Courir ? Oh mon Dieu ! Avec ce temps ? Et puis par ici on ne court pas, voyons, ici on coupe des arbres ou on retourne les champs, mais on ne court pas !

— Je n'ai ni champ ni bois.

— Je m'en doute, mais vous n'êtes pas un peu trop lourd pour courir, vous avez les genoux solides... ?

Elle avait toujours la formule inattendue, à tout le moins surprenante. Le premier jour, elle m'avait lancé avec un naturel surprenant : « Vous qui êtes écrivain, vous pourriez peut-être m'écrire mes menus, de votre belle écriture... » Sur le coup je n'avais pas su comment le prendre, si c'était de l'humour ou du parfait premier degré.

— Vous feriez mieux de prendre un vélo. Il y a celui de mon mari si vous voulez, j'avais dit au libraire qu'on vous le prêterait.

Je n'avais pas envie de la contredire. Surtout que l'idée me plaisait. Le vélo ce serait même une garantie d'autonomie, la possibilité de pouvoir bouger sans devoir chaque fois demander la permission d'emprunter la voiture, d'autant que l'excité d'hier avait fait deux bosses dans la portière, Michel ne les avait pas encore remarquées, mais il y avait bien des impacts en plus de la boue.

— Et avec un vélo au moins, vous passerez plus facilement inaperçu, parce que la voiture du libraire ici, tout le monde la connaît.

— Mais je n'ai rien à cacher moi !

Pédaler emplit d'une plénitude aérienne, l'oxygène se diffuse dans tout le corps, j'en étais soulevé de fierté. Du moins c'est ce que je ressentis pendant les six premiers kilomètres, parce qu'au bout d'une demi-heure, une fois bien avancé sur la D8, j'étais passablement cuit. Il faisait un froid de chien et pourtant les jambes me brûlaient. Faut dire qu'avant d'enfourcher ce foutu vélo, j'avais passé une heure dans l'arrière-cour à regonfler les pneus avec une pompe défaite, en plus de graisser les axes et le pédalier je m'étais esquinté les doigts à retendre les câbles du dérailleur du vieux demi-course, j'avais resserré les freins, en soi ç'avait été un vrai sport de le remettre en état. Et là au bout de huit kilomètres, je me sentais paumé, totalement piégé par le froid. Je devais bien l'admettre, une fois de plus je me retrouvais sur cette route et dans cette direction, mais ce coup-ci je ne l'avais pas décidé, c'est le patron de l'hôtel, le mari de Mme Meunier, qui pendant que je retapais sa brocante m'avait convaincu de me lancer sur ce parcours. Il m'avait dit de prendre la route qui monte vers la forêt par Marzy, déjà parce qu'il n'y a jamais personne, et surtout parce que ça grimpe gentiment sur dix kilomètres, avec des passages à 2 ou 3 %, un relief qui en voiture ne m'était pas apparu.

— Et comme ça, dès que vous en avez marre, vous faites demi-tour et vous n'aurez plus qu'à vous laisser redescendre... Vous verrez c'est un vrai bonheur, on revient sur Donzières en pédalant comme dans du beurre !

Voilà ce que m'avait certifié le grand chef en me parlant par la fenêtre, tout en produisant une cuisine abondante avec ses deux commis, un volume de travail impressionnant au regard du peu de clients que j'avais noté dans son établissement.

Au bout de huit kilomètres je mis donc pied à terre. Mon téléphone affichait encore deux barres, j'en profitai pour appeler Michel et Marie, les prévenir que j'étais parti à vélo du côté de Marzy, que le plus simple ce serait de se retrouver directement à l'Auberge de la forêt, comme ça, après déjeuner, je n'aurais plus qu'à me laisser redescendre vers Donzières, ou carrément à mettre le vélo dans leur Kangoo... Avec son bel enthousiasme, Michel trouva formidable l'idée du vélo, d'autant qu'à l'Auberge de la forêt il était prévu qu'on déjeune costaud – « Là-bas c'est plat unique pour tout le monde mais des portions de bûcheron, comme ça vous reprendrez des forces ! » Je les imaginais mes deux libraires, soulagés de me savoir toujours parti sur les routes, ravis que j'aie à ce point le désir de sillonner la région. Avant mon arrivée, pas de doute qu'ils avaient craint que j'adopte une posture de repli, que je passe le plus clair de mon temps dans ma chambre ou à traîner dans les cafés, sans me soucier de l'environnement.

J'arrivai avec plus d'une heure d'avance devant l'auberge, à gauche en passant par les petites rues de Marzy. À cause du froid je rentrai à l'intérieur de cet établissement tout simple à comprendre, il y avait une grande salle avec un énorme poêle à bois au milieu, un tuyau en partait et longeait le plafond pour chauffer toute la pièce, il y avait aussi une cheminée dans le fond, les grandes tables étaient toutes revêtues des mêmes nappes rouge et blanc, de longues tables encadrées par des bancs, quelques rares chaises. La chaleur était bienfaisante, relevée par les odeurs de cuisson, ça donnait envie de s'asseoir et de passer tout de suite à table.

— Aujourd'hui c'est rôti de porc aux trois purées, mais c'est un peu tôt encore, on commence le service à midi, pas avant.

Deux femmes s'activaient à la mise en place. Je me rapprochai de ces grands tableaux étranges qu'il y avait aux murs, des genres de bas-reliefs puissants et très colorés, des panoramas en bois larges d'un mètre, sculptés et peints, représentant des scènes forestières intemporelles, avec des personnages fichés dedans, des petites figurines habillées de tissus, c'était insolite et désuet. Sans doute attendrie par l'idée que je m'intéresse aux œuvres exposées, une femme vint vers moi et me proposa de m'asseoir en attendant l'heure du déjeuner, mais je ne voulais pas rester dans leurs pattes, elle me dit alors d'aller prendre un vin chaud au café des

Charmes, le petit troquet un peu plus bas sur la gauche, et de revenir pour midi pile.

Entrer dans le café des Charmes, c'était comme plonger dans l'un des curieux tableaux de l'Auberge de la forêt, sinon que dans celui-là, il n'y avait qu'une seule figurine, un homme plutôt âgé, assis tout au fond de la salle basse. Il fallait descendre deux marches pour pénétrer dans ce sommaire bistro. Venant du dehors, je distinguais mal le bonhomme. Par effet de contraste le café était plongé dans la pénombre. Je m'assis à la table la plus proche du bar. Je saluai ce client mutique, qui me répondit d'un simple geste de la tête. J'attendis un bon moment comme ça, dans l'espoir que quelqu'un apparaisse derrière le comptoir, mais il n'y avait rien, pas de musique, pas de journal, rien. Le bonhomme au fond, lui non plus, ne bougeait pas, à un moment il se frotta les mains, ce qui fit un bruit de papier de verre, puis il souleva sa casquette pour se lisser les cheveux, et c'est tout. Il n'y avait ni trouble ni malaise, j'étais assis et peinard. Au bout de cinq minutes je demandai tout de même à l'autre client s'il n'y avait pas quelqu'un pour nous servir, si le patron était là.

— Si le patron est là ?

— Oui.

— Bien sûr qu'il est là.

Devant si peu de coopération je lui demandai si on pouvait l'appeler, s'il y avait une astuce quelconque pour le prévenir et qu'on vienne me servir... Là-dessus le bonhomme se leva difficilement tout en me lançant :

— Oh ça, vous pouvez toujours essayer de l'appeler… Qu'est-ce que vous voulez ?

— C'est vous le patron ?

— Qui d'autre voulez-vous que ce soit ?

— Je ne sais pas, je ne pouvais pas savoir, vous étiez assis.

— Moi non plus je ne pouvais pas savoir, vous rentrez sans rien me demander.

Le bonhomme se dirigea à pas lents vers le bar. En marchant derrière moi il me passa sa main sur le haut de la tête comme on le fait à un môme, il y a des années qu'on ne m'avait pas gratifié de cette surprenante familiarité.

— Je parie que vous êtes venu pour un vin chaud !

— Non pas vraiment, enfin, oui, comment vous le savez ?

— Je vous ai vu par la fenêtre sortir de chez les autres là, elles m'envoient toujours les touristes quand y a trop de monde chez eux ou que c'est pas l'heure. Du vin chaud, tu parles ! Comme si c'était la spécialité du coin ! Maintenant, je peux vous servir autre chose si vous voulez. Ça vous dit un Viandox ?

— Non, franchement, non merci.

Le petit café n'était pas chauffé et le vélo m'avait mis en sueur, du coup je comptais sur le breuvage pour me redonner la flamme. Le vieux patron me confectionna bruyamment la chose en injectant de la vapeur dans un verre de vin, puis il découpa des zestes d'orange et saupoudra le tout de cannelle en poudre. Il effectua tout ça lentement, puis tout aussi lentement il déposa mon verre sur la table, un verre pourtant brûlant mais qu'il tenait à main nue. Il retourna s'asseoir à sa place. De nouveau c'était le grand calme, le silence complet. Face à ce vide qui nous retombait dessus, je lâchai, histoire de lui dire quelque chose :

— C'est calme.

— Fallait venir y a huit jours, c'était autre chose !

— À cause de la disparition vous voulez dire ?

— C'est bien pour ça que vous venez ?

Pour me justifier je lui dis que non, certainement pas.

— Ah bon, en tout cas pour venir jusqu'ici à vélo par ce temps, faut être un peu sonné.

Maintenant que mes yeux s'étaient habitués au peu de lumière, je découvris qu'il était bien plus âgé que je ne l'avais imaginé en rentrant. C'était étrange de tenir un bar à plus de quatre-vingts ans. J'aurais bien voulu commencer de le boire son vin chaud, j'en avais sacrément envie, seulement c'était tellement bouillant que je le lapais juste du bout des lèvres, les volutes diaboliques dissuadaient de s'en approcher plus, ce verre me tenait en respect. Sans regarder le bonhomme, je lui demandai s'il connaissait Commodore.

— Ben oui, on était ensemble.

— Où ça ?

Je pensais lever un élément capital sur les récents événements, mais d'un coup de menton le bonhomme me désigna une bannière clouée à la poutre en me disant simplement :

— Vous savez lire…

On déchiffrait mal les lettres d'or sur sa relique, « Être et durer », des lettres brodées sur un tissu vieilli, un genre de devise.

— 8e régiment étranger.

— En Indochine, vous étiez avec lui ?

De là le cafetier se mit surtout à me parler de lui et non de Commodore, il parlait de l'Annam, du Tonkin, de cette guerre qui n'était pas qu'abstraite et cinématographique, puisqu'elle était là toute fraîche dans la mémoire de cet homme, visiblement toujours prêt à la raconter. Mais c'est sur Commodore que je voulais l'amener, histoire de cerner un peu la personnalité de l'autre.

— Dites-moi, c'est vrai cette histoire, qu'il avait fait fortune en parachutant des moutons ?

— Vrai, et des moutons de toutes les couleurs !

Il me raconta que Commodore avait organisé des parachutages de moutons sur les lignes françaises, parce que au Vietnam il n'y avait pas d'ovins, par contre il y avait des musulmans dans les rangs de l'armée française, des régiments de tirailleurs algériens, et ces gars-là auraient donné leur solde pour en manger du mouton, d'ailleurs ils la donnaient, mais à Commodore. Pour se faire de l'argent celui-ci avait monté une combine en graissant la patte à pas mal de gars à l'état-major, il récoltait des sommes rondelettes et, le jour dit, un Dakota blanc sortaient des nuages et les moutons tombaient du ciel suspendus au bout de beaux parachutes de toutes les couleurs, des parachutes jaunes, verts, orangés, rien que des couleurs vives, une convention pour qu'il n'y ait pas de méprise et qu'on ne leur tire pas dessus. Par la suite, il avait mis pas mal d'autres choses au bout de ses parachutes, cognac, pastis, sodas, opium, ce qu'il fallait de combustibles pour allumer le mal jaune. Après ça, une fois la dernière bataille perdue au pied des six collines et après des jours de marche à deviner la jungle, le cafetier me dit que pour sa part, il avait d'abord rallié Saigon puis qu'il était rentré au pays par bateau, alors que Commodore était resté là-bas jusqu'en 1966.

— C'est seulement dix ans après qu'il est rentré à L'Épeau, avec une fille de Hué, une Annamite, une sacrée belle femme, et sa sœur aussi.

Les deux femmes avaient vécu là-haut à L'Épeau avec Commodore. Toutes ces années elles y avaient travaillé dur, dans le maraîchage et la forêt, sans faire d'enfants. Commodore régnait en parfait mandarin sur son petit monde, un monde pas si petit que ça, deux cents hectares tout de même…

— La forêt c'est mieux que les mines et les carrières, la forêt c'est de l'or qui pousse en dormant…

Mais il y a trois ans, les deux femmes étaient parties faire un voyage au Vietnam, une sorte de visite d'adieu à leur pays, pour voir ce qui leur restait de famille du côté des hauts plateaux, elles devaient rester deux mois là-bas, mais finalement elles n'étaient jamais revenues, les deux sœurs avaient préféré rester auprès des neveux retrouvés, sans doute bouleversées de renouer autrement que par téléphone avec tous ces frères et ces cousins, tous ces proches déguisés par les années, toute cette descendance et ces jeunes générations nées du même sang dans un pays renouvelé et fort, un Vietnam nouveau mais intact dans sa lumière et ses parfums, du coup les deux sœurs s'étaient fait kidnapper par la nostalgie et le prodige de la famille.

— Commodore ne travaillait plus à ce moment-là, il venait d'arrêter, et de se retrouver tout seul là-haut, ça lui aura fichu un coup. Et c'est là qu'il s'est mis à louer ses vieilles baraques à des cinglés, des drogués, enfin des parasites quoi, depuis qu'ils sont dans le coin, on vole des tronçonneuses et des tracteurs, et même des champignons ! Paraît que ça part vers la Roumanie, enfin, depuis toujours c'est de l'Est que vient le bordel, et c'est ce vieux con qui nous a ramené ça, remarquez, je dis le vieux, alors que Commodore il a un an de moins que moi.

Je relevai que dans son esprit, Aurélik et Dora, en plus de ne pas être d'ici, portaient tous les maux de la terre.

— Vous savez, je me tais, je ne dis rien, mais je les connais leurs combines.

— À qui ?

— À tous ces camés là-bas, ça met la musique à fond et ça picole en plus, ah ceux-là ils risquent pas de venir au bistro pour boire, non, ils se font venir l'alcool de Yougoslavie ou de je sais pas où, sans parler du reste, enfin je préfère rien dire... Vous me direz, nous autres là-bas, on aura fait bien pire ! Mais l'opium et le pastis ça rend pas méchant, alors que les trucs de maintenant ça rend fou...

— Et Commodore, il s'entendait bien avec eux ?

— Trop, je crois. La gamine lui aura tourné la tête à ce vieux con.

— Qu'est-ce que vous voulez dire ?

— Rien. Enfin l'histoire je la connais pas. Et c'est certainement pas aux gendarmes que je dirai quelque chose, je parle pas aux sous-militaires moi. Et puis je m'en fous d'abord.

Ce vieux-là n'avait pas l'air mauvais, c'est juste qu'il n'aimait plus personne. Faut être prudent en condamnant l'aigreur des autres, de peur d'être soi-même en train de façonner la sienne, à cause d'une vie trop calme et insatisfaite, trop ennuyeuse. C'est bien pour ça que le drame des autres est distrayant, le danger serait de le croire exceptionnel, de se grandir en le côtoyant. Pour la première fois je découvrais que tous les acteurs de ce drame étaient peut-être sordides et glauques, mesquins et bas, tous mués par des ressorts minables.

— Quand vous parlez de la fille, vous parlez bien de la brune, de Dora ?

— Oui. Faut dire que la gamine, elle a de quoi affoler, vous la verriez l'été, oh la vache, ah oui, elle a de quoi affoler.

— Et alors, vous voulez dire quoi, qu'elle l'aurait ensorcelé c'est ça, que c'est une sorcière en fait, qu'elle l'a fait disparaître ?

— Elle non, mais bon, si les flics ont coffré l'autre, c'est tout de même pas pour rien, il avait des billets plein les poches...

— Des billets de deux cents euros, c'est pas non plus extraordinaire.

— Vous en avez déjà eu dans vos poches, vous ?

— Non.

— Et le bout des doigts cramés ?

— Je ne vois pas le rapport...

— Vous êtes droitier ?

— Oui.

Il me mima la prise d'une arme courte à deux mains, la main gauche nécessairement au bout du canon.

— Vous voyez, déjà que vous vous brûlez les doigts avec un verre de vin chaud, alors avec le bout d'un canon scié, j'vous fais pas de dessin…

En racontant tout ça à Michel, je savais ne pas lui apprendre grand-chose, cependant il écoutait avidement mon rapport.

— Ah, le vieux Daguenot, c'est un sacré personnage. Son bistro, dans le temps, c'était un peu les renseignements généraux du canton, mais maintenant plus personne n'y va...

Finalement ça l'amusait le libraire que je m'intéresse à cette histoire, ça le fascinait que je m'en rapproche au point même de m'y frotter, et cette échauffourée de la veille ça le réjouissait, d'autant que je lui en avais parlé comme d'une bagarre, me donnant un peu le beau rôle. Et là, en lui rapportant ces infos récoltées chez l'ancien commando, il avait l'air bien plus captivé que si je lui racontais le début de mon prochain roman.

Marie était moins enthousiaste, elle semblait même réticente à l'idée que je me passionne pour cette affaire, me promettant que tout ça finirait mal. Contrairement à son mari, ce fait divers ne l'intéressait pas, peut-être même qu'il la dégoûtait, elle y voyait la manifestation d'un genre de barbarie qu'en tant que libraire elle se faisait une vocation de dépasser, son projet étant justement de transcender le sordide et les bas instincts par l'édification d'une culture. Seulement, pressé par l'enthousiasme de son mari, je continuais d'en parler et, à mesure que j'en parlais, je sentais monter l'envie d'y retourner. Pour une fois j'éprouvais la sensation très concrète d'aborder les protagonistes d'une intrigue réelle, de toucher du doigt des personnages, mais pour de vrai, sans même me préoccuper de les inventer. Là il suffirait de les observer, de les déchiffrer, de les regarder faire, il suffirait de s'immerger dans ce parfait maléfice qui planait à quelques kilomètres d'ici pour en faire un récit. De fait, plus on se rapprochait des lieux et plus on percevait ce parfum de mystère et d'enivrante folie où chacun projetait ses propres peurs ou ses fantasmes. Cette sombre histoire au bord de la forêt, c'était comme un lac, un miroir renvoyant à chacun son interprétation, le seul vrai danger serait d'y tomber.

— « Grands bois, vous m'effrayez comme des cathédrales... » Ah c'est formidable, me lança Michel. En même temps, on est moins chez Hugo que chez Barbey d'Aurevilly, voire Stephen King pourquoi pas, mais quand même, c'est pas rien de disparaître comme ça avalé par les bois, Commodore on le connaissait tous ici, c'était une figure.

Tout en discutant on éclusait cette bouteille de vin rouge qui nous servait d'apéritif, et tandis que le romanesque exaltait Michel, il irritait toujours plus sa femme. Le libraire ne me voyait plus uniquement comme un écrivain, mais déjà comme un personnage, un acteur qu'il pourrait à loisir téléguider vers cette zone ombrageuse et folle, oui, par délégation il attendait sans doute que j'aille renifler à sa place l'entêtant secret qui planait au-dessus de L'Épeau, quitte à me perdre, quitte à m'y fourvoyer. D'ailleurs il me redit de prendre sa voiture quand je voulais, pas la peine de se casser la tête avec un vélo, et même si je la salissais ce n'était pas grave, rien n'était grave. Marie, pas trop ravie par le tour que prenait notre conversation, disait à son mari d'arrêter de parler de ça, faut dire aussi que ce vin solide nous déportait vers l'allégorique et le fabuleux, c'est peut-être pourquoi le libraire en rajoutait, c'était une sorte de jeu, on commença de déjeuner tous trois, non plus comme deux hôtes et leur invité, mais comme trois proches, on faisait corps dans cette auberge maintenant bondée, je les avais là face à moi mes deux libraires, tels deux parents pas trop d'accord sur l'avenir de leur fils.

Autour de nous la salle s'était remplie, les bruits enflaient au fil du repas, un brouhaha monstre, fait de voix fortes et de santés. À chaque fois qu'on essayait de se dire quelque chose à présent, il fallait escalader un mur de paroles toujours plus haut. On était cerné par toute une population homogène et vigoureuse, une assemblée exclusivement composée de travailleurs du bois, d'employés de la scierie de Castelnau, il y avait aussi un groupe de jeunes du BTS agricole et une grande table d'ouvriers forestiers, ils nous encerclaient tous de leur appétit grand ouvert et de ce débordant besoin de parler qui assaille des gars qui ont passé leur matinée à travailler dehors, les joues rouges et les muscles débordants du tee-shirt. Michel et

Marie s'amusaient de me voir un peu perdu au milieu de ça, je baignais dans une ambiance dont je n'aurais jamais eu idée, à vrai dire je pensais que ce genre d'endroits n'existait plus, qu'ils étaient relégués au folklore, au passé, un mélange de Zola et des *Grandes Gueules*, pourtant ce n'était pas du spectacle, cette auberge était bien réelle et authentiquement résumée par son appellation : l'Auberge de la forêt.

Michel et Marie savaient bien qu'en m'amenant là ils me plongeraient dans un décor pas banal, une atmosphère dont ils escomptaient peut-être que je la restitue dans ce fameux feuilleton que je devais écrire. Je goûtais aussi la belle générosité de ce repas insensé, parce qu'il était incroyable ce rôti de porc, avec une sauce à l'ancienne qui n'avait même pas l'orgueil d'une quelconque appellation, une portion énorme de viande, et avec ça des purées de céleri, de pomme de terre et de chou-rave, le tout servi dans des assiettes aussi vastes que l'était la table elle-même. Il y avait une place folle sur cette table, du coup la corbeille à pain était immense elle aussi, le plateau de fromages à sa mesure, trois fromages entiers disposés sur un grand rond de bois, des portions lourdes comme le marbre. Des gens connus de Michel et de Marie nous saluaient. Les deux libraires me présentaient chaque fois comme un écrivain, on me gratifiait alors d'une petite mimique étonnée, et on passait à autre chose, la météo, la route, ou les gendarmes, souvent les gendarmes.

Michel s'amusait à me resservir continuellement en vin. Sous prétexte que j'étais à vélo je pouvais m'affranchir de la question de l'alcool.

Ici la peur du gendarme, apparemment, c'était une constante, je sentais une animosité universelle à l'encontre des fantassins sournois, des képis toujours possiblement planqués au bord des routes, surtout que ces derniers temps il en était venu beaucoup des gendarmes, c'en devenait une obsession.

On fit durer le repas bien après les desserts, sous prétexte que Domi devait nous rejoindre. Domi c'était le patron. En plus d'être le cuistot, ce colosse qu'on apercevait en cuisine était le maître des lieux. Pendant le service on ne voyait que sa femme et la serveuse, mais en coulisses c'est lui qui orchestrait la partition. Domi était un ami d'enfance de Marie, par alliance il était donc devenu celui de Michel. J'appris à cette occasion que Michel n'était pas de la région, mais de Normandie, d'un autre pays en quelque sorte, il y a quinze ans il était venu s'installer ici, par amour justement, pour Marie, et pour les livres par la suite, au départ il n'était pas du tout dans la partie, mais dans la banque.

Autour de nous, d'autres clients traînaient, enchaînant avec les digestifs, les cafés-calva répandaient un effluve attisé par la chaleur du poêle, l'auberge n'était plus qu'un gigantesque fourneau qui façonnait des êtres ragaillardis et chauds, un fourneau usinant des hommes neufs qu'elle recrachait par groupes, des hercules requinqués de nouveau prêts à ferrailler avec le dehors. La salle se vida peu à peu.

Domi fit le tour derrière le bar et nous rejoignit avec une bouteille sans étiquette. D'emblée, une fois les présentations faites, Michel l'amena sur le sujet de la disparition et lui demanda ce qu'il en pensait, lui qui habitait là, lui qui connaissait tous les protagonistes, il devait bien avoir des choses à raconter.

— Michel s'il te plaît, ne le lance pas sur le sujet, tempéra Marie.

En même temps elle sentait bien qu'elle ne pouvait pas lutter contre l'intérêt phénoménal que représentait un crime pareil, surtout par ici, un coin dont on aurait pu dire qu'il ne s'y passait rien.

Le patron s'absenta pour une dernière salve de poignées de main, puis il revint s'asseoir avec une autre eau-de-vie, une prune distillée par le dernier bouilleur de cru de la région. Tout à l'heure je l'avais vu faire, le patron, un gaillard taillé comme un troisième ligne, au plus fort de l'action il était sorti de sa cuisine et s'était envoyé trois demis avec la fluidité d'un verre d'eau. Travailler devant les fourneaux, c'est vrai que ça donne soif, mais j'avais trouvé surhumaine l'avidité avec laquelle il s'était avalé ça.

— On dira ce qu'on voudra, mais c'est quand même bizarre, dans cette affaire on a le coupable, on a le mobile, on a même l'arme du crime à ce qu'il paraît, on a tout sauf la victime !

— Et alors, qu'est-ce que tu sous-entends ? lui rétorqua Michel.

— Tu ne m'ôteras pas de la tête que c'est étrange que le maire et les autres élus aient refait le PLU pour que l'usine soit construite près des sources, comme si d'un coup ils découvraient qu'une usine avait besoin d'eau...

— De toute façon Commodore voulait vendre, trancha Michel, ça change rien.

— D'accord, mais de là à avoir une usine juste derrière chez lui…

— À son âge il s'en fout pas mal.

— Si tu veux mon avis, toutes ces magouilles ça le dépasse le pauvre vieux, les élus se font du fric sur son dos, c'est des histoires d'écoblanchiment, ils pompent l'argent de Bruxelles pour buser les sources et en faire des neuves, ils te feront même un étang si tu veux…

Tous ces aspects techniques m'échappaient, alors je pris le parti de poser une question simple à Domi.

— Il y a quelque chose que je ne comprends pas, si Commodore est riche, pourquoi vendre ses bois pour faire une usine, pour être plus riche encore ?

— L'argent il s'en fout !

— Ben justement, pourquoi alors ?

— Juste pour faire chier le monde !

Le grand Domi se releva de table pour aller chercher une autre bouteille d'eau-de-vie tout aussi exclusive et, avant de se rasseoir, il posa affectueusement ses battoirs sur mes épaules avec la délicatesse d'un maquignon, et sous forme de trait d'esprit il lança :

— Dis-moi l'écrivain, si un jour ça marche plus dans le livre, tu pourras toujours te recycler dans le bûcheronnage ! Au lieu de gaspiller des arbres tu viendras les couper toi-même !

— Domi, s'il te plaît…

— Quoi ? Ils vont embaucher dans l'usine à sciure, et pas qu'un peu, va falloir de la main-d'œuvre !

Ça fit rire Michel. Marie par contre goûtait mal la blague du colosse. J'avais la bienveillance de trouver ça drôle, j'ai toujours pris la taquinerie pour de l'affection, tout comme je me suis accommodé à cette facilité avec laquelle on me considère très vite comme un pote, un type suffisamment docile pour me lancer des vannes, des vannes amicales certes, mais des vannes quand même. Ce gars-là, je le connaissais depuis dix minutes, et déjà il en était à la franche sympathie, me tutoyait alors que j'en étais resté au vous, il me flanqua une bonne tape dans le dos comme si on se fréquentait depuis toujours. Ça tenait peut-être aussi à mon gros pull, on a sans doute bien plus envie de taper dans le dos d'un gars qui a le pull rempli que sur les omoplates d'un mince en chemisette, le geste vient moins spontanément. Une fois assis sur sa chaise, mon nouvel ami enchaîna, tout en prenant Michel et Marie à témoin.

— Ben quoi, « le bois c'est l'avenir », on n'arrête pas de le dire par ici ! Et si un jour tu bosses en scierie, alors là je te prie de croire que t'auras plus envie de faire du vélo, plus besoin de berceuse le soir !

J'en profitais pour le faire parler de cette future usine, un pôle industriel de sciage couplé à un site de production d'énergie renouvelable, le plus grand d'Europe. Et comme le bois était quatre fois moins cher que le fioul, que le gaz de schiste était au point mort, le bois c'était le triomphe assuré. Le seul souci c'était que depuis deux ans deux camps se déchiraient dans la communauté de communes, d'un côté les élus et la grande majorité des gens d'ici qui souhaitaient faire de la région un genre de Wood Valley, un grand bassin d'emploi conciliant l'avenir et l'énergie propre, et de l'autre une poignée d'irréductibles qui n'en voulaient pas, des écologistes fondamentalistes qui assuraient qu'on allait massacrer la forêt.

— Eh oui, t'imagines un peu le casse-tête : faire de l'énergie avec du bois, il paraît que c'est écologique, mais ratiboiser les arbres, ça, ça ne l'est pas du tout...

— Et vous, vous en pensez quoi ? demandai-je au patron.

— Ce qu'il en pense, c'est que ça lui fera de nouveaux clients, lança Michel à notre amphitryon. Le midi tu pourras même tripler la salle.

— Ça c'est sûr, sans compter les routiers... parce que je rappelle qu'il passera cinquante camions par jour !

— On peut pas tout avoir.

— La scierie je suis pour, affirma Domi, mais bon, cinquante camions qui traversent Marzy, ça va faire du bruit...

— Et alors, on fera une déviation !

— Cinquante poids lourds par jour pour faire de l'énergie propre, alors moi je comprends plus rien à l'écologie ! rétorqua Domi.

Voyant la polémique enfler, Marie tenta de la désamorcer, disant que de toute façon les travaux n'étaient pas commencés et que dans le camp des pro-usine on trouvait de tout, aussi bien des écologistes locaux défendant l'exploitation de la biomasse, que des industriels, des grands propriétaires et des élus, ce qui faisait qu'entre eux le dialogue n'était pas toujours facile. Dans le camp d'en face par contre ils n'étaient pas nombreux mais sacrément motivés, des militants et des activistes endurcis qui promettaient de rameuter des renforts de l'Europe entière et de se lancer dans des actions de terrain. Ils juraient qu'au premier coup de pelleteuse ils créeraient l'événement. Pour faire le nombre ils s'agrégeaient par Internet avec des extrémistes venus d'Allemagne, ils annonçaient rien moins qu'une guérilla, les forces de l'ordre ne les intimidaient pas. Si bien que les réunions d'information se finissaient chaque fois en batailles rangées, en réelles bastons même, le conflit couvait.

Pour attiser le débat, je les relançais sans ironie.

— Mais se chauffer au bois, c'est vraiment écologique ?

— Tu parles, le bois, moi je suis né dedans, me lâcha Domi en plaquant sa paluche sur mon bras, et crois-moi que l'hiver ici, quand tu marches dans le village sur les coups de 20 heures, c'est irrespirable, faut pas croire, le bois ça enfume plus que l'électricité !

Michel n'était pas d'accord, le bois c'était la ressource d'avenir par excellence, l'alcool n'arrangeant pas les choses le conflit affleurait. Marie décida d'y aller, il était 15 heures et Nadège tenait seule la libraire, si un représentant débarquait ou s'il y avait du monde, elle ne s'en sortirait pas. Michel, un peu ivre, assurait qu'on avait tout le temps et qu'il voulait rester là. Marie repartit avec le Kangoo, un peu contrariée de la tournure qu'avait pris le déjeuner, je la remerciai toutefois de m'avoir fait découvrir l'endroit. Maintenant que la salle était vide, que tout le monde était parti, le patron de l'auberge sortit une autre bouteille, comble de l'insoumission il nous tendit son paquet de cigarettes, mine de rien c'était inouï de fumer à table dans un restaurant, ça nous replongeait des années en arrière. Pour Michel, qui visiblement ne détestait pas l'alcool blanc, ce fut l'occasion de découvrir deux eaux-de-vie surannées, poire et mirabelle, il affichait un sourire béat de contentement et, sous des airs d'enchantement permanent, il mûrissait tout haut ses hypothèses.

— Si ça se trouve, c'est peut-être les écolos qui l'ont liquidé le père Commodore ?

— Lesquels ? Les durs ou les mous...

— Je sais pas, ceux qui défendent la nature.

— Tu parles : ça s'excuse quand ça tue une mouche ! Y en a même qu'enterrent les moustiques !

— Domi, t'es con.

— T'as vu le profil des activistes qu'on a ici, c'est rien que des jeunes retraités ou des fumeurs de shit, on peut pas dire qu'ils aient le profil de kidnappeurs.

— Oui mais les autres ?

— Les autres, par définition on les a jamais vus puisqu'ils doivent débarquer par surprise.

Je profitai que Michel soit allé aux toilettes pour cuisiner Domi. Jouant l'ingénuité totale, je lui demandai si les industriels pouvaient avoir un intérêt quelconque à ce que Commodore disparaisse, en général c'était plutôt de ce côté que venait le cynisme...

— Aucun, puisque je te dis que Commodore était prêt à leur vendre cinquante hectares de plus !

— Mais pour les avoir gratuitement.

— Au contraire, s'il est mort ça complique tout, pour des histoires de succession et tout le bazar, surtout qu'il n'a pas d'héritier le vieux, ou alors au fin fond de l'Asie. En plus, tant qu'on n'a pas retrouvé le corps, on ne peut pas dire qu'il est mort ! Et si on ne retrouve jamais le cadavre, faudra attendre des années pour le déclarer mort !

— Et le couple de L'Épeau, ils ne sont pas très nets à ce qu'il paraît…

— Oh, eux, ils s'en foutent pas mal de l'usine, tout ce qui les intéresse c'est de faire leurs petites combines tranquilles, l'avenir de la planète à mon avis, ça leur passe largement au-dessus du bonnet…

— Et pour l'argent ?

— J'imagine mal des écologistes passer un contrat avec eux, on peut penser ce qu'on veut de ces illuminés, mais c'est pas dans leur méthode.

— D'accord, mais ils ont peut-être buté le voisin pour autre chose alors ?

— Ils sont barges mais pas méchants. Je peux te dire qu'à chaque fois que je les emmenais à la chasse ils n'en menaient pas large, alors je les vois pas faire un carton sur le voisin.

— Vous les emmeniez à la chasse ?

— Deux ou trois fois ils sont venus avec moi, ils voulaient que je leur montre les coins perdus, parce que moi j'y vais dans les coins perdus, tu comprends, je suis pas comme ces chasseurs qui sortent jamais du 4 × 4, faudra me suivre un jour, je te prie de croire qu'on galope.

— Ils allaient à la chasse avec vous ?

— C'est arrivé.

— Et ils tiraient ?

— Ils n'ont pas de permis que je sache.

— Oui, mais bon, vous les avez bien laissé essayer non ?

— La fille oui, je lui ai déjà prêté mon fusil, ça l'amusait mais c'était pas brillant.

— Et pas le gars ?

— Oh, lui, c'est un rêveur, avec son haschich il plane tout le temps.

J'avais maintenant cette image de Dora à la chasse tirant au fusil, et celle d'Aurélik qui, lui, préférait se balader rêveusement, ça me faisait reconsidérer ce type.

Michel revint s'asseoir, mais de nouveau je pensais à elle, je les écoutais à distance, Domi et lui, affûter leurs suppositions, pas plus étonné que ça que le ton monte par moments entre eux, comme certainement entre pas mal de gens ici, puisque chacun devait avoir sa version. Les esprits devaient sacrément s'échauffer autour de toutes ces histoires. Je savais bien que toute communauté d'hommes sécrète ses antagonismes et ses frictions, je savais bien que derrière tout fait divers on peut déceler les tensions de l'époque, et pourtant, ce qui m'importait le plus dans tout ça, c'était de revoir Dora, de retrouver la perdition attendrie qui se dégageait de cette fille, revoir ses longues jambes et sa grâce bousculée, ressentir sa sensualité alanguie et sa détresse déroutante, le parfum profond de cet être indéchiffrable. Je ne la connaissais pas, mais déjà elle me manquait.

Vers 16 heures, le grand Domi proposa de raccompagner Michel à Donzières, il devait aller au supermarché. Une fois dehors, on avait un halo de buée inflammable au-devant du visage. Ils s'engouffrèrent tous deux dans la vieille Ford du restaurateur et partirent non pas par la route, mais par le petit chemin qui longe la Talvane, sûrs de ne pas tomber sur un barrage de gendarmerie. Je me retrouvai seul sur la départementale avec mon vélo, l'air était glacial, mais le ciel dégagé. Alcoolisé ou pas il ne me restait plus qu'à me laisser descendre sur dix kilomètres jusqu'à Donzières, glisser vers mon hôtel sans trop d'effort. À moins de traîner encore un peu, de continuer de grimper sur cinq kilomètres, rien que pour voir. Ce repas énorme et ces giclées d'eau-de-vie me décuplaient les muscles d'une énergie phénoménale, ça incitait à tenter le diable, à pousser de nouveau jusqu'au site maudit. Faut dire qu'une fois monté sur le vélo, avec ce pur alcool dans le sang, j'avais les jambes qui me démangeaient, je sentais mon corps comme une chaudière boostée par une énergie neuve.

Et là, on dira ce qu'on voudra de la télépathie, mais en m'engageant en direction de L'Épeau, j'eus une pensée pour Nadège, je songeai à la tête qu'elle ferait si ce soir encore j'arrivais en retard, et c'est pile à ce moment-là que mon téléphone sonna, je m'arrêtai pour regarder l'appel entrant, c'était bien elle…

— Ne vous inquiétez pas, Nadège, je fais juste un petit tour de vélo et je redescends sur Donzières.

— Vous me jurez que vous serez à l'heure pour la bibliothèque, pas comme hier ?

— Promis, à 19 heures je serai là.

— Non, ce serait mieux qu'on se retrouve devant la librairie à 18 heures, comme ça on aura tout le temps d'y aller tranquillement, il faut qu'on soit là avant les autres tout de même, que je vous présente à Mlle Andrée, la bibliothécaire…

Je rassurai Nadège, lui jurant encore une fois que je serai là à l'heure, sans problème, tout se passerait bien, d'autant que j'aimais les rencontres en bibliothèque, je me sens toujours à l'abri dans une bibliothèque, protégé dans un environnement ami. Aussitôt raccroché, je démarrai sur le grand plateau, je pédalai facile sur les premiers mètres, une vigueur neuve se diffusait dans tout mon corps, je me mis même en danseuse pour prendre de la vitesse, j'attaquai cette côte qui sortait de Marzy avec une envie d'avaler de la route, de taper dans tout ce qui bouge. Je survolai sans problème les cinq kilomètres, et une fois à l'embranchement je m'engageai en habitué dans le fameux chemin de terre pentu, enflammé par l'alcool je me lançai comme un bobsleigh dans ce toboggan terreux, je dérapais tellement par moments que ça frôlait la chute, je me récupérais chaque fois in extremis, ivre mais juste ce qu'il fallait, au point que ces glissades me faisaient marrer.

— Donc si je comprends bien, vous vous baladez, c'est ça ?

— Oui, c'est ça. Je me balade.

— Encore heureux que ce soit à vélo, parce que là à mon avis, si je vous fais souffler dans l'éthylo, on est mal. On est d'accord ?

— On est d'accord.

Le major était assis dans sa camionnette, il tenait ma carte d'identité en main et me questionnait sans arrogance, mais avec un air de supériorité froide et calculée, savamment désobligeante. Il me demanda ce que j'avais bu, me rappelant que le vélo est un véhicule, que ça mériterait six heures de dégrisement, trois points de retrait sur le permis. À chacune de mes réponses il avait des mouvements de sourcil suspicieux, comme si ma seule présence en ces lieux relevait du délit, de l'illégal, alors que dans le fond je ne faisais rien d'autre que de me balader. Ma docilité ne l'empêcha pas de forcer sa mine d'intransigeance glacée et, après m'avoir fixé un long moment, à l'ironie il ajouta la gravité et prit ce ton sarcastique qu'on réserve en général aux suspects.

— Alors comme ça, quand vous vous baladez, vous foncez dans les culs-de-sac !

— Oui, je suis passé devant le chemin sur la route, j'ai vu qu'il descendait et j'ai eu envie de le prendre.

— Comme ça, pour rien...

— Comme ça, pour rien.

C'était profondément humiliant de se retrouver dans cette position, de devoir se justifier comme un môme devant un officier de gendarmerie, un inconnu qui soudain s'interpose entre soi et le cours des choses. Rien qu'en tenant ma carte d'identité il suspendait le temps et me retenait, moi, de fait, je retombais de plain-pied dans le réel, l'ivresse m'abandonna d'un coup.

J'avais atterri sur lui en arrivant dans la cour. Depuis le chemin, la camionnette ne se voyait pas, de toute façon j'étais concentré sur ma roue avant, toujours à deux doigts de prendre une ornière savonneuse, c'est sûr que si je l'avais vue sa camionnette, j'aurais fait demi-tour, mais là, en déboulant entre les deux bâtiments, je m'étais retrouvé pile devant le véhicule au bleu rutilant, visiblement neuf, seul le bas de caisse et les roues étaient maculés de boue. Il trônait au milieu de cette cour désordonnée et sombre, parfaitement inquiétante. Le gendarme était assis à l'intérieur du fourgon, en me voyant apparaître il était sorti pour me faire signe de venir vers lui et de descendre de vélo.

À présent, passant à autre chose, il me demanda si je n'avais rien noté de suspect hier dans le coin. Je sentais venir le piège, alors je lui mentis en disant qu'hier je n'étais pas là, dès lors je ne voyais pas ce que j'aurais pu noter de suspect ! Il reprit alors bizarrement un ton pédagogue et m'expliqua que la veille des gens avaient vu des voitures immatriculées à l'étranger aller et venir dans le village de Marzy, c'est pourquoi ils étaient là, aujourd'hui, pour s'assurer que tout était calme à L'Épeau, un simple contrôle, me dit-il. Apparemment, ça gênait beaucoup de monde que des voitures immatriculées aussi loin traînent dans le coin, du moins ça ne passait pas inaperçu.

Pour tempérer la chose, je lui lâchai avec un ton plein de fatalisme :

— De toute façon, des voitures il en passe partout...

— Ici non, pas trop.

— Ah bon.

— Je ne vous apprends pas que la personne domiciliée ici a été incarcérée pour suspicion d'homicide.

Je ne répondis pas, tentant d'évaluer jusqu'à quel point je pouvais me montrer sincère. De nouveau il regarda ma carte d'identité et il s'arrêta dessus comme s'il y décelait quelque chose, il feuilleta un carnet à la recherche de notes, puis il me dévisagea un temps, pointant mes marques sur le front.

— Qu'est-ce que vous vous êtes fait là ?

— C'est le vélo.

— Vous faites beaucoup de vélo ?

— Pas vraiment. À Paris je loue un Vélib' de temps en temps.

— C'est de l'humour ?

— Non.

— Et ça vous arrive souvent de vous engager dans un chemin plein de boue avec un vélo de course.

— C'est un demi-course, un vieux en plus, ça ne craint rien.

— Avec un VTT, à la rigueur, je comprendrais que vous vous lanciez là-dedans, mais pas avec ça...

— J'aime bien les petits chemins.

— Vous connaissez la demoiselle.

— Laquelle ?

— Vous êtes un malin, vous ! Et M. Aurélik Biljac, vous ne le connaissez pas non plus j'imagine ?

— Non, je ne connais personne ici.

— Qui vous a dit qu'il habitait ici ?

— Je m'en doute, puisque vous me le demandez.

— Bien. Alors, vraiment, Dora Koralic, une grande brune, ça ne vous dit rien.

— Non.

— C'est marrant, parce que vous, votre nom me dit quelque chose.

— C'est possible, je suis écrivain, mais bon, ça m'étonnerait que vous ayez entendu parler de moi, je ne suis pas connu !

— Ah ouais, alors comme ça on veut jouer au plus malin, c'est ça ?

— Pardon ?

— Eh bien tu vois, t'es peut-être pas connu, mais moi, je crois bien qu'ils ont déjà entendu parler de toi ici, et peut-être même qu'ils te connaissent bien.

— Vous me tutoyez ?

— Écoute, je vais te dire calmement les choses. Moi je constate qu'en cinq minutes tu m'as déjà menti trois fois, chacune de tes réponses est un mensonge, c'est donc que tu ne me respectes pas ! Alors dans ces conditions, comment veux-tu que moi, je te respecte… Allez, tu vas venir avec moi, je vais te montrer quelque chose.

J'étais intérieurement affolé par ce soudain tutoiement, ce ton de supériorité infantilisante et le fait qu'il garde ma carte d'identité en main. Comment ce gars-là pouvait savoir que j'étais déjà venu ici, et surtout, qu'est-ce qu'il y avait de répréhensible à l'avoir fait ?

Le major descendit de son siège hyperconfortable, un véritable petit poste de commandement avec radio et ordinateur, et me demanda de le suivre tout en marchant vers la maison. Il emportait ma carte d'identité, comme si elle allait lui servir à valider je ne sais quoi.

À l'intérieur, il y avait deux autres gendarmes, assis à la table de la cuisine ils parlaient avec Dora en prenant des notes. Quand elle me vit entrer, elle parut stupéfaite de me voir là, je décelai dans son regard autant d'incrédulité que de méfiance, une incompréhension totale qu'elle réprimait, d'ailleurs elle se retenait de toute expression, se taisait, ne trahissait rien; je lui dis bêtement bonjour, par réflexe, ne saisissant pas bien la situation, elle ne me répondit pas, le major nous regardait faire, puis il me fit signe d'aller vers le fond, dans une petite pièce à droite de la cuisine, une sorte de salon plein de vêtements et de vieilleries en vrac, et surtout avec des piles de livres partout.

— Tu vois ! Moi j'ai de la mémoire… Je suis pas comme toi.

— Je ne comprends pas.

— T'es vraiment sûr qu'ici tu ne connais personne ?

— Oui.

Et là au milieu de tous ces livres, le gendarme me montra une demi-douzaine d'exemplaires visiblement neufs et tous écrits par moi. Je n'en revenais pas, sans rien pouvoir réprimer de mon étonnement ça se voyait que je n'en revenais pas.

— Attends, t'as encore rien vu !

Le gendarme s'approcha de la pile, il prit les livres un par un pour les ouvrir à la page de garde et me les mettre sous le nez. Ils étaient tous parafés de ma signature, avec cette simple dédicace : « Avec toute mon amitié, à bientôt ! »

— Et alors ?

— Alors, alors rien… Je ne comprends pas !

Ce n'était plus de l'étonnement mais de l'effarement.

Je tentais de recomposer les choses. Je fais souvent de ces dédicaces impersonnelles, quand je ne me souviens pas des prénoms, quand j'envoie des livres par courrier ou que j'en dédicace plusieurs à la suite, pour les services de presse ou les réseaux de distribution, pour les libraires, ou quand mon éditeur les envoie à je ne sais qui… Il y a aussi parfois des libraires que je visite et qui me demandent de leur prédédicacer quelques exemplaires en vue de ventes futures, et puis les livres que je signe chaque fois que je passe dans une bibliothèque ou dans un lycée, et qui me font rater mon train parce qu'au dernier moment on m'a prié de mettre un mot sur tous mes exemplaires présents… Il y a surtout ces exemplaires que j'ai pu signer à droite à gauche et qui se revendent sur Internet en occasion, aujourd'hui il y a tout un marché de livres de seconde main, ça brasse infiniment. En général pour les dédicaces, je préfère que la personne soit en face de moi, qu'on ait le temps de parler, histoire d'agrémenter le petit mot, mais là aussi il m'arrive parfois de mettre des formules générales, « Bien à vous », ou « Cordialement », « Amicalement », avec la date ou pas, et toujours avec ma signature, cette même signature qui figure sur ma carte d'identité...

— C'est bien toi qui as écrit ça ?

— Les livres ?

— Joue pas au plus fin, là, c'est ta signature oui ou non ?

— Oui.

Ces livres-là, c'étaient sûrement ceux que j'avais envoyés à Marie et à Michel au moment où on avait pris contact, de toute évidence ça ne pouvait être que ça, c'étaient les leurs, ou ceux que Marie avait prêtés à Dora, mais je ne voulais pas les impliquer en quoi que ce soit, dans ce patelin dès qu'on disait quelque chose sur quelqu'un, ça n'en finissait pas d'impliquer les autres.

Le major me montrait chacun de mes livres, il me les mettait sous le nez ces livres traîtres qui m'accusaient, comme si c'était édifiant et sensationnel, il me toisait, bouffi d'une assurance ironique, la morgue satisfaite de celui qui a pris le dessus.

— T'en penses quoi ?

— Rien.

— Il y a même ta photo au dos de la couverture. Et toi, hop tu débarques là par hasard en faisant du vélo ? C'est quand même quelque chose le hasard !

— Évidemment que ce sont mes livres, mais ils n'y sont pour rien, aujourd'hui avec Internet les livres ça se revend partout, ça se balade, ça n'a rien d'étonnant…

— Six d'un coup ? Avoue que c'est bizarre. Il y a deux minutes, tu me disais que tu ne connaissais personne ici, et paf, manque de bol, moi je me souviens très bien de toi, quand on a fouillé ici j'étais tombé là-dessus. « Amicalement », tu ne le dis pas à tout le monde, j'espère ? Ou alors t'as vraiment beaucoup d'amis, en tout cas moi, tu vois, faut croire que ça m'a marqué… C'est sûrement que t'as un visage qu'on n'oublie pas.

— Mais si ça se trouve c'est des livres qu'on leur a prêtés.

— Ah oui, mais qui ?

— Non, mais ne cherchez pas à m'embrouiller, moi j'écris des livres, et c'est normal que de temps en temps on en retrouve chez les gens, c'est pas extravagant non plus…

— Tu serais Flaubert ou Victor Hugo je ne dis pas… Mais là, six ça fait beaucoup non ?

— Oui, six c'est vrai que c'est plus rare, mais ça arrive, la preuve…

— Bon, attends un peu, tu sais quoi, y a une chose que j'aime pas beaucoup, c'est qu'on me prenne pour un con.

— Mais qu'est-ce que vous voulez que je vous dise, je suis un écrivain, j'y peux rien.

— C'est ça, et t'es tellement connu que, voilà, il suffit de rentrer chez n'importe qui au hasard, et on trouve toute une pile de tes livres, et dédicacés en plus. Tu sais quoi, t'es encore plus fort que Victor Hugo, t'es une star !

— Mais non, j'ai pas dit ça.

— Alors donne-moi une explication qui tienne la route. Vous vous connaissez oui ou non ?

— De toute façon, même si je les connaissais, ça changerait quoi ?

— Ça on verra, quoi qu'il en soit, ça voudrait dire qu'une fois de plus tu m'as menti, maintenant, je vais te dire une chose, j'imagine que t'es un peu au courant quand même, tu sais bien qu'en venant là tu ne mets pas les pieds chez monsieur et madame Tout-le-Monde, hein, on est d'accord ? Je te rappelle que le garçon qu'habite là est juste mis en examen dans une affaire d'homicide... Tu le sais ça ?

— Oui.

— Ah, ben tu vois. Y a deux minutes tu me disais que tu savais pas.

Dans ce genre de situation, on a toujours un temps de retard par rapport à ces hommes rompus à l'exercice, ces fonctionnaires blindés de sang-froid et forts de cette conviction-là, ils représentent le droit, l'ordre, le bon côté des choses. De toute manière, parler à un flic ou à un gendarme, et même au moindre agent de l'administration, ça m'a toujours impressionné.

— C'est con franchement, parce que tu te baladais peinard, mais là, je vais être obligé de faire un peu d'écriture. T'es pas fiché par hasard ?

— Fiché où ?

— On va jeter un œil, ça vaut le coup non, puisque t'es si célèbre, t'es peut-être aussi un peu connu chez nous !

— Sûrement pas.

— Suis-moi.

On prit le couloir puis on traversa de nouveau la cuisine, Dora me lança à peine un regard, elle me vit passer dans l'autre sens sans réagir, sans expression, s'interrogeant sans doute sur ce que je foutais là. Au moment de sortir, le major se planta devant la porte, me bloquant là, et jouant l'effet de surprise il demanda de but en blanc à Dora :

— Et vous, mademoiselle, vous avez déjà vu ce monsieur ?

Elle fit une moue étonnée et me regarda en disant :

— Oui, il y a deux minutes.

— Alors, je vous repose la question autrement, vous aviez déjà vu ce monsieur avant cet après-midi oui ou non ?

— Oui.

— Ah, tu vois, mademoiselle, elle au moins, elle est honnête.

Le gendarme m'intima de passer devant lui. Sur le seuil, je me retournai vers Dora, je me retournai pour la voir une dernière fois, elle me foutait dans le pétrin en disant ça, mais elle regardait toujours dans ma direction, et là je sentis bien à quel point cette fille était aux abois, totalement dépassée par les événements, à son regard j'eus même l'intuition qu'elle me percevait comme un allié providentiel, un être qui venait vers elle, le seul ces derniers temps qui la regardait avec bienveillance et sans tension. Tout ça m'apparut d'un coup, dans le mouvement fugace de son visage qui pivota vers moi au moment où le gendarme refermait la porte, cette fille était dépassée par cette histoire, complètement affolée par le cours des choses, ces types d'hier étaient sans doute venus pour lui coller la pression, je la sentais entourée de malveillance et de règlements de comptes, en la voyant au travers de cette vitre je retrouvai tout ce que j'avais présumé à la première seconde, le jour où j'étais tombé sur elle dans le journal.

Le major mit un temps fou à consigner tout ça, pourtant il tapait plutôt habilement sur son clavier, mais c'était long. De temps en temps il me posait une question, me demandant mon adresse, mon numéro de portable, depuis quand j'étais dans la région, si j'étais déjà venu avant, c'était délirant de faire un procès-verbal pour relater aussi peu d'éléments concrets, son rapport faisait déjà au moins deux pages. À titre d'auteur j'en étais presque vexé, moi qui souffre parfois des heures pour faire éclore un seul paragraphe... Je sentais que son intention surtout, c'était de me faire peur, de me retenir là, voire de m'humilier. Il attendait la réponse du fichier central. Je savais n'avoir que deux vraies infractions de notifiées, mais normalement ces données-là auraient dû être effacées depuis longtemps, une simple histoire de détention de stupéfiants, des faits de rébellion dans une manif, j'avais fait une nuit de garde à vue, des bêtises d'il y a longtemps, mais le gendarme ne disait plus rien, le nez rivé sur son écran. Je faisais l'effort de ne pas me retourner pour regarder vers la cuisine.

— T'es souvent passé dans le coin ces jours-ci ?

— Je ne crois pas.

— Alors c'est ton téléphone qui se balade tout seul...

— Oui, je fais du vélo un peu partout, mais où précisément, j'en sais rien, je roule quoi...

— T'es un grand rouleur, je vois ça.

— Vous voulez insinuer quoi ? Je ne suis ni un terroriste ni un assassin, je suis un écrivain, mais allez-y, regardez sur Internet, tapez mon nom sur Google, vous allez voir.

— Oh là, moi tu sais, j'ai des sources d'information nettement plus précises et plus fiables que tout ça.

— Non mais, depuis le début, vous me parlez comme si...

— Comme si t'étais pas n'importe qui ?

— Non, c'est pas ce que je voulais dire, mais vous me collez la pression et vous le savez très bien.

— Écoute, tu crois te protéger en racontant des salades, alors que non, c'est tout le contraire, mets-toi à ma place. Si tu mens, c'est évidemment parce que tu les connais bien, je te rappelle que non seulement ils sont impliqués dans une procédure lourde, mais qu'en plus il y a des menaces de trouble à l'ordre public, avec des appels à manifester et d'occupation de terrain, t'es au courant de tout ça ou pas ?

— Oui, j'ai juste entendu parler des écolos ou de je-ne-sais-quoi.

— On progresse. Donc si t'en as déjà entendu parler, et qu'en plus tu les connais, alors là oui, là je dois reconnaître qu'à partir de maintenant pour moi tu n'es plus n'importe qui... surtout que tu ressors trois fois au Judex, ça commence à garnir le P.-V... Tu comprends, mon ami ?

Le major me rendit ma carte d'identité et me signala qu'elle était périmée depuis deux ans, c'était d'autant plus flagrant qu'en douze ans j'avais tout de même changé de visage, d'ailleurs je me trouvais d'une jeunesse étonnante sur cette photo, aujourd'hui je n'étais plus vraiment cet être dynamique au regard doux, c'était sans doute ce décalage entre mes deux visages qui dès le départ l'avait rendu suspicieux.

— Tu restes dans le coin ces jours-ci ?

— Oui, je suis à Donzières. Pour un mois.

— Ça tombe très bien. Et donc t'habites à l'hôtel du Grand Monarque ?

— Exact.

— C'est la belle vie !

— Je suis invité par la mairie, vous pouvez facilement vérifier ça aussi.

Je m'en voulais de cette bassesse de systématiquement essayer de me justifier, je faillis presque lui dire que je connaissais le maire, comme si ça me dédouanait de quoi que ce soit. En rangeant ma carte dans mon portefeuille je lui demandai ce qu'il avait trouvé dans le fichier, ignorant s'il avait bluffé.

— Des erreurs de jeunesse on va dire, mais bon, ça me dessine un peu le personnage, tu comprends... Mon métier, tu vois, c'est d'anticiper, d'avoir un temps d'avance sur des tas de gens comme toi qui ont pas l'air, mais bon...

Je sortis de ce fourgon et partis sans lui dire au revoir, il me lança un « je ne te dis pas à bientôt », auquel je ne répondis même pas. Je remontai le chemin à pied, à côté de mon vélo.

Il était 18 heures passées. Je sortis mon téléphone de ma poche, redoutant d'avance d'y voir s'afficher les appels et les SMS affolés de Nadège. En fait non, il n'y avait rien, je n'avais plus la moindre barre de réseau.

Chaque fois que je me retrouve dans une bibliothèque pour une rencontre je suis partagé entre la totale reconnaissance et la crainte de décevoir. J'en viens même à douter du désir de la bibliothécaire, de sa réelle envie de m'inviter, en particulier de celle-ci à côté de moi, Mlle Andrée, d'autant que ce soir le déroulement était inédit, elle avait conçu la séance d'une façon radicalement innovante. Dans le souci d'impliquer véritablement ses adhérents, ce n'était pas à moi de parler, mais à eux, chacun leur tour. Du coup je ne disais rien et me retrouvais face à un détachement clairsemé de lecteurs, j'en avais compté neuf, uniquement des femmes. Elles se livraient donc à cet exercice étrange, à tour de rôle elles devaient donner aux autres l'envie de lire un de mes livres, sachant que la plupart n'en avaient lu qu'un seul.

Visiblement je n'avais pas de chance, les deux premières intervenantes se montrèrent peu conquises par le roman qu'elles avaient choisi. La troisième c'était pire. Déjà elle trouvait qu'*U.V.* ce n'était pas un titre, quant au récit il débutait trop lentement, puis elle raconta carrément la fin, tout en me reprochant qu'elle soit trop ouverte, on ne savait pas qui avait tiré ce coup de fusil à la dernière ligne.

— Je l'ai fait exprès, je voulais que le lecteur reste sur sa faim, qu'il se fasse son opinion...

— Mais vous ne pouvez pas faire ça, un livre doit toujours donner la réponse.

Le pire c'était ce ton, elle fouillait dans ses notes avec le détachement d'un médecin qui déchiffre des analyses de sang calamiteuses, là, debout, elle nous livrait le bilan de sa lecture avec le dédain d'un examinateur sur le point de me refuser le permis, c'était glaçant. Mon style aussi la gênait. Fait de phrases courtes. Beaucoup trop. Elle aimait se perdre dans les méandres d'une phrase longue, quitte à devoir revenir au début pour bien juger des détours et intimement s'imprégner du verbe, chaque nouvelle ligne devenant le petit précipice du haut duquel on pouvait oublier le sens même de ce qu'on était en train de lire, là était son plaisir, dans ce minuscule vertige, cette peur infime que tout s'effondre au point de devoir tenir la phrase comme une profonde inspiration. Mais le pire, c'était que mon personnage la mettait mal à l'aise, un manipulateur antipathique et cynique, pas suffisamment aimable pour qu'on puisse aimer le livre, ou le personnage, je ne savais plus. Puis elle continua sur la moralité douteuse de ce Boris, le suspectant de malveillance, mais c'était tout de même le projet de mon livre, faire le portrait d'un type un peu limite, un personnage trouble qui embrouille les autres, et là devant moi elle en faisait le procès comme si c'était moi l'accusé.

En écoutant cette femme, je pensais à Dora, elle aussi devait participer de ces êtres troubles dont on ne connaît jamais la vraie nature, de ces individus obscurs dont le plus grand risque serait bien de les approcher. Il y a des gens comme ça, s'y frotter c'est s'y rayer, dès lors qu'on les fréquente on est perdu.

— Parce que dites-moi, votre Boris, il n'était pas là par hasard, il savait très bien où il mettait les pieds, vous ne croyez pas ?

— Pardon ?

— Vous ne m'écoutiez pas ?

— Si, si, c'est juste que je repensais à ce que vous aviez dit avant. Qu'est-ce que vous voulez que je vous réponde ? Dans ce livre, je voulais justement montrer qu'il y a des êtres comme ça, des êtres qu'il ne faut surtout pas approcher. En même temps si on ressent cela, c'est signe que soi-même on n'est pas sûr de soi, qu'on est faible !

— Pardon ?

— Eh oui, dès lors qu'on se sent fort, on ne craint rien des autres, quitte même à en faire ce qu'on en veut, ce n'est pas un crime.

— On n'a pas le droit de se comporter comme ça, manipuler les autres ça ne se fait pas !

— Ce soir il n'est pas question de faire le procès d'un personnage, c'est du livre qu'on parle.

— Mais je fais bien ce que je veux tout de même. Je n'ai pas aimé votre personnage, alors comment pourrais-je avoir aimé votre livre, excusez-moi ! Je ne suis peut-être qu'une lectrice, pour vous ça ne compte peut-être pas...

Mademoiselle Andrée, à titre de modératrice, comme l'appellation le suggère, n'intervenait pas, elle ne modérait en rien non plus ses adhérentes, à un moment elle nous dit juste de parler chacun notre tour parce que nos voix se chevauchaient.

— Ce personnage, c'est un peu vous oui ou non, vous êtes comme lui... Ou alors c'est le contraire, c'est vous qui êtes attiré par les marginaux, un peu comme les autres là-bas...

— Qu'est-ce que vous voulez dire ?

— Vous le savez très bien.

Là-dessus une autre lectrice, qui jusque-là se retenait d'intervenir, ajouta qu'elle aussi elle lisait pour rencontrer des personnages, que la lecture permettait de faire des rencontres parfois bien plus approfondies que dans la vie, elle me balançait ça alors que ce n'était pas son tour de parler, mais depuis cinq minutes je voyais bien qu'elle bouillait...

— Oui, en découvrant votre Boris, moi aussi j'ai tout de suite pensé à ces squatteurs qui foutent le bazar depuis qu'ils sont là.

— Ne mélangez pas tout, tempêta enfin une autre. C'est bien tout l'intérêt des livres, de voir comment les autres fonctionnent, savoir ce qu'ils ont dans la tête, surtout chez des êtres à qui on ne parlera jamais dans la vraie vie...

— Mais ils n'ont rien dans la tête, vous le savez bien, déjà qu'ils touchent le RSA et qu'ils nous ramènent toute une faune de drogués et de cambrioleurs, faudrait en plus qu'on les comprenne...

— Allons, allons... tempéra une autre. Ne soyez pas racistes.

— Comment ?

— Non mais attendez, moi ce soir je suis venu devant vous pour parler de mes livres, rien que de mes livres, et pas de toutes ces embrouilles que vous vivez ici, de toute façon je n'y comprends rien à vos histoires.

— Et moi je ne comprends rien à la vôtre !

— Mais n'attaquez pas l'auteur, protesta la plus jeune tout au fond, elle était assise à un bureau de la bibliothèque, signe qu'elle devait travailler là.

— C'est vrai, déclara enfin ma modératrice, on est ici ce soir pour parler des livres, pas d'autre chose.

Ces lectrices procureures commençaient de tout mélanger, le mal était fait, tout devenait blessant, je les sentais de connivence, j'y ajoutais le gendarme de tout à l'heure, qui était peut-être de la famille de l'une d'elles… et j'eus alors cette vision affolée, de les voir toutes avec un képi ! Sur ce, je me levai d'un coup, glissai à la bibliothécaire que je ne me sentais pas bien, qu'on pourrait reporter à un autre jour, ou carrément laisser tomber. Mademoiselle Andrée, qui depuis le début était toute rouge, se leva comme moi, elle eut le geste de me poser la main sur l'épaule, sincèrement confuse de me voir à ce point déstabilisé. J'imaginais qu'elle s'était démenée pour que mes livres soient lus, qu'ils sortent un à un des rayons, que ses adhérents s'en emparent, pas de doute que certains les avaient même aimés, dans une assemblée il y en a toujours pour vous aimer, mais une bizarre conjonction avait fait que ce soir, celles qui avaient pris la parole en premier, celles qui avaient le plus envie de parler, c'étaient ces quatre-là, quatre zoïles vipérines remontées comme un jury rance, surtout la dernière qui se délectait de m'avoir piégé avec ses petits éléments de réel…

La petite attaque personnelle sur mes tentatives d'approcher Dora m'avait piqué au vif. Pour ce qui était de mon livre en revanche, je m'en souvenais mal, d'ailleurs qu'est-ce qu'un auteur garde en tête de son propre livre, dix ans après l'avoir publié ? Une impression d'ensemble, il y voit surtout des souvenirs personnels liés à la période d'écriture, à son contexte, j'étais là comme un avocat qui n'aurait pas bossé ses dossiers, totalement déboussolé.

Je voulais prendre l'air, Mlle Andrée m'emboîta le pas pour me raccompagner jusqu'à la porte, elle se fustigeait tout en me guidant dans les méandres de ce vieil immeuble alambiqué, elle s'en voulait de ne pas avoir veillé à ce que les premières à prendre la parole soient celles qui avaient aimé, quitte même à faire en sorte qu'il n'y ait plus assez de temps pour les autres. C'était la première fois qu'elle initiait une rencontre sous le concept inversé, elle avait voulu innover, j'essuyais les plâtres, comme elle disait. Elle en pleurait presque et me demandait d'au moins faire demi-tour, de revenir pour le pot qu'elle avait préparé, du jus d'orange et du mousseux, des petits gâteaux. Je dus lutter pour me montrer ferme, mais franchement je n'en pouvais plus, en plus de tout cet alcool bu à midi, il y avait eu les trois heures de vélo, l'interpellation, avec en prime la séance calamiteuse de ce soir, j'étais rincé, alors sans plus un mot je lui dis à peine au revoir. Elle me regarda m'éloigner dans cette ruelle sauvée de l'obscurité par un réverbère jaunâtre, je me retournai pour lui faire un petit signe qui ne me coûtait rien, là sur le coup je ne voulais plus les voir, pour de bon je les maudissais tous.

Parfois j'ai le sentiment que je ne rencontrerai plus personne, j'ai cette conviction-là, que plus jamais je n'arriverai à plaire et à aimer, tout ça parce que je ne suis plus disposé à feindre ou à mentir, que je me présente résolument sous mon aspect réel, sans plus dissimuler mes peurs et mes défauts. À moins de tomber sur l'être d'exception, la femme reléguée, échouée au bord du monde, en marge. Tout me ramenait toujours à Dora.

Ça faisait du bien de prendre l'air. En plus de tous ces excès du déjeuner et de la lourdeur de mes muscles oxydés par l'effort, les chicanes de ces mégères m'avaient sapé le moral, je n'en pouvais plus. Dans les tempes j'avais le retentissement des coups de pédales que j'avais donnés pour rentrer le plus vite possible de L'Épeau, et puis il y avait cette trouille ravalée qui m'inondait d'acide lactique, cette peur que me refile toujours le moindre contrôle d'identité, à cause de cette soumission blessante à laquelle ça renvoie. Cette journée m'avait complètement vidé.

Je marchais sans pouvoir me perdre dans ces rues à la pénombre humide, il n'était pourtant pas tard mais je ne croisai personne, les volets étaient tous fermés, pas une seconde on ne pouvait supposer que derrière ces façades mortes ça puisse être allumé, qu'il y ait réellement âme qui vive de l'autre côté de ces murs éteints. J'avais l'impression qu'il était minuit, alors que non, il était à peine plus de 20 heures, mais on n'entendait rien. J'en vins à me sentir épié par tous ces volets aux bouches cousues, le soir dans cette ville tout écoutait, tout se savait, j'avais la sensation qu'on me regardait faire et qu'on lisait dans mes pensées. Je me doutais bien que dès le lendemain matin, l'épisode de la bibliothèque ferait des gorges chaudes, c'est pourquoi je décidai d'être moi-même l'initiateur des échos. En arrivant dans le hall de l'hôtel, Mme Meunier me guida vers ma table tout en me demandant comment ça s'était passé, alors je lui racontai la séance. D'une sommaire description je lui décrivis la dame, la dernière.

— Oh, mais faut pas vous en faire, elle n'aime rien celle-là, c'est une Jouaneau, les anciens notaires, chaque fois qu'ils venaient ici il y avait toujours quelque chose qui n'allait pas, mon mari faisait exprès de leur servir les plats froids, ne vous faites pas de bile pour eux, va, ils ne le méritent pas !

Ça faisait du bien de se sentir compris, de percevoir le réconfort de quelqu'un qui prend d'emblée votre parti. Depuis que je logeais à cet hôtel, je la trouvais souvent encombrante cette Mme Meunier, avec sa prévenance maternelle, pesante, mais là ce soir je faisais l'expérience du contraire, sa bienveillance me consolait. Elle enleva le couvert dressé en face du mien et m'apporta la corbeille à pain. La moindre de ses attentions, la moindre de ses attitudes à mon égard semblait dire : « Ne vous en faites pas, tout va bien se passer… » J'aime ressentir cela, j'aime qu'un dentiste, un garagiste, un éditeur, un ami, n'importe qui, oui, j'aime que l'autre me dise que tout va bien se passer, j'aime qu'on me fasse ressentir cela. Finalement cette prévenance, on serait en droit de l'attendre de tout le monde, et réciproquement, cette attitude de se montrer rassurant, « Ne vous en faites pas », que c'est bon à entendre, pourtant je ne l'entends que rarement, et jamais dans le monde ambiant ou dans les médias. La plus grande qualité qui m'aura bluffé jusqu'au bout chez Helena, c'est qu'elle ne s'inquiétait jamais, même pas pour nous, comme si elle ne réalisait pas que ça n'allait plus, qu'on ne s'aimait plus. Je pensais à elle chaque fois que je voyais une place vide en face de moi.

Je regardais Mme Meunier s'occuper de ses quatre autres clients répartis aux quatre coins de la salle. Pour une fois il y avait presque du monde… C'est fou le cœur qu'elle mettait à les servir tous, s'enquérant de l'avis de chacun, trouvant toujours un mot à dire, un verre d'eau à remplir, une attention, Sartre voyait de la mauvaise foi dans le zèle des serveurs, alors que cette femme aimait profondément prendre soin de l'autre. Sa soupe au potiron, bien chaude et justement salée, me réchauffa jusqu'au plus intime de l'être. Je la laissai glisser en moi, profonde et chaude, je m'en délectai. De temps en temps je voyais Mme Meunier qui jetait un coup d'œil pour voir si tout allait bien, du pouce je lui faisais signe que oui.

En fin de compte je ne redoutais qu'une chose, qu'elle fasse allusion à ma mésaventure de l'après-midi, que tout naturellement au détour d'une question anodine elle me demande de but en blanc : « Comment ça s'est passé avec les gendarmes ? » Bon sang, est-ce qu'elle était déjà au courant ? Je ne pouvais m'empêcher de supposer qu'elle savait, en scrutant la manière dont elle débarrassa la soupière et mon assiette, dans un sourire mais sans un mot, je présumai qu'il y avait là-dessous quelque trace de sous-entendus, j'attendis que vienne la question fatidique. Mais non, elle repartit vers les cuisines en disant qu'elle faisait marcher la suite. Elle avait l'air formidablement concentrée alors que j'avais beau recompter, nous n'étions bien que cinq dans la grande salle du restaurant. De loin, elle me fit signe pour le vin, est-ce que je voulais un verre, rien qu'un verre pour aller avec le rognon ? Je lui fis oui de la tête, bien plus pour ne pas la contredire que par réelle envie, impossible de ne pas boire d'alcool par ici.

Elle m'apporta mon plat en me disant de me méfier, l'assiette était très chaude, elle me souhaita bon appétit pour la deuxième fois. Plus tard je la vis de loin qui m'observait, puis elle s'avança vers moi comme elle le faisait chaque fois, prête à me glisser son fameux « Tout va bien ? », je m'apprêtais à lui répondre que oui, mais elle resta plantée là sans rien me dire, de nouveau je redoutai qu'elle évoque ce contrôle d'identité, tout le monde devait déjà jaser à propos de cette interpellation minable.

— Ils sont bons, n'est-ce pas ? C'est des veaux de La Touche. La Touche, c'est la ferme de mes beaux-parents. Mon mari dit toujours qu'il ne cuisine que des veaux qu'il pourrait appeler par leur prénom ! Qu'il est bête... Allez, je vous laisse finir, et après je vous apporte le plateau de fromages. Comme dessert on a des profiteroles superbes, ou une soupe d'agrumes avec du rhum, j'aimerais bien que vous la goûtiez, vous qui êtes un artiste j'aimerais bien avoir votre avis !

Je n'osai pas lui dire non.

— Vous êtes sûr que vous ne voulez pas un autre petit verre de beaujolais ?

— Rien qu'un petit alors.

— Il faut que vous repreniez des forces pour demain !

— Ah oui ? Pourquoi vous me dites ça ?

— Eh ben, si vous voulez y retourner !

— À la bibliothèque ?

— Non, à L'Épeau !

C'était terrible, non pas tant qu'elle ait deviné mon arrière-pensée, mais de réaliser qu'on m'avait définitivement associé à ce coin douteux.

— Demain, je ne suis pas sûr d'y aller...

— Je vous dis ça comme ça, mais si vous voulez y retourner tranquille, passez plutôt par-derrière, oui, prenez le chemin qui part depuis le vieux lavoir et qui longe la Talvane, c'est plus long mais au moins vous serez sûr de ne plus vous retrouver nez à nez avec les gendarmes.

3

Vivre, c'est accepter de perdre, quitte à en être gorgé de remords, quitte à regretter. Trop souvent j'en suis resté là, à ne pas oser, par manque d'initiative et d'audace. J'ai en moi tout un ballet d'occasions ratées, d'amours non franchies, de sourires jamais atteints. À croire que mon destin m'a été volé par un être qui m'a pris ma place, un usurpateur qui a revêtu mes traits et mes contours, un importun qui aura substitué la peur au courage, l'indolence à la détermination, un être qui au total aura fait de moi l'habitant d'un corps en faux-semblant, un corps jamais plus grand que son ombre.

Au matin du quatrième jour, je n'avais plus aucune envie de sortir. Quoi que je fasse ici, ça se passait mal, rien ne me réussissait. Alors je goûtais l'avantage merveilleux de traîner dans une chambre d'hôtel, de rester toute la matinée dans ce chez-soi providentiel où le lit se fait tout seul, où l'ordre se rétablit de lui-même, où les serviettes sont toujours nettes et pliées, où tout concourt à ce qu'on se sente dégagé de préoccupations subalternes. C'est parfaitement magique l'hôtel, même là en remontant du petit déjeuner vers 10 heures, ma chambre était déjà impeccable, comme neuve, alors qu'une demi-heure auparavant je l'avais laissée dans un désordre total, avec des livres et des journaux par terre, la couette roulée en boule au pied du lit.

Cette arrestation de la veille, cet échange duplice avec le gendarme, m'avait foutu un coup, ça me dissuadait de remettre les pieds là-bas. J'avais beau me dire que rien ne m'interdirait jamais de répondre à mes aspirations, il n'empêche que depuis que j'étais ici je m'en prenais plein la tête, d'abord en essuyant, dans cette cour de ferme, la haine vengeresse d'une bande de douteux, puis en me faisant recadrer par un sous-officier qui m'avait manœuvré comme un suspect, sans oublier cette claque que j'avais prise en tombant nez à nez avec mes livres, cet affront de me faire piéger par une pile de mes propres romans, ça me sidérait.

Au moins dans la chambre j'étais à l'abri, tranquille. De quelques auteurs, j'avais retenu qu'écrire c'est tout faire pour garder la chambre, alors autant ne pas la quitter, ne pas bouger de là, ni trop tenter le réel au-delà d'une certaine résistance. Pour la journée, je n'avais rien de prévu dans mon programme, hormis une interview avec un type de *La Voix du Centre*, vers 16 heures, à l'hôtel justement, alors traîner toute la journée dans mon petit périmètre, ça m'allait parfaitement. Le Grand Monarque, bien qu'un peu vieillot, restait un hôtel correct. Il n'y avait pas de moquette mais du parquet, un de ces sols qui ne dissuadent pas de marcher pieds nus. C'est la première chose sur laquelle on s'interroge en rentrant dans une chambre d'hôtel, savoir si on se sent d'y marcher pieds nus ou pas.

Le seul gros problème, c'était que la connexion Wi-Fi était désastreuse. Là, idéalement allongé sur mon lit, les jambes surélevées par deux oreillers, j'essayais de surfer vers des amis distants, mais rien à faire, depuis trois jours je ne pouvais pas me connecter à ma boîte mail ni aux réseaux sociaux. Même avec mes parents je communiquais essentiellement par mail, on ne s'appelait que rarement, même d'eux je me sentais coupé. Faut dire que je suis quelqu'un à qui on téléphone peu, au point que parfois je trouve dérisoire de recharger mon portable, et même d'en avoir un. Ça vient peut-être de ce que moi-même je n'appelle pas. D'une façon générale je privilégie l'écrit, je ne saurais dire quelle sourde pudeur m'amène à me méfier du téléphone, mais c'est comme ça.

Quand mon père entendit ma voix à l'autre bout du fil, par réflexe il me demanda si tout allait bien, si réellement j'étais sûr de bien aller. D'ici je voyais la ferme perdue dans la campagne, la ferme qui ne tournait plus, les champs qui ne faisaient rien. Quand je lui appris que j'étais dans le Morvan, d'un ton affligé il me rétorqua : « Mais qu'est-ce que tu vas te perdre là-bas ? », il me disait ça comme si lui-même habitait New York ou je ne sais quel endroit ultravivant. Il me passa ma mère, qui me balança tout de suite que cent cinquante kilomètres ce n'était pas grand-chose, que je pourrais tout de même les faire pour venir manger chez eux. Je mentis, arguant qu'ici je ne me déplaçais qu'à vélo, et elle me répondit généreusement : « Oublie alors », parce qu'elle avait sincèrement cru que j'allais le faire, ce trajet. Pour qu'on reste tous sur une bonne impression, je leur précisai que j'étais là pour le travail et que je ferais peut-être un crochet par l'ouest pour aller les voir avant de remonter à Paris. Au moins six fois par an je leur disais que je viendrais bientôt les voir, et finalement c'étaient toujours eux qui me cueillaient en touristes surprenants, montant une journée à la capitale pour l'illusion du dépaysement.

Je ne voyais personne d'autre à appeler ensuite. Ne pas avoir de connexion Internet me plongeait dans un vide désastreux. En plus d'être isolé, je n'avais personne pour s'apitoyer sur mon sort. Pourtant il y avait quantité de messages non lus dans ma boîte mail, seulement quand je voulais les lire ils ne s'ouvraient pas, dès que je cliquais ça n'en finissait pas, l'ordinateur ramait comme à l'époque des modems d'antan, je restais suspendu pendant trente secondes, la barre de progression avançait millimètre par millimètre, signe que cette fois ça venait, et là d'un coup tout s'arrêtait net et j'échouais sur une page blanche certifiant que je n'étais pas connecté, ça me rendait fou. Mme Meunier me l'avait bien dit, et ce dès le premier jour, pour avoir une connexion à peu près convenable il fallait descendre dans le hall, au rez-de-chaussée près de son comptoir, c'était le seul endroit où le Wi-Fi était vraiment actif.

Il y a dix ans, pas de doute que j'aurais fait des kilomètres pour trouver un web-café et relever mes messages, à l'étranger j'étais parfois ressorti à 3 heures du matin rien que pour vérifier si j'avais reçu une réponse à un mail, mais la force du progrès faisait qu'aujourd'hui l'idée même de ne pas pouvoir capter Internet instantanément et sur place n'était plus acceptable. En somme, dans cette chambre, j'étais tranquille, idéalement posé, mais coupé de tout. Alors j'essayai d'écrire sur la journée d'hier, comme si je faisais le rapport d'une scène d'action, mais je ne parvenais pas à me donner le beau rôle. Je n'avais jamais tenté d'écrire de cette façon, au fil des choses, un genre de roman en temps réel, ce devait être simple à faire pourtant, il suffisait de vivre telle ou telle situation et de la retranscrire le lendemain, même si ce lendemain passé à écrire était de ce fait un jour où il ne se passerait rien… Là, devant la page blanche affichée sur mon écran, je ne m'inspirais pas, c'était décourageant, l'écran se mit progressivement en veille, sans lutter je laissais mes yeux suivre le même mouvement.

Quand le téléphone sonna j'étais profondément assoupi. Mon premier réflexe fut de remettre la main sur mon portable noyé quelque part dans le lit, mais ça ne venait pas de lui, cette sonnerie stridente et enrouée venait de cet appareil inerte qu'il y a toujours sur les tables de nuit et dont on ne se sert plus, sinon pour faire le 9. C'était follement surprenant que ce téléphone-là se mette à sonner, à la limite c'était inquiétant. Sur l'instant, je pensai à un exercice d'incendie comme sur les bateaux, ou bien que c'était le journaliste qui s'était trompé d'heure, ou Mme Meunier qui voulait savoir si je mangeais là ce midi, alors je tentai d'allonger le bras jusqu'à la petite table pour attraper le combiné gris en bakélite, mais la sonnerie s'arrêta.

Puis elle reprit de plus belle, entêtée et crispante, je décrochai avec ce qu'il fallait de mauvaise humeur et lançai un allô le moins sympathique possible.

— On vous demande dans le hall.

— Le journaliste, il est déjà là ?

— Non, quelqu'un d'autre.

— Dites-moi, madame Meunier, c'est le libraire, c'est ça ?

— Non, vous êtes attendu.

Sans que je sois spécialement trouillard ou paranoïaque, mais un peu des deux parfois, je pensai tout de suite aux gendarmes, les gendarmes qui me faisaient le coup du complément d'information. À dix-neuf ans j'avais fait une garde à vue pour une histoire idiote, et ce dont je me souvenais le plus c'était qu'en ressortant le lendemain matin je prenais tous les véhicules de police qui passaient dans la rue pour des sentinelles qui ne regardaient que moi, qui me suivaient. J'en étais littéralement traumatisé, à ce jour encore cette sensation n'en finissait pas de résonner.

J'enfilai une chemise avant de descendre. J'hésitai à prendre mon pull et mon blouson, mais ne le fis pas. Ils ne me demanderaient tout de même pas de les suivre au poste. Je me sentais fébrile. Être interpellé, c'est comme être ramassé par les secours, la douleur en moins, mais dans les deux cas on ne bouge plus, on perd toute initiative, on demande la permission de pisser. Bon sang, ces saloperies de remugles qu'un simple contrôle avait remuées en moi, ce cauchemar d'avoir un jour à retrouver les humiliantes injonctions, c'était ancré comme un traumatisme, d'ailleurs en descendant l'escalier je me demandai combien d'années on restait réellement fiché pour des délits mineurs, ou même pour une garde à vue, dans le fond je n'étais pas sûr que tout cela soit effacé, le gars d'hier avait peut-être exhumé quelques vieilles fiches, surtout qu'à vingt ans j'avais eu aussi une autre histoire en conduisant un pote qui planquait des savonnettes de résine dans son sac de sport, ça avait été loin cette histoire, surtout pour lui. Est-ce qu'ils venaient me reparler de ça, ou d'une amende que je n'aurais pas honorée, un ancien excès de vitesse, une dénonciation ? Tout me semblait possible.

Dans le hall, je trouvai Mme Meunier derrière son petit comptoir. Autour d'elle personne. Sans la moindre cordialité, sans même un mot, elle me fit signe qu'on m'attendait dehors. Je poussai la porte qui donnait sur la terrasse, toutes les chaises étaient vides, comme était vide le trottoir devant moi, alors je m'avançai au-delà du rideau de thuyas qui masquait la grand-place, visiblement là non plus personne ne m'attendait, j'avançai encore et voilà qu'au beau milieu de la place elle était là, assise sur un banc, fumant une cigarette. Elle dissipa un halo de fumée devant son visage, elle regardait vers moi mais ne se levait pas, comme s'il était entendu que c'était moi qui devais la rejoindre et m'asseoir à côté d'elle. Je marchai vers ce banc, tel un civil redoutant des tirs de snippers, je regardais autour pour vérifier si on nous observait, mais plus j'approchais, et plus je ne voyais qu'elle.

Une fois arrivé à sa hauteur elle me dit bonjour en me tendant la main, toujours assise, d'un geste gracieux de canotière et en usant de mon prénom, ce qui instantanément créa l'insolite. Puis elle me dit qu'elle était désolée pour avant-hier, mais qu'il fallait comprendre, depuis qu'Aurélik était en détention, ses amis devenaient fous, ils craquaient tous, perdant leur sang-froid, ce qui apparemment n'était pas son cas. Je ne la sentais pas du tout atteinte ni dépassée par le moindre sentiment de colère ou d'injustice, au contraire, je percevais chez elle une sourde résignation, ça la rendait un peu absente, un peu au-dessus de la situation. Mais surtout je découvrais sa voix, sa syntaxe particulière et son accent étranger. Bien que maîtrisant parfaitement le français elle avait une façon bien à elle de buter à l'amorce de certains mots, ça donnait une légère hésitation, une maladresse, une intonation presque enfantine qui enrobait tout ce qu'elle disait d'un éclat de sincérité.

D'emblée elle m'avoua que je n'étais pas tout à fait un étranger pour elle, elle avait lu deux de mes livres, elle avait même prévu de venir le soir de la rencontre à la librairie, elle aurait bien voulu être là parce qu'elle aussi elle écrivait, elle écrivait pour conjurer le désordre, « pour qu'il y ait au moins quelque chose de rangé dans [sa] vie », une trajectoire partie de Hongrie pour échouer là en bordure des bois. Elle me raconta ça, qu'elle écrivait, rien de plus, mais que ce manuscrit elle ne le ferait jamais lire à personne, c'était même ce qu'elle craignait le plus, qu'on le lise, que quelqu'un tombe dessus, d'ailleurs elle l'avait planqué récemment pour être sûre que personne ne pose les yeux dessus. J'eus un frisson de culpabilité en réalisant que je faisais tout l'inverse.

— Et vous écrivez en français ?

— Oui, en français, et en hongrois aussi, ça dépend *de les* soirs.

Je m'étais assis à côté d'elle, me bornant à l'écouter, elle parlait beaucoup, mais lentement, avec ce petit accent hongrois qui procure quelque chose d'angélique et d'innocent au locuteur, qui fragilise son langage même si le vocabulaire est correct.

Elle écrivait donc, mais surtout elle lisait.

— Dans ma famille, le soir, quand j'étais une enfant, on ne regardait pas la télé, non jamais, mais on lisait tous en cercle, mes parents et mes sœurs tous en cercle, tous les cinq on lisait, et après, on allait se coucher.

Elle me rapportait cette scène comme si c'était une image vieille de plusieurs décennies, une photo ressortie des années cinquante, alors que non, c'était il y a quinze ans à peine. Au collège elle avait appris le français, par idéalisme désespéré et par intérêt.

— Vous savez, dans ma classe beaucoup apprenaient l'allemand, mais l'allemand on le parle uniquement en Allemagne, alors que le français, on le parle dans plein de pays du monde !

Il n'y avait toujours qu'elle qui parlait. Souvent, ceux qui sont pris dans les rets d'une histoire sordide ne disent pas un mot de l'affaire qui les concerne, ils évitent le sujet tant ils ont envie de parler d'autre chose, de sortir de l'impitoyable réalité. Elle ne fit pas une seule allusion au disparu ni à son copain ou compagnon. J'essayais d'assimiler ces milliers de choses que je découvrais d'elle, tout en n'arrivant pas franchement à réaliser que c'était bien Dora, assise là en face de moi, comme si le personnage principal d'un roman dans lequel j'aurais été plongé depuis des jours avait jailli des pages pour me convoquer ici, au beau milieu de la place, et que ce personnage à son tour posait son regard sur moi et me demandait ce que je faisais là. Parce que bizarrement, c'est elle qui me le demanda.

— Pourquoi vous êtes venu trois fois ?

— Deux fois seulement.

Dans un sourire, sûre d'elle, elle rectifia.

— Trois.

C'est donc qu'elle était là le premier jour, qu'elle m'avait vu.

Je n'en revenais pas, Dora, la fille de la photo arrachée dans le journal, cette photo là-haut dans ma chambre, toujours enfouie dans la poche de mon blouson, je l'avais à dix centimètres de moi, j'entendais le son de sa voix et sa langue singulière, ce français parfait souligné de l'accent gamin, mais surtout je ressentais son parfum, un mélange de patchouli et de tabac, des effluves qui se diffusaient de la laine épaisse de son pull. Cette simple rencontre me fournissait mille informations que je n'aurais jamais pu deviner. De mon côté, je ne lui dis rien des méandres plus ou moins fantasmés qui m'avaient amené jusque chez elle, j'avais envie de la prendre dans mes bras, de la consoler d'une peine qu'elle n'affichait même pas, parce qu'elle n'avait pas l'air d'une victime, ni abattue, tout juste un peu assombrie, à peine tourmentée, bien moins que moi. Je regardais autour de nous, je sentais qu'on ne pouvait pas rester là. De rares voitures passaient, mais surtout, sans pull et sans blouson, j'avais froid. Et puis, en traînant là au beau milieu de la place, à la vue de tout le monde, pas de doute qu'on ne manquerait pas de nourrir la chronique du village épieur. Du coup, j'avais même l'impression que cette caméra, en haut de son poteau, ne faisait que nous observer. J'imaginais le maire en train de se demander ce que je faisais là avec cette délinquante...

Je lui dis que ce serait mieux d'aller au café au bout de la place, ou dans le hall de l'hôtel. « Non, on est bien là », me répondit-elle. De toute façon c'était elle qui avait pris les devants en venant jusqu'au Grand Monarque. Après m'avoir fixé un long moment, elle reprit.

— En fait, c'est Marie et Michel qui m'ont parlé de vos livres, depuis six mois ils parlent de vous à tout le monde ici, ils annoncent votre venue, et vos livres ils les avaient mis en vitrine, et dans la librairie aussi, sur la petite table, ils n'arrêtaient pas d'en dire du bien, voilà, c'est comme ça que je vous ai connu. Mais avant, je n'avais pas entendu parler de vous, jamais.

— C'est normal.

— J'ai bien aimé.

— Ça me fait plaisir.

— Oui, je vous ai lu, et je suis sûre d'une chose, je peux avoir confiance en vous...

— Vraiment ?

— Oui, vraiment.

— Sans doute, mais pourquoi en êtes-vous si sûre ?

— En lisant un auteur, même s'il ne parle pas de lui dans son livre, on le sent partout à travers les lignes, on est tout le temps avec lui. Et moi, avec ce que j'ai vu de vous dans vos livres, je sais que je peux avoir confiance en vous.

Son accent, sa syntaxe, sa manière de chercher un peu ses mots, tout ça donnait une intonation touchante et une sincérité troublante à tout ce qu'elle disait.

— Vous avez raison, Dora, vous pouvez avoir confiance en moi, mais à propos de quoi, à quoi pensez-vous ?

— Si vous savez mon prénom, c'est que vous avez lu des choses sur moi, vous aussi.

— Oui, dans le journal, enfin comme tout le monde.

— J'ai besoin de m'aider, enfin non, j'ai besoin *de vous que vous m'aidez*.

— Que je vous aide, oui, mais à quoi ?

— Ici, je n'ai plus confiance en personne.

— Mais, et vos amis, enfin ceux qui étaient dans la cour avant-hier ?

— Eux, vous les avez vus, c'est pire. Ils ne sont pas parfaitement raisonnables dans leur tête, ils sont inconscients. Je ne vois que vous pour m'aider.

J'en eus un frisson, de frayeur autant que d'émotion. Sans doute aussi à cause de ce froid humide qui s'en prenait à moi. Au fond je n'étais plus certain de rien, peut-être que j'avais affaire à une fille perdue, à une rêveuse complètement paumée, ou alors à une opportuniste, à une grande manipulatrice, comme Boris dans mon roman, la lectrice d'hier avait vu juste, les réflexions et les reproches qu'elle me faisait étaient prémonitoires, ils avaient peut-être valeur d'avertissement ou de subtil présage. Quoi qu'il en soit j'avais trop froid pour ne pas tout craindre de tout le monde. Alors qu'importent les convenances et le qu'en-dira-t-on, je proposai à Dora d'aller nous asseoir dans le hall de l'hôtel, d'y prendre un thé, au moins on serait à l'aise, mais elle refusa. Au café non plus elle ne voulait pas y aller.

— Vous avez froid, c'est ça ?

— Oui, et puis, disons que pour parler on serait mieux à l'intérieur que dehors, sur un banc.

À ces mots elle se leva, confuse, et soudain elle se referma.

— Pardon, je ne veux pas vous embêter.

— Mais vous ne m'embêtez pas, Dora, vous ne m'embêtez pas, c'est juste que là j'ai froid…

On était debout tous les deux, face à face, elle avait de nouveau cet air perdu, le même que sur la photo, le regard de celle qui était lâchée par tous, d'une femme qui semblait n'être plus raccrochée à rien. À cet instant, je l'aurais bien prise dans mes bras, autant pour me réchauffer moi que pour la réconforter elle.

On resta un moment sans rien se dire. J'avais envie de lui lancer « Dora, je suis là, oui vous pouvez avoir confiance en moi, oui si vous avez besoin de quelque chose, de quoi que ce soit, je suis là… » Mais si je disais cela je prenais le risque de sceller une illusion, après tout je ne la connaissais pas cette fille, tout ça était grave, d'un coup monta la trouille de foutre les pieds dans une embrouille qui me dépassait vraiment. En même temps je sentais bien que si on se quittait là-dessus, je ne la reverrais plus jamais.

— Qu'est-ce que je peux faire pour vous ?

— Vous pourriez venir en fin d'après-midi, comme l'autre fois, avec la fourgonnette de la librairie, je vous demande juste ça, je vous le demande comme à un ami.

— Oui. Oui, Dora, je peux venir. Seulement pas avec la fourgonnette, je n'ai plus envie d'utiliser cette voiture, je préfère me déplacer à vélo maintenant, mais je viendrai.

— Non, s'il vous plaît, ne venez pas à vélo, venez avec la voiture de Marie.

Je jetai un coup d'œil à cette caméra en haut du poteau, qui avait l'air parfaitement inerte.

— Bon, d'accord.

Avant de me détourner et de repartir vers l'hôtel, je me rapprochai d'elle pour lui demander :

— Dora, on pourrait peut-être se tutoyer, vous ne croyez pas ?

— Non.

J'encaissai la rude conviction avec laquelle elle me balançait ça, me renvoyant dans les cordes. Je la regardai, essayant de déceler d'où provenait ce fond d'inimitié. Je m'attendais à ce qu'elle baisse les yeux, mais elle me fixa davantage, le regard bien droit.

— C'est pour vous, Serge. Si vous venez chez moi et qu'il y a les gendarmes, comme hier, c'est mieux d'être habitués à se dire vous. Si on se dit tu, c'est pas bon. C'est pas bon pour vous, vous comprenez ?

Après un somme de vingt minutes, parfois le déphasage est encore plus radical qu'après une nuit de sommeil. Je fais souvent la sieste après le déjeuner et j'en ressors toujours avec le sentiment d'atterrir dans une journée autre, de mettre les pieds dans un jour où le matin n'a pas existé, ou alors où il est très loin déjà, inexorablement relégué au passé. Seulement, il y avait cette odeur de patchouli dont j'étais imprégné, sa présence me hantait.

Pendant le déjeuner, Mme Meunier avait bien essayé de savoir pourquoi cette fille était venue me voir, ce qu'elle pouvait bien me vouloir, alors que moi-même je savais juste qu'elle avait besoin de mon aide, rien de plus. En dehors de la solitude totale dans laquelle elle semblait condamnée, elle était bien telle que je l'avais imaginée, la voix plus douce peut-être. J'essayais de supposer ce qu'elle attendait exactement de moi, que je l'emmène voir son mec, que je lui apporte un peu de soutien, que je l'écoute, la compréhension, dans le fond, c'est un vrai cadeau.

Plusieurs fois mon hôtelière m'avait répété que je devrais me méfier de cette bande, que c'étaient des marginaux, des infréquentables, et même si Dora était un peu différente, qu'elle avait fait l'effort de s'intégrer, contrairement aux autres. Avant que tout ça n'arrive, trois fois par semaine elle se levait aux aurores pour brocanter des vieux livres et des tas de bricoles sur les marchés, il n'empêche qu'elle faisait bien partie de cette bande. Les médisants ne se gênaient pas pour dire que ses livres provenaient de cambriolages, comme ses bijoux anciens et ses breloques, qu'en réalité elle recyclait le fruit des magouilles orchestrées par les autres, des gars venus de l'Est, toute une mafia qui transitait par ici, mélangeant au passage Hongrois, Allemands, Roumains et Polonais… L'Est quoi !

— Vraiment, n'allez pas traîner avec ces gens-là, ils ne sont pas nets…

— Mais cette fille ne fait rien de mal ! Je les ai vus, moi, les livres qu'elle vend, ce sont des livres d'occasion, des livres récupérés ou trouvés dans des vide-greniers, je vous assure madame Meunier, c'est du bricolage pas la mafia.

— Écoutez, vous êtes grand après tout, faites donc ce que vous voulez.

La pauvre femme, je la sentais déçue, elle qui jusque-là était si fière d'héberger un « écrivain national », elle qui s'enorgueillissait d'offrir le gîte et le couvert à l'inestimable invité des libraires, qui se vivait en mécène, en marraine en quelque sorte, je la décevais tellement qu'elle en était dépitée. Alors, à la va-vite, je m'inventai un prétexte, je lui expliquai que justement, être écrivain, ça permettait cela, de se rapprocher de tous, d'aborder chacun sans préjugé et sans morale, et que pour moi cette histoire de disparition, c'était une véritable aubaine, quitte à renier mon intime point de vue, je lui dis que pour un auteur, un fait divers c'était hautement inspirant, à vrai dire ça me passionnait depuis toujours les faits divers, pour moi c'était donc une chance d'en avoir un là sous la main, et si un jour me venait l'envie d'écrire sur une histoire de disparition j'aurais ainsi mille éléments concrets...

— Vous n'allez tout de même pas faire un livre sur eux ?

— Un livre je ne sais pas, mais m'en inspirer pourquoi pas !

Par prévention Mme Meunier se recula, comme quelqu'un qui sort du champ au moment d'être pris en photo.

— Votre livre, j'espère que vous n'allez pas me mettre dedans, vous n'allez pas me mêler à ça !

— Mais non, ne craignez rien, un auteur ne prend jamais le risque d'utiliser des personnages réels, ou alors il déforme tout, il change les noms, il arrange, enfin on ne reconnaît rien, c'est pas un cambriolage vous savez.

— Oh, mais moi, je ne veux pas qu'on déforme quoi que ce soit ! Je veux simplement ne pas être mêlée à toutes ces histoires, c'est tout...

— Ne vous en faites pas, madame Meunier, vous n'avez rien à voir avec tout ça.

— Quel dommage d'aller s'intéresser à ces voyous-là, alors qu'il y aurait tant de belles choses à écrire sur notre région.

— Je sais bien, madame Meunier, je sais bien.

Quand elle m'avait servi mon dessert, il n'y avait plus rien de son bel enthousiasme habituel. Mais au moment de m'apporter le café, déjà la rancœur s'était dissipée. Elle m'avait posé la main sur l'épaule, et maternellement n'avait pu s'empêcher de me le redire.

— Promettez-moi de ne pas aller traîner avec elle. C'est pour vous que je dis ça, avec eux ça finit toujours mal.

Le téléphone de ma chambre sonna pour la deuxième fois de la journée, j'en avais presque pris l'habitude. Mme Meunier me dit que le journaliste m'attendait en bas depuis dix minutes, je n'avais pas reçu le texto qu'il m'avait pourtant envoyé depuis le rez-de-chaussée. En le découvrant au beau milieu du hall, assis sans confort dans un fauteuil vieillot, je sentis bien que ce gars-là devait être un grand fumeur et qu'il n'avait qu'une envie : se poser dehors. En premier lieu je m'excusai, je ne savais pas pourquoi son SMS n'avait pas franchi les deux étages qui nous séparaient, on vérifia donc qu'il avait bien le bon numéro, oui, mais dans cet hôtel mon téléphone parfois ne captait pas.

Très vite il me demanda si je fumais. Je lui répondis que non, mais lui proposai d'aller tout de même en terrasse, ce qui le combla au plus haut point. Dès lors je le sus acquis à ma cause.

Je n'avais pas plus envie de fumer que d'attraper froid, seulement dans le silence sépulcral de la grande salle du bas, je savais que Mme Meunier ne manquerait pas de laisser traîner une oreille, qu'elle ne perdrait pas une miette de ce qu'on se dirait, faisant en sorte de rester par là, pas trop loin, ce serait d'autant plus gênant que je ne suis jamais à l'aise face à un journaliste, j'ai vis-à-vis d'eux un genre de complexe, les trouvant toujours bien plus en forme que moi, plus avides et moins frileux.

Dehors, l'auvent nous protégeait presque entièrement de la pluie. Le journaliste me glissa que ce n'était pas lui qui aurait dû venir, c'était Isabelle, sa collègue de la rubrique culturelle, mais Isabelle était malade. Il se présenta en tant que grand reporter, pour faire un trait d'esprit je lui répliquai que ça tombait bien, j'étais moi-même grand écrivain, il eut le bon goût de ne pas le prendre au premier degré, on était sur la même longueur d'onde, ou presque, car il commanda un double whisky et moi un thé. Quand Mme Meunier vint nous servir, elle nous demanda si vraiment on ne voulait pas se mettre à l'intérieur, il est vrai que sa marquise étroite laissait passer des gouttes, pourtant on ne bougea pas. En face, au travers du rideau de thuyas, je voyais le petit banc au milieu de la place, noyé sous la pluie, je le regardais de loin avec une affection nostalgique. Je me rendais compte que ce type était moyennement motivé par l'idée de faire un article sur un auteur de passage dans la région, il m'avoua n'avoir lu aucun de mes livres, il avait tout juste parcouru les quatrièmes de couverture, et ça lui avait paru bien.

— Ne vous en faites pas, le rassurai-je, on va s'en sortir quand même.

— Je préférais vous le dire directement, comme ça on est plus à l'aise. De toute façon je n'aime pas trop les romans !

— Ah bon, et vous lisez quoi alors ?

— Moi ce qui m'intéresse c'est l'actualité, les choses qui se passent dans la réalité, la géopolitique, la politique nationale, le réel…

— Les faits divers aussi ?

— Évidemment.

Dans ce genre de situation, quand un journaliste se retrouve face à moi sans la moindre motivation et qu'il l'avoue franchement, ça incite peu à l'épanchement, c'est même vexant de se mettre à parler de soi à un quelqu'un qui n'en a rien à faire, dans ces cas-là alors j'inverse les rôles, je fais parler l'autre. Je le lançai ainsi sur la fameuse affaire, l'interrogeai sur ce qu'il pensait de cette disparition et des marginaux de L'Épeau, et tout de suite il devint beaucoup plus à l'aise, volubile, se tenant droit sur sa chaise. Il fit signe qu'on lui resserve un double whisky, alors que moi-même je n'avais pas encore touché à mon thé. Quand Mme Meunier apporta son verre il me proposa de m'offrir la même chose que lui, par faiblesse et pour coïncider avec ce climat d'apparente convivialité j'acquiesçai, « Allez pourquoi pas ! », m'exclamai-je. Je savais bien que d'ici une heure je devrais prendre la route pour rejoindre Dora, ce n'était donc pas le moment de se mettre de l'alcool dans le sang, mais qu'importe, l'essentiel c'était qu'il boive lui, qu'il soit à l'aise et que je le fasse parler.

— Alors, à votre avis, c'est quoi le fin mot de cette histoire, une disparation ou un crime ?

— Ah ça, y a une enquête comme on dit dans ces cas-là !

— Tout de même, vous devez bien avoir votre petite idée…

Selon lui Commodore n'avait besoin de personne pour disparaître, c'était un illuminé de première, un fou impossible à profiler et bien capable de s'évaporer avec son fric, « Un fou je vous dis ! » D'ailleurs, dans les premiers temps où on n'avait plus vu sa femme ni sa belle-sœur, les deux Vietnamiennes qui vivaient avec lui depuis plus de quarante ans, certains ici s'étaient mis à l'appeler Barbe-Bleue… « C'est dire s'il inspire confiance le vieux… ! »

Cependant sa voiture n'avait été signalée nulle part, contrairement à ce qui avait été dit, il n'y avait aucune trace de lui dans les aéroports, pas de signe de sortie du territoire, et surtout beaucoup d'éléments permettant de suspecter le garçon de L'Épeau. En plus des grosses coupures retrouvées chez lui, il y avait cette brûlure récente à sa main, sans compter ses antécédents judiciaires et la réputation trouble qu'il traînait par ici, ainsi que ses fréquentations douteuses, pour un juge ça faisait du solide. D'autant que lui et sa petite amie, c'étaient quand même les derniers à avoir vu Commodore en vie, et dans une affaire comme celle-là, ce genre de détail était déterminant. Si bien que dès le départ l'enquête avait été menée à charge, et même si à ce jour il n'y avait pas de cadavre, le faisceau de présomptions était solide, à la limite c'était trop beau. D'après lui, toutefois, ce gars-là n'y était sans doute pour rien.

— Et pourquoi, à votre avis ?

— C'est une possibilité sérieuse.

— Et s'il n'y est pour rien, alors pourquoi il ne le dit pas ?

— En position d'accusé, rien n'est plus dur que de se défendre, surtout pour un innocent ! Je ne vous souhaite pas de vous retrouver un jour dans cette situation, c'est l'enfer, parfois des suspects ne voient tellement plus comment s'en sortir qu'ils balancent des aveux alors qu'ils n'ont rien fait, c'est courant. Quand les enquêteurs ont une idée en tête, ils vous harcèlent, ils vous pressent tellement qu'ils ne vous écoutent plus. Et puis les gendarmes, c'est pas non plus la PJ !

— Mais justement, ils ont l'air sacrément mobilisés ces gendarmes-là, ils ne négligent aucune piste !

— Oui, mais cette enquête, elle est impossible à mener depuis le départ, les investigations sont infaisables, c'est pourquoi ça arrange tout le monde d'avoir un suspect tout trouvé.

— En quoi elle est impossible à mener ?

— Il n'y a aucun élément matériel exploitable, tout le périmètre a été saccagé avant que les gendarmes y mettent les pieds.

À partir de là, et avec un enthousiasme de conteur, le journaliste me détailla comment les choses s'étaient passées, me relatant tous ces détails que je n'avais pas lus jusqu'à présent. Après cinq jours sans nouvelles de Commodore, cinq jours à ne pas le voir en ville, alors qu'il y venait quasiment tous les matins, des gens de Marzy s'étaient rendus chez lui pour s'assurer que tout allait bien, ils avaient débarqué à plusieurs dans sa cour, et même dans la maison, déjà ça avait tout faussé au niveau des traces. Mais surtout, dans la semaine qui avait suivi, les gens de là-bas s'étaient mis à faire des battues de leur propre initiative, d'eux-mêmes ils avaient ratissé tous les environs de L'Épeau, trois battues rondement menées par des chasseurs expérimentés, avec à chaque fois une bonne cinquantaine de personnes, sans compter les chiens, autant dire un branle-bas de combat qui avait saboté toutes les pistes et effacé le moindre indice. Si bien que les enquêteurs n'avaient jamais pu faire de recherches dignes de ce nom sur la disparition de Commodore, et de là une instruction avait été ouverte à l'encontre d'Aurélik pour crime présumé.

— Mais si les gens d'ici ont fait des battues pendant des jours pour le retrouver, c'est qu'ils doivent sacrément y tenir à ce bonhomme...

— Oui, enfin reste à savoir si c'est vraiment lui qu'ils cherchaient.

— Ah bon, qui d'autre alors ?

— Je veux dire, s'ils cherchaient le bonhomme ou son magot.

— Il existe pour de bon ce magot ?

— Quarante années d'argent liquide sur les marchés, sans tickets de caisse, plus le bois au marché noir, ça fait un sacré beau paquet. Mais ça, à la campagne, c'est courant. Dans la région y a des régiments de boîtes en fer qui dorment sous les racines des plantes. Ici on n'a jamais fait confiance aux banques, et avec ce qui se passe dans le monde en ce moment, c'est pas près de changer ! Croyez-moi, y a bien plus d'argent sous terre que dans les coffres de la Banque de France...

— Mais, donc, d'après vous c'est pas cet Aurélik qui l'a tué ?

— Disons que ça arrange tout le monde qu'il dégage une bonne fois pour toutes. Depuis qu'ils sont là, sa nana et lui, c'est vrai qu'il y a du mouvement, des illuminés qui viennent d'un peu partout pour trafiquer on ne sait quoi, on parle même de braconnage de champignons, revendus ensuite à des grossistes, c'est vous dire... Sans parler des activistes qui ont juré de faire des campements pour empêcher la construction de l'usine, c'est clair qu'ils ont tout contre eux.

Le journaliste sortit un carnet de sa poche et je ressentis un soupçon de considération, à son tour il allait me poser des questions. Mais il m'avoua que pour son article il se servirait de ce qu'il trouverait sur Internet, ce n'était pas un problème, la seule chose qu'il voulait savoir, c'était le thème que j'avais choisi pour faire mon feuilleton, le fameux feuilleton qui paraîtrait dans son journal.

— C'est pas urgent ! On m'a dit que c'était pour janvier, j'ai le temps.

— Oui, mais c'est juste pour annoncer le thème, à la rédaction ils aimeraient bien savoir.

— J'en sais rien, ce feuilleton je l'écrirai après mon séjour ici. J'attends de vivre un peu les choses, de découvrir la région...

— Eh bien, puisque visiblement ça vous intéresse, vous devriez écrire sur ça.

— Sur quoi ?

— La disparition !

— Non, je n'ai pas envie de me mêler à ce genre d'affaires.

— Ça a l'air de vous intéresser pourtant, en plus pour un auteur, c'est du pain béni ! Moi je serais vous c'est ce que je ferais.

Là-dessus, il attrapa un appareil photo un peu minable.

— Vous permettez que je vous prenne, c'est pour l'article.

— Quoi, assis là comme ça ?

— Non, mettez-vous debout, avec la place au fond, c'est parfait.

Il se leva, ne prit qu'une seule photo en gars très sûr de son coup, et on se rassit. Je jetai un œil derrière pour voir s'il n'y aurait pas un éventuel passant sur la photo, en second plan, mais je ne vis que le banc.

— Sinon, pour votre feuilleton, il n'y a pas autre chose dans le coin qui vous ait un peu titillé ?

— Si le bois, le bois ça m'intéresse.

— Le bois ? C'est vague.

— Ce projet de complexe industriel, il paraît que des écologistes vont venir s'enchaîner aux arbres, ça devrait faire du bruit !

— Oh là, touchez pas à ça, malheureux, c'est bien plus sensible que l'affaire Commodore...

— Justement, on parle d'opposants qui viendront de toute l'Europe, qui feront des manifs, la guérilla et tout le bazar, c'est vrai ou pas ?

— C'est ce qu'on dit.

— C'est prévu pour quand ?

— Dans ce genre d'action commando, c'est rare que les gars envoient un communiqué à l'AFP pour dire quel jour ils arriveront.

— Mais à votre avis ?

— À mon avis, avec ce qu'il y a eu de gendarmes dans le coin ces derniers temps, ça a dû les refroidir un peu...

— Et vous, vous en pensez quoi de cette usine ?

— Je pense que le maire est très fort, non seulement il va tout ratiboiser, mais il le fera avec l'aval des autorités, car la seule façon de répondre aux normes européennes en 2022, c'est le bois. Le solaire, l'éolien, tout ça c'est bien beau, mais ça coûte cher, alors que le bois y a qu'à couper.

— Oui, mais quand il n'y en aura plus ?

— On replantera. Le cours des parcelles est jumelé à celui de l'or, c'est vous dire ! Le bois, c'est bien moins compliqué que la pierre, il y a des exonérations fiscales de partout, moins 75 % sur l'ISF, pas de droits de succession, c'est mille fois mieux que l'or !

— Eh bien, vous voyez que c'est intéressant.

— Oui, mais ne vous lancez pas là-dedans, faites gaffe.

— Pourquoi ?

— Je vais être clair, le groupe industriel qui contrôle la Seriaf détient 40 % du capital de *La Voix du Centre*, donc, essayez d'éviter le sujet…

— Je vois.

Il me regardait comme s'il me tenait par le col. Ça devait l'exciter de me mettre en garde, de me foutre les jetons et de me dissuader de choisir mon sujet, ça lui donnait un petit pouvoir. Pour le satisfaire je n'allais tout de même pas me mettre à écrire sur la paix des villages et la douceur des herbages, verser dans la petite pastorale apaisée sur les bienfaits de la campagne, d'autant que je voyais tout le contraire autour de moi, dans cette nature profonde je ne distinguais que menaces, enjeux, soupçons et règlements de comptes.

Le gars se releva, même pas entamé par ses quatre whiskies, il me dit de ne pas bouger et partit payer Mme Meunier. Je vis par la vitre qu'elle tenait absolument à les lui offrir. Elle le reconduisit jusqu'à moi, c'était tout de même un journaliste de *La Voix du Centre*, Mme Meunier ne négligeait pas ce prestige. En le remerciant, je le raccompagnai, malgré la pluie, jusqu'à sa voiture garée en face. Il s'engouffra dedans vite fait et ouvrit la vitre pour me lancer une dernière fois :

— Pour le feuilleton, ne déconnez pas. Une disparition, c'est bien plus excitant que ces histoires d'usine, surtout que maintenant que vous êtes pote avec la fille, vous aurez facilement des infos, si ça se trouve bientôt c'est moi qui viendrai vous en demander, pas vrai ?

Pour ne pas retomber sur les gendarmes avec le double whisky que je venais de boire, je pris donc l'itinéraire bis qui longe la Talvane, une fine bande de goudron aux bas-côtés envahis par les herbes. La route était tellement étroite et si peu entretenue que les ronces agrippaient la carrosserie. Rouler par ici donnait l'impression de passer dans les coulisses d'un décor, de s'enfoncer encore plus profond pour accéder à la combe obscure du bas de L'Épeau, cette cuve à froid comme on l'appelait dans le coin.

Ce chemin était connu de tous, et même s'il était bien plus long et en piteux état, il était fortement recommandé à ceux ayant plus d'un demi-gramme d'alcool dans le sang. La route serpentait en contrebas de Marzy, ce qui permettait de dépasser le village sans même le traverser, je devinais le clocher et les maisons en haut, par-delà les talus. Le chemin continuait en épousant le cours de la rivière jusqu'à la forêt, mais ce n'était même plus du goudron, juste de la terre battue, chaotique et boueuse. Comme il avait plu depuis trois jours et que l'endroit était humide, l'air était saturé d'eau.

Dans l'habitacle la condensation était impressionnante. Hors de la voiture tout paraissait noyé, la campagne, les arbres, la forêt qui se dressait au loin, tout ressemblait aux éléments d'un décor sous-marin au travers duquel j'avançais dans un curieux roulis, je slalomais entre les algues.

Plus j'approchais et plus je ressentais le malaise de retourner là-bas, redoutant de retomber sur un excité ou sur un flic, en même temps je n'avais rien à me reprocher, je devais presque m'en convaincre, pour de vrai je n'avais rien à me reprocher. J'avais promis à Dora de passer, me dédire serait plus lâche que tout. Pour la première fois j'abordai L'Épeau par le bas, je retrouvai ce fameux chemin qui s'arrêtait au bord de la rivière et continuait de l'autre côté, en direction de la cour. Sans doute que les vaches et les tracteurs empruntaient ce passage, il devait être praticable, mais en ces périodes de crues ça semblait moins évident. Sur la rive d'en face je voyais la cour et les bâtiments, à quelques dizaines de mètres de moi, seulement je ne me sentais pas de traverser à gué, surtout que le courant était fort. Plutôt que de m'enfoncer dans l'eau vive et de noyer la voiture, je klaxonnai pour avertir Dora. D'où j'étais je voyais son petit camion blanc garé dans la cour. Au bout d'un bon moment, elle sortit sur le pas de sa porte, de loin elle me fit signe de venir, de franchir l'obstacle sans hésiter. Rien à faire, je ne voulais pas risquer d'abîmer encore la voiture du libraire. Alors c'est Dora qui marcha jusqu'à la rivière, elle vint me rejoindre de l'autre côté du cours d'eau enflé, large de dix bons mètres, peut-être pas très profond, mais avec des roches qui affleuraient, la passe était risquée.

— Mais pourquoi vous êtes venu par là ?

— Pour éviter les gendarmes.

— Alors, allez-y, vous pouvez traverser, faut juste éviter les grosses pierres là !

La manœuvre n'était pas compliquée, mais il y avait tellement de débit et de boue remuée que ça me paraissait injouable.

— Ça passe je vous dis...

Au milieu du gué, je me sentis secoué par ces bruits d'eau qui giflait le dessous de la voiture, une rivière nerveuse, excitée par les pluies folles, je craignais de faire une connerie définitive... Quand je fus posé sur l'autre rive, j'avais franchi un cap, ce n'était pas seulement la rivière que je venais de traverser, mais un genre de frontière qui jusqu'à maintenant me préservait de tout péril, de toute menace. De nouveau je pénétrais dans cette cour, mais cette fois Dora était là pour m'accueillir, elle me posa la main sur l'épaule comme on le fait, plein de gratitude, à une connaissance qui aurait fait des milliers de kilomètres pour venir jusqu'à vous.

— Merci d'être là.

Avec ce léger accent elle gagnait en altitude, elle se détachait des choses, un peu au-dessus du réel, une prééminence qui selon moi la hissait bien au-delà de nos basses préoccupations de mortels. Les yeux dans les yeux elle me lança :

— Vous savez, j'étais certaine que ce serait une journée *important* pour moi.

— Importante ?

— Oui, importante.

— Ah bon, pourquoi ?

— Parce que ce matin, j'ai fait une brûlure à mon pull, un petit trou avec la cigarette, je l'ai très abîmé, vous savez.

Pour me montrer l'accroc, elle décolla le pull serré de sa peau et découvrit sa taille, je vis qu'elle portait un collant sous son jean, j'entraperçus une éclaircie de chair et en ressentis une réelle décharge sensuelle.

— Quel rapport avec votre pull ?

— Mais, parce que dans la vie tout se paie, « toute perte est la promesse d'un bienfait à venir », on dit ça en Hongrie.

J'étais grisé de l'entendre, de la sentir juste là, à côté de moi. Il y avait longtemps qu'une fille ne m'avait pas réellement plu, son mystère inaccessible et son accent qui lui donnait une intonation inédite, une présence presque chimérique, c'était envoûtant, et surtout il y avait cet environnement dans lequel elle baignait, ça rajoutait au trouble, j'en oubliais presque que c'était elle qui m'avait supplié de venir. Elle me proposa de rentrer prendre un café avant d'y aller.

— Avant d'aller où ?

Elle me sourit, me fit les gros yeux avec malice, comme une mère qui veut faire peur à un enfant.

— Dans les bois.

Dans la cuisine il faisait froid, visiblement il n'y avait pas d'autre chauffage que le feu de cheminée, et pour l'instant il était éteint, d'où le collant sous le jean sans doute.

— Vous ne chauffez pas ?

— Non, on a complètement oublié d'aller chercher du bois, en temps normal c'est Commodore qui nous le donne, on partage, mais avec tout ça j'ai oublié, je mets juste des branches le soir… L'automne est venu d'un coup vous savez, il y a une semaine encore on avait trop chaud, même au bord de la rivière !

— Vous vivez ici avec Aurélik, enfin vous vivez ensemble tous les deux ?

— La porte est toujours ouverte, alors il y a toujours du monde. Maintenant bien sûr, c'est différent.

— Non, je voulais dire, c'est votre petit ami ?

— C'est mon ami, mais il est très grand vous savez.

Par moments je ne savais pas si elle feignait de ne pas comprendre certaines subtilités de langage, ou si elles lui échappaient pour de bon.

Elle avait une façon curieuse de préparer le café, dans une casserole sur le camping-gaz, ça faisait comme une mousse qu'elle guettait avec prudence, elle était pleinement concentrée comme pour la préparation d'une recette complexe. Mine de rien je détaillais ce décor, c'était quelque chose de se retrouver là, assis à cette table, après ces mises en garde, ces coups du sort qui m'avaient chaque fois refoulé hors de cet endroit.

À l'autre bout de la table, Dora avait posé un de mes romans de manière ostensible, un exemplaire broché de l'édition originale, publiée en 2003, le livre était retourné, ouvert à une des pages du milieu, ce qui disait bien qu'elle était en train de le lire, ou qu'elle voulait me le faire croire. Tout en domptant docilement cette mousse de café qui écumait sous sa cuiller, devinant mes pensées, elle me dit qu'elle aimait beaucoup Boris, oui, ce personnage de Boris, sans en avoir l'air c'était un homme de confiance, et dans toute cette histoire c'était même le seul être valable, un homme secret, ambigu, douteux aux yeux de tous, mais fiable, le genre de type dont on se dit qu'il a probablement fait de la prison, mais qui pourtant inspire confiance, elle le ressentait comme un juste, le plus sûr d'entre tous.

— Je vous dis ça, mais en même temps je ne connais pas la fin. Un roman c'est pas comme la vie, pour savoir qui sont vraiment les gens, il suffit de jeter un œil aux dernières pages, mais moi je ne le fais pas, j'attends.

— Dora, pourquoi vous êtes venue là ?

— Où ?

— Ici.

— Je suis venue en France pour faire des études, des études *de* les arts et du spectacle à l'université, mais pas à Paris hélas. Et je n'ai pas été acceptée. Alors j'ai fait autre chose.

— Oui, mais comment vous vous êtes retrouvée dans cet endroit ?

— On voulait monter une troupe, mais un jour on va le faire. Dans les grands bâtiments de l'autre côté, on a commencé les travaux pour aménager une salle de spectacle, c'est pas cher.

— D'accord, mais ce n'est pas un peu perdu ici pour faire un théâtre ?

— Perdu ?

— Oui, c'est un peu loin de tout ici.

— Oui, et c'est justement pour ça qu'il faut le faire.

Elle se retourna, me demanda que je lui tende ma tasse pour me servir, et dans un sourire elle me lança :

— C'est bien aussi d'être perdu, non ?

La psychologie de cette fille m'échappait. Ce qui la rendait insolite, ce n'était pas seulement la différence de culture, ni son accent, mais sa manière d'être absente puis de soudain paraître toute proche, je la ressentais comme un être de mystère, une fille qui avait sa façon bien singulière d'être au monde et qui devait voir les choses depuis une distance cocasse, avec ce regard que portent les personnages de roman sur le monde réel.

— Mais vous savez, votre Boris, moi je le comprends bien, je m'entends très bien avec lui. Peut-être je pensais, je pourrais en faire une pièce, oui, l'action se passe toujours dans la villa, c'est vrai ?

— Oui, c'est vrai.

— Alors c'est facile pour moi, peut-être c'est très facile pour en faire une pièce. Vous ne voulez pas ?

— Si.

C'est toujours troublant quand on se met à vous parler de vos romans, mais là ça l'était plus que jamais. Pour le coup, je ne faisais plus la part des choses entre le vrai et le faux, le réel et la fiction. En plus, elle était en train de le lire ce livre, elle avait donc bien présents à l'esprit tous ses ressorts, tout le schéma de l'intrigue, alors que moi-même je découvrais le sien. Elle en savait dix fois plus sur mon propre roman que moi, c'était comme si une amie perdue de vue depuis dix ans me faisait remonter mille souvenirs, ce livre je le portais en moi comme ces paquets d'autres anecdotes que j'avais traversées et dont je ne savais plus trop si elles relevaient de la vraie vie ou de l'imaginaire.

— Vous lui ressemblez un peu, pas vrai ?

— À qui ?

— À Boris, vous devez être un peu comme lui.

— C'est-à-dire ?

— Vous êtes un peu secret, et fiable.

J'avais envie de lui répondre que oui, ce personnage partait de moi, j'étais comme lui, ma vraie force c'était ma discrétion, parce que dans la vie rien n'est plus dur que de savoir se taire, rien n'est plus dur que de garder une vérité à soi, bien enfouie, rien n'est plus dur que d'avoir quelque chose d'incroyable à cacher, de ne pas pouvoir s'en vanter, de se taire alors qu'autour de soi tout le monde guette la moindre explication. Ça l'est bien plus encore que dans les romans, mais que ce soit chez Dostoïevski ou chez le plus petit braqueur de bureau de tabac, tout auteur d'un quelconque délit finit toujours par se faire piéger à cause de ça : n'avoir pas su garder le secret pour soi. Toujours. Il suffit d'y être soi-même confronté, d'avoir un vrai gros secret à taire, pour se rendre compte que c'est intenable de ne pas se mettre à le raconter. Tout comme il est impossible de commettre un braquage extraordinaire et de ne pas s'en glorifier, c'est humainement infaisable…

— Dora, dites-moi pourquoi vous vouliez que je vienne ici avec cette voiture ?

La tasse dans la main, assise en face de moi, les paupières un peu baissées, elle me confessa qu'elle avait besoin de moi, mais aussi de la voiture, cette voiture avec laquelle on m'avait déjà vu plusieurs fois dans le coin. Et là elle me fixa droit dans les yeux pour me dire qu'il ne fallait pas que je m'inquiète, c'est juste que ces derniers temps, dès qu'elle se déplaçait dans les parages avec son camion blanc, elle avait la sensation d'être repérée par tout le monde, parce qu'ici tous les gens s'épiaient, les moindres mouvements de chacun étaient connus de tous, et une fois dans la forêt cette sensation-là était pire, il y avait tellement personne en forêt qu'on avait l'impression d'y être guetté par les arbres eux-mêmes…

— Vous voulez vraiment que je vous emmène dans la forêt ?

Elle ne me répondit pas, elle se leva et décrocha deux épaisses parkas de la patère, m'en tendit une tout en enfilant l'autre, alors que je n'avais pas encore fini son café à la turque.

— Il faut qu'on y aille avant qu'il fasse nuit.

— Mais Dora, il ne va pas faire nuit tout de suite, pas encore.

— Et si jamais on se perd ?

Elle plaisantait, ou pas, je ne savais pas, je la suivis, hypnotisé par ce moment, par l'ivresse intime de ce café qui avait réveillé le double whisky qui naviguait en moi.

— Mettez la parka, dans les bois c'est mieux.

Je fis donc comme elle, je m'emmitouflai dans la parka, une parka jumelle de la sienne. En même temps je la regardais, elle était jolie et fine, même dans cet accoutrement d'épais tissu couleur tabac, ses attitudes restaient gracieuses. Elle se mit à débarrasser nos tasses et à les laver rapidement, comme si c'était impérieux de le faire, comme s'il ne fallait laisser aucune trace de notre passage. Du moins pensais-je à cela en la voyant tout remettre en ordre avec une application consciencieuse, effacer tout souvenir de ma fraîche présence ici.

C'était curieux, mais dès qu'elle ne parlait plus, elle semblait très vite ailleurs, loin. Sans doute devait-elle penser en hongrois, une langue totalement incompréhensible pour qui ne la connaît pas, pas devinable. Dora redevenait alors cette étrangère radicale, cette fille dont je devais bien admettre que je ne savais rien. Je n'avais pas envie de la voir comme un danger, une menace, une déesse funeste, mais je me retenais de tout emballement, je ne voulais pas non plus me laisser griser du simple fait d'être là à côté d'elle, le brave type floué par ce vertige idiot qui soulève de terre quand une fille vous plaît. Finalement je la voyais telle que je l'avais imaginée en la découvrant le premier jour dans le journal, une femme à part, porteuse de tout un univers sauvage et compromis, une femme environnée du mystère de cette étrange affaire, ce fait divers dans lequel elle trempait, et moi d'une certaine façon, rien qu'en étant là, près d'elle, ça me compromettait. Je ressentais ce magnétisme trouble, cette attirance déréglée, la somme de tous ces fantasmes que les gens d'ici projetaient sur elle, un mélange de méfiance et de rejet, vis-à-vis de Dora bien sûr, mais de ses comparses surtout, en étant là je changeais de camp, je rejoignais le cœur de ce foyer de haine, j'entrais de plain-pied du côté des bannis, en somme, je passais du purgatoire au camp des damnés.

Je la suivis dehors, elle avait l'air bien plus physique, bien plus nerveuse d'un coup, avec des gestes énergiques de paysanne. Au moins je savais cela d'elle, et j'en avais là la preuve, elle venait d'une famille paysanne, d'une petite ferme perdue dans la Puszta, on sentait bien qu'elle était à l'aise avec le dehors. Elle s'affaira dans le camion blanc et en sortit trois cagettes qu'elle me demanda de transférer dans le Kangoo.

— Attendez Dora, on ne va tout de même pas dans la forêt pour ramasser des champignons ?

— Vous, oui.

— Pas vous ?

— Vous aviez dit que vous voulez m'aider pas vrai ? Alors aidez-moi déjà à mettre tous ces trucs dans le coffre.

J'étais un peu surpris par ce ton assez autoritaire, même si ses intonations impérieuses gardaient leur maladresse gamine. Elle voulut que je prenne le volant. Une fois installés dans le Kangoo, elle me dit de remonter jusqu'à la route, puis de prendre à gauche vers la forêt, après elle me guiderait. Elle me demanda si j'avais mon téléphone portable sur moi.

— Oui, évidemment.

— Alors éteignez-le et ne le rallumez pas, jusqu'à ce qu'on soit revenus.

Quand deux maisons sont si proches dans un coin aussi perdu et qu'en plus de ça le premier village est à des kilomètres de là, dans ces conditions d'isolement extrême donc, il est fatal que ces deux maisons soient chacune sous l'influence de l'autre, irrémédiablement liées, que jour après jour elles s'épient ou se mesurent, se contaminent.

À n'être pas suffisamment espacées, les maisons se pervertissent, on voit cela partout, mais dans le cas d'un no man's land aussi parfait que L'Épeau, un trou paumé en lisière de la forêt, c'était encore pire, ces deux maisons se dénaturaient et se corrompaient par essence, comme deux cellules contradictoires charriées par le même sang. À L'Épeau, entre la maison des jeunes et celle de Commodore, depuis trois ans, trois hivers surtout, pas de doute qu'il y avait eu des centaines d'interactions, de moments de trouble ou de gêne, d'embarras ou d'appréhension, restait à savoir laquelle des deux était la plus soumise à l'autre.

Je ne savais pas grand-chose d'eux tous, de ce qu'ils avaient vécu, mais rien qu'à voir la configuration des lieux, je me doutais que ces deux mondes que tout opposait avaient dû se frôler et s'encombrer, se surprendre ou s'entraider. Cent fois ils avaient dû se poser la question de savoir ce que faisait l'autre, cent fois ils s'étaient croisés, un jour peut-être que l'un avait décelé chez l'autre une particularité ou un secret qui avait résonné comme une révélation, une de ces découvertes accidentelles qui faussent complètement l'idée qu'on se faisait de son voisin. Qui n'a pas quelque chose à cacher à son voisin, en particulier ceux-là. Dans les deux cas il s'agissait de marginaux, d'êtres limites, pas conventionnels, dans la bâtisse principale il y avait un solitaire au passé tumultueux, et juste en dessous, près de la rivière, un couple aux revenus douteux qui drainait toute une communauté à géométrie variable. De l'un je retenais qu'il avait un passé enfoui et de l'argent caché, un semblant de famille reparti en Asie, des deux autres je savais qu'ils étaient venus d'ailleurs sous prétexte de réinventer leur vie, de faire un jour du théâtre ou des légumes bio, profitant peut-être de cet isolement pour se livrer à des activités différentes.

Au milieu de tout ça, seule Dora offrait prise à l'entendement. Seule Dora semblait lisible à qui s'intéressait à la façon dont tous vivaient ici. Les autres n'offraient que des zones d'ombre et des interrogations. Dora était l'unique lumière, le seul être de raison toujours présent, vivant et libre, et en effet elle était là, assise à côté de moi, une déroutante alliée dans des effluves de patchouli, une amie totalement inconnue, une complice dont je ne savais rien, sinon que le parfum de ses cheveux m'était déjà familier, tout comme la douceur de sa voix, la détresse calme de son regard.

Elle, à l'inverse, paraissait en savoir pas mal à mon sujet, déjà en ayant lu mes livres, et ensuite par ce que lui avait dit Marie, la libraire. Peut-être qu'elle avait cherché sur Internet, en tout cas c'était la sensation que j'avais, que cette fille en savait assez long sur moi pour avoir l'ascendant. Oui, le paradoxe était bien qu'elle avait de l'avance sur moi, et si on se retrouvait tous deux lancés sur cette route qui s'engouffrait dans la forêt, c'était parce qu'elle avait préalablement cerné mon tempérament, qu'elle avait deviné le type docile que je pouvais être, un gars pas bavard, toujours disposé à donner le coup de main, comme je l'avais trop souvent fait dans le passé, une bonne pâte dans le fond, qui se laissait facilement embarquer dans des affaires qui le dépassaient, rien de plus qu'un pigeon, et non pas ce type solide et assuré dont j'aurais tant aimé renvoyer l'image. Sans me connaître elle m'avait bien deviné. Écrire, tout vient de là. Écrire, c'est se dénoncer.

On n'en finissait pas de s'enfoncer dans cette forêt de plus en plus enveloppante, une mer d'arbres s'ouvrait devant nous, c'était hypnotisant. Je surveillais le compteur, depuis plus de dix kilomètres déjà on naviguait au fil de petites routes toutes semblables, Dora me dictait le chemin sans hésitation alors qu'il n'y avait pas de panneau. Comment faisait-elle pour s'y retrouver là-dedans ? Je ne suis pas sûr qu'un GPS ait en mémoire tous ces axes-là, ces moindres sentes. À un moment elle me dit de prendre à gauche, un sentier forestier qui n'était pas bitumé, mais détrempé, raviné par d'anciens passages de Timberjack. Là encore, elle me dit de prendre à gauche, puis à droite, et de m'engager dans une autre allée forestière encore plus étroite. J'en vins à me dire qu'on ne filait pas seulement vers le fin fond de cette forêt aventureuse, mais vers quelque chose d'atroce, à mesure qu'on était englouti par ce décor je me mis à avoir réellement les jetons. Malgré moi je lui demandai pourquoi aller si loin, des champignons il devait bien en pousser partout, est-ce qu'il y avait des zones précises, des périmètres attribués ?

— Dites-moi, Dora, est-ce que ça vaut vraiment le coup d'aller se perdre par là ?

— Mais ce n'est pas pour les champignons, là où on va.

J'avais remarqué que son français devenait bien plus incertain quand elle était tendue.

— Mais, qu'est-ce qu'on va faire alors ?

Elle ne répondit pas. Depuis cinq minutes elle ne voulait plus parler. Tout en conduisant je lui avais pourtant posé des questions sur son enfance, sur la Hongrie, elle m'avait fait des réponses précises, auxquelles néanmoins je trouvais chaque fois un parfum de mensonge. En même temps c'était une évocation inédite, un témoignage intime, et ce que j'en retenais, c'est que la France, vue depuis un ancien pays du bloc de l'Est, avait toujours l'image d'un Eldorado, un Eldorado sur lequel elle avait passé son enfance à rêver en regardant TV5, un Eldorado où l'on parlait cette langue magique qui faisait les bouches jolies, un Eldorado où finalement chacun s'épuisait à ne pas trouver son or.

— Mais Dora, vous m'aviez dit que le soir, en famille, vous lisiez tous ensemble autour du feu ? Que vous n'aviez pas la télé !

— Si, après quand j'étais à Szeged, la première année avec ma colocataire, on regardait tout le temps TV5 pour comprendre mieux le français. Le professeur avait dit de faire ça, de regarder les chaînes françaises. Et il y avait des reportages sur Paris, sur des villages dans la montagne et en bord de mer, nous on n'a pas la mer, et aussi sur plein d'expositions, tout était incroyable.

Sans doute pour en rajouter, elle me confia que ses parents aussi avaient longtemps rêvé de la France, mais à leur époque c'était impossible d'y aller, de leur temps la France était dans un monde inatteignable.

— Mais vos parents, pourquoi ils en rêvaient de la France ?

— À cause *de les* fromages. Dans le régime communiste, c'était interdit de faire des fromages différents, mes parents ils avaient des vaches, toutes les fermes étaient obligées de faire le même fromage, gros et dur, c'est mort un pays qui a perdu tous ses fromages.

Chaque fois que j'essayais de la coincer dans un supposé mensonge, elle avait une réponse qui consolidait ce qu'elle avait dit avant. Probablement aussi qu'elle en rajoutait sur cet amour transi de la langue française, histoire de toucher la corde sensible d'un écrivain, je la sentais maline, la preuve, déjà je me laissais conduire vers un endroit inconnu dont elle ne voulait rien me dire, déjà elle me manipulait.

Dora continua de me guider d'instinct, je sentais à certains passages que la voiture du libraire se faisait érafler par les branches basses ou les ronces, on franchissait de vraies ornières par endroits, et à chaque secousse j'étais piqué d'un sursaut de culpabilité, à chaque nouveau choc je ressentais une gifle aussi forte que si elle m'avait atteint moi. Dora restait placide. Je réalisais à quel point elle était insensible, ne se posant même pas la question de la détérioration de la voiture, cette froideur n'était pas admissible, tout ce mystère non plus, alors là, au beau milieu de ce grand nulle part, d'un coup je m'arrêtai net et je décidai de ne plus jouer le jeu.

Ce foutu chemin était si étroit que j'eus du mal à ouvrir ma portière et à sortir dans un élan martial, histoire de marquer un mouvement d'exaspération totale. C'était un sentier délaissé, absolument pas entretenu, les chasseurs l'hiver ne devaient même pas l'emprunter. Je fis quelques pas devant la voiture pour me dégourdir les jambes, Dora restait assise à sa place, sans bouger, comme si elle n'avait pas remarqué mon exaspération, comme si on ne s'était jamais arrêté, une attitude qui m'énerva plus que tout, alors je m'approchai d'elle et je lui lançai :

— Mais bordel, où est-ce que vous m'emmenez ?

Elle ne répondit pas, l'air inerte avec sa moue de gamine mutique.

— Dora, dites-moi quelque chose, où est-ce que vous m'emmenez ?

Là-dessus elle descendit de la voiture, repoussant la portière et moi en même temps, les poings fermés, elle se mit à me parler en louchant par terre et en tournant sur elle-même...

— Vous n'allez pas faire comme tous les autres, vous n'allez pas me poignarder toujours de questions, je croyais que vous, vous alliez me faire confiance, je croyais que vous, vous étiez différent.

— Dora, je vous demande juste…

— Vous savez ce que c'est dans la vie quand on regarde autour de soi et qu'il n'y a plus personne, pas de famille, pas d'amis, pas d'alliés, rien que des gens qui accusent, et des bois, du vide… Vous savez ce que c'est quand on se retourne pour chercher une main et qu'on ne trouve personne ?

— Mais Dora, je me doute bien que pour vous c'est l'enfer mais…

— Non, vous ne pouvez pas savoir, et surtout vous ne pouvez pas imaginer le bien que ça me fait, quelqu'un qui me fait confiance, qui me parle gentiment comme vous le faisiez jusque-là.

Je revis alors la jeune héroïne flouée par le destin telle que je l'avais découverte dans le journal, dans son regard blessé je projetais tout ce que je savais de cette Mitteleuropa si exotique depuis nos positions d'Européens gâtés, des pays dans lesquels on navigue en touristes privilégiés, qu'on toise comme des subalternes, des infirmes déboussolés. Je me sentis pathétique d'arrogance et de supériorité. Dora sortit de sa poche cette cigarette que depuis un bon moment déjà elle avait roulée, elle s'écarta de moi et de la voiture, comme si elle avait le souci de ne pas m'incommoder avec sa fumée, et partit par là, de l'autre côté du chemin.

J'essayai platement de m'excuser, de me faire pardonner. Pour joindre le geste à la parole j'allai vers elle, fallait mettre les pieds dans une ornière, dans la boue et dans les ronces.

— Bon, excusez-moi, Dora.

— Je suis déçue, je ne vous demande pourtant pas grand-chose, seulement voilà je me suis trompée, vous êtes comme les autres, à ne penser qu'au mal, comme les autres.

— Non, Dora, c'est juste que vous pourriez me dire ce que vous attendez de moi... ?

— Vous avez peur c'est ça, vous avez peur ?

En disant cela elle visait l'intime faille, cette inquiétude qui est en moi comme chez un môme et que je colmate d'orgueil.

— Bon, tout va bien, Dora, on y retourne, dites-moi, c'est par où alors ?

— Par là, faut juste rouler jusqu'au grand chêne mort, encore deux minutes peut-être.

Dix mille fois au moins dans ma vie il me sera arrivé de me demander ce que je foutais là, pas un jour sans que je me pose la question à des degrés divers, avec l'angoisse tenace de réaliser que je ne suis absolument pas à ma place, ni légitime en quoi que ce soit. C'est une sorte de scrupule permanent, d'inconfort existentiel. Mais là, en me retrouvant dans ce bois humide et froid, à quatre pattes en train de fouiller le sol, cette angoisse résonna plus que jamais. De toute évidence j'étais pathétiquement inutile et paumé au beau milieu de la forêt, totalement assujetti à cette fille, d'autant qu'au sol je ne trouvais rien, c'était dérisoire de me confier la mission de chercher des champignons dans ce tapis de feuilles mortes, car c'est réellement ce qu'elle m'avait demandé de faire. Ce qu'elle faisait elle en revanche, je ne le savais pas.

Je m'étais garé près du grand chêne mort comme elle me l'avait indiqué, un arbre maintes fois centenaire, un géant gris et éteint, mort mais toujours debout, une sorte d'arbre fantôme. À peine arrêtée, Dora s'était enfoncée dans la forêt vers la droite, emportant juste une poignée de longs morceaux de ficelle blanche qu'elle avait sortis de sa poche pour les démêler. Elle m'avait dit de fouiller au bord du chemin et de ramasser tout ce qui ressemblerait à des girolles, de remplir au moins une cagette en l'attendant, comme ça, si d'aventure quelqu'un venait à passer, ça justifierait ma présence et celle de la voiture. Ceci étant, elle m'assurait qu'il n'y avait aucun risque que quelqu'un passe par ici, mais au cas où, que je dise bien que j'étais seul.

Au bout d'une demi-heure, elle ne revenait toujours pas. Même en cherchant bien j'avais cueilli quoi, deux poignées de girolles assez crédibles, et encore, je ne savais absolument pas si c'était comestible ou pas. C'était rabaissant de s'exécuter comme ça, d'obéir à une parfaite étrangère, tout comme il était dérisoire de sa part de craindre que quelqu'un vienne ici à cette heure-là, en y réfléchissant je trouvais cette précaution absurde. Il était bien clair qu'à vingt kilomètres à la ronde il n'y avait personne, à moins d'être paranoïaque ou dérangé. C'est donc qu'elle ne voulait pas que je vienne avec elle.

À force de me traîner à genoux, mon pantalon était trempé. Je décidai de laisser tomber, ça ne l'aidait en rien que je remplisse son cageot, c'était inutile et humiliant, les seuls champignons que je trouvais étaient minuscules ou rongés par les limaces. En avisant la zone par où Dora s'était enfoncée, là-bas entre les arbres, je me demandai comment elle faisait pour se repérer là-dedans, il n'y avait pas de sente ni de chemin, ce n'était pas une futaie lisible et claire mais la vieille forêt encombrée de chablis, livrée à elle-même, un genre de no man's land, à moins que ça n'ait été ces parcelles dont Commodore ne faisait rien, j'essayais de me raccrocher à n'importe quoi de sensé, quand elle reviendrait je la secouerais pour qu'elle m'explique ce qu'on foutait là. Quand on écrit il est bienvenu que les situations échappent, qu'au fil des pages le roman décide lui-même des situations à venir, mais dans la vie c'est terriblement angoissant, surtout au beau milieu de bois gagnés par le silence, perdu dans un océan végétal d'où ne montait pas le moindre chant d'oiseaux, rien d'autre que des craquements disparates, le tout baigné dans une pénombre où infusait déjà la nuit.

Elle me faisait peur cette forêt, j'avais beau retenir ma respiration et tendre l'oreille, l'environnement était inerte, comme en attente. Ces arbres me foutaient les jetons, dès que la nuit serait noire ils se coaliseraient en une masse sombre qui ferait de cette zone un monde à part, résolument coupé de l'autre. Bon Dieu ces petits craquements, ça faisait penser à des bruits de pas contenus, ce n'étaient sans doute que des insectes sur les feuilles mortes, mais ça évoquait un animal invisible, omniprésent et lent.

Je laissai tomber la cagette, j'abandonnai l'affaire, et là j'entendis un bruit de frottement, un bruit de métal traîné sur les feuilles. Au loin entre les arbres je devinai l'étole orange de Dora, elle avait l'air de progresser difficilement, elle revenait dans ma direction, hors d'haleine et lente, alors je visai bien ces fragments orange qui apparaissaient entre les troncs et je m'enfonçai dans les bois pour la rejoindre.

En parvenant à sa hauteur, elle me lança un œil noir, un sale regard qui me disait de foutre le camp, seulement elle était épuisée, essoufflée, elle n'en pouvait plus. Elle tirait cinq gros jerrycans attachés entre eux, des jerrycans apparemment vides mais qui pesaient quand même, surtout qu'ils s'accrochaient partout, se prenant dans les branches mortes et se coinçant dans les ronces. Elle avait un mal fou à tirer ça, et visiblement elle le faisait depuis un bon moment. Plutôt que de dire quoi que ce soit elle s'assit sur ses talons pour récupérer. Sans lui poser de questions j'empoignai la ficelle pour traîner l'attelage vers la fourgonnette.

— Non, laissez-les là. Je vais chercher les autres.

— Quoi, il y en a d'autres ?

— Oui, encore cinq, je vais les chercher.

Elle se releva, prête à repartir d'où elle venait.

— Mais qu'est-ce que vous voulez faire de ça ?... Dora attendez, c'est ridicule, dans une demi-heure il fera nuit, on y verra même plus à un mètre, vous n'y arriverez jamais.

Elle se retourna vers moi, posa ses mains sur les hanches pour reprendre son souffle, puis elle me fixa dans les yeux, marquant sa détermination farouche, elle m'ajusta froidement comme si elle allait dire quelque chose de cinglant, mais vaincue elle lâcha juste :

— Venez.

Sur la route du retour on ne se parlait plus, impossible, le malaise était total, la gêne emplissait la voiture comme un ciment trop fort. Et puis il y avait le bruit terrible de tous ces jerrycans qui s'entrechoquaient à l'arrière, sur les chemins cabossés sur lesquels on roulait ça faisait un boucan dingue, abrutissant, à chaque secousse le métal sursautait hystériquement et cognait contre les parois de la fourgonnette, on se serait cru dans la toupie d'une bétonnière bourrée de ferraille. Comme à l'aller, Dora me faisait des signes succincts pour m'indiquer la route au dernier moment, à droite, à gauche, non pas celle-là. En forêt le jour tombe vite, une nuit épaisse comme du goudron. Autour de nous l'ombre était coagulée et ferme, une sorte de nuit solidifiée autour des branches. Dans la lumière des phares chaque perspective semblait mouvante, tordue, indéchiffrable. Je roulais au fil de ces routes improvisées comme au hasard, je conduisais en me laissant guider par ma passagère, en parfait automate. Un trouble indépassable nous unissait maintenant. Ce que je venais de comprendre d'elle, mais aussi ce qu'elle savait que je savais d'elle, tout cela faisait qu'entre nous les cartes étaient rebattues. De nous voir ainsi, ça me faisait penser à un couple qui ne se parle plus, capable de rouler des heures comme ça, ou même de traverser une vie sans échanger un mot, un couple éteint qui traverse les jours sans plus la moindre parole, comme Helena et moi dans les derniers temps. Finalement Dora et moi, on était peut-être un couple, mais un couple qui aurait fait le choix de commencer par la fin, par le secret, par le tragique.

Le contexte n'aidait pas beaucoup non plus. Rouler de nuit dans la forêt, tracer dans des ténèbres gothiques qui n'offraient aucun espoir, tout cela créait une sensation de perdition totale, ça plantait un décor hostile d'où ne surgissaient que des visions sinistres. Là, rivé à mon volant, j'avais peur, peur de me retrouver mêlé en quoi que ce soit à leurs conneries, peur d'avoir effectué un pas de trop en dehors de ma petite vie plutôt loyale, peur de m'être embarqué dans une histoire qui me dépassait pour de bon. Le mieux serait de se défaire au plus vite de cette fille, de la déposer chez elle et de l'oublier, de tout reprendre à zéro et de continuer mon séjour comme si je ne l'avais jamais connue, comme si je n'avais jamais foutu les pieds dans leur foutue cour, après tout pour moi il n'était pas trop tard, je pouvais encore faire comme si je ne l'avais jamais rencontrée.

On arriva sur le chemin de L'Épeau par le haut. Dans cette nuit accomplie, la maison de Commodore sur la droite était plongée dans l'ombre, elle avait l'air d'un navire échoué, d'une épave croisée au fond d'un océan. Une fois en bas de la pente, je connaissais à présent la trajectoire pour négocier la cour en évitant le piège des zones bourbeuses et venir me caler là, à droite, à côté des bâtiments. Dora me fit signe de me garer le long de la grange du fond, c'est là qu'elle voulait déposer les jerrycans, avant de s'en débarrasser sans doute, je ne voulais pas le savoir, qu'elle ne compte plus sur moi pour en faire davantage. Je l'aidai juste à décharger un à un ses bidons, sans un mot on les rangea dans la remise. Je la savais totalement perturbée par cette virée curieuse, parfaitement gênée à l'idée de m'avoir impliqué dans ce transfert, je me doutais bien que son angoisse serait maintenant que j'en parle, que je dise ce que j'avais vu. Quand on a eu fini, on se regarda un long moment. La vieille ampoule jaunâtre répandait une lumière fragile dans la grange, face à moi je sentais Dora chancelante et vaincue, comme si montaient en elle toutes ces alarmes, toutes ces angoisses que depuis des semaines elle s'efforçait de dompter. Elle me proposa de venir boire quelque chose de chaud avant que je ne reparte, je n'osai pas refuser, j'avais froid et soif surtout. Je la suivis à travers la cour tout en essayant de retrouver mon téléphone dans les poches de cette parka qui ne m'allait pas. Une fois assis à la grande table de la cuisine, j'ôtai ce vêtement sordide, comme si je quittais un personnage, puis je posai le téléphone devant moi, prêt à le réactiver, mais avant de le faire je demandai tout de même à Dora :

— Je peux ?

— Oui. Bien sûr. C'était juste pour ne pas être tracé le long de la route, là c'est bon.

Je composai mon code de quatre chiffres et, dans ma main, mon téléphone me gratifia de la vibration rassurante de sa résurrection, toute une constellation de luminescences accueillantes revinrent à moi, tout un monde de connexions et de signaux tranquillisants me rejoignit.

— Avec le téléphone allumé, même si on n'appelle pas, quand on se déplace on se connecte toujours à des bornes.

— Vous êtes sûre ? Même si on ne téléphone pas ?

— Oui, on est toujours tracé, alors je l'éteins même chez moi. Aurélik disait toujours ça. De toute façon il n'y a que dans la cuisine que ça capte, et encore, pas beaucoup.

— Je comprends.

— Non, vous ne comprenez pas, vous ne pouvez pas comprendre.

— Si, si Dora, pas besoin de me faire un dessin, j'ai de l'imagination, croyez-moi.

— Vous devez vous dire, elle est complètement parano celle-là, pas vrai ?

Je lui répondis, sans intention de la blesser :

— Y aurait de quoi tout de même !

Elle me fixa comme si j'avais dit quelque chose de terrible, je la sentis atteinte par ce trait d'esprit en forme d'aveu, alors je voulus tout de suite m'en excuser, je me levai et avançai vers elle sans autre intention que de la réconforter, témoigner d'un geste ma loyale complicité, je voulais surtout lui faire comprendre qu'elle n'avait rien à craindre de moi, que tout ça c'était oublié, que ça me concernait pas, que je n'avais rien vu, que je ne dirais rien, mais son attitude cassée et son sourire las, sa pose toute de détresse et son parfum aimant, tout ça fit qu'en arrivant près d'elle je la pris malgré moi dans mes bras, et qu'elle m'enlaça elle aussi, on se serrait l'un contre l'autre comme deux paumés au sortir d'un accident, deux rescapés d'un alunissage qui font au moins ce constat, ils sont indemnes, ils n'ont rien eu, tandis qu'autour d'eux règne le chaos total.

Mon téléphone posé sur la table se reconnecta après avoir longtemps cherché le réseau, il se mit à sonner, une vraie bouffée d'appels, aussi bien des sonneries de SMS que des appels de la messagerie. C'était bien le signe que je n'étais pas si seul, pas si paumé que ça, qu'on m'attendait quelque part, qu'à moi le monde ne m'avait pas fermé ses portes... D'ailleurs ils devaient tous se demander où j'étais ? Ce soir il y avait le dîner dans la maison du maire, un grand raout avec des invités de marque, et un cocktail avant ça, le luxe en somme, l'exact opposé de cette ambiance de perdition qui flottait dans la cuisine douteuse de cette maison glacée.

Malgré tout, on restait soudés elle et moi, on ne se déprenait pas. Finalement ça me rassurait de les entendre ces sonneries dans mon dos, parce que ce téléphone-là sur la table, cet ustensile qui me convoquait, il me signalait des appels venus d'un monde où le chaos était contenu, un monde où tout était en ordre, un monde où on dînait à l'heure et où j'avais une place, la preuve, on m'y attendait. Derrière moi le téléphone radota une dernière salve de sonneries, puis il s'arrêta.

Dora et moi, on se tenait toujours, de plus en plus fort, je sentais le parfum profond de ses cheveux mais je m'interdisais d'y plonger, en même temps je n'étais pas dupe, je sentais que cette fille-là avait besoin de se raccrocher à quelque chose ou à quelqu'un, je savais tenir un être fragile, une fille lâchée par tous, une fille qui se savait paumée au point qu'elle serait prête à se rattacher à n'importe qui. Là, en la sentant se coller à moi, je me doutais bien que ce n'était pas l'effet d'un charme ni la magie de l'instant qui la submergeait, non, ce n'était pas non plus l'amour ou le sortilège d'un philtre qui faisait qu'elle ne relâchait pas son étreinte. Je ne faisais juste que la soutenir, comme un gars maintient une naufragée hors de l'eau, tout en sachant qu'autour de lui il n'y a plus personne, plus rien, et que la meilleure option serait peut-être de la laisser couler toute seule, pour ne pas prendre le risque de sombrer tous les deux. C'était terrible de penser ça, mais là, la tête plongée dans ses cheveux, je n'avais que des visions atroces et des alarmes qui me hurlaient de partir.

Le téléphone recommença à sonner, alors je plaquai mon oreille contre la tempe de Dora pour ne plus rien entendre, pas même ces doutes qui m'atomisaient le mental. Au départ ce n'était pas érotique comme étreinte, c'était juste une envie de se soutenir, mais la sensation de son corps contre le mien, cette empreinte qu'impriment les formes de l'autre quand on s'étreint trop fort, tout ça fit que le désir dépassa toutes les questions et ouvrit une sorte de désordre supplémentaire, comme un abîme, une envie de se jeter, alors je pris sa bouche et l'embrassai, l'éblouissement total. Prendre une bouche, c'est quitter le monde par l'issue la plus haute, c'est se soustraire à cette réalité qui tout autour de soi sombre dans le commun, embrasser une bouche, c'est plonger dans ce vertige sublime dont on ne sait pas s'il nous emporte pour une seconde ou pour une vie, embrasser une bouche pour la première fois, c'est reléguer le réel au second plan, tout se trouve instantanément évanoui, dévalué, les autres, le temps, d'un coup tout se volatilise dans ce bruit de succion merveilleux, on se perd vers ces lèvres dont on ne finit pas de remonter la source, à cet instant, Dora devenait ce qui comptait le plus au monde pour moi, la seule vérité tangible, la seule chaleur, le seul espoir, et le téléphone qui reprenait son entêtement cynique, sonnant au mauvais moment, telle une bombe, ces coups de fil qui insistaient, je les considérai comme un rappel à l'ordre, comme si les autres tentaient de me ramener à la raison, de m'éviter de faire la pire connerie qui soit. Mais là, perdu dans ce baiser total, je ne décidai plus de rien, envolé dans cet étonnement absolu d'embrasser la bouche de cette femme pour la première fois, une inadvertance souveraine qui hisse bien au-dessus de soi-même, plus rien n'existait, pas même le présent.

À force de s'embrasser c'est le corps qui appelle, malgré moi je plongeai mes mains sous son pull et je sentis la chaleur de ses reins agités, je glissai ma main droite sous le jean et le collant, palpant la fermeté captivante de ses fesses, alors c'est elle qui se reprit, elle s'écarta en baissant la tête et en disant quelque chose en hongrois, je ne saurai jamais quoi, parfois les mots disent moins que le geste qui les enrobe, mais ses mains nous intimaient de nous calmer, de nous reprendre. Et moi, ce fut comme si je retombais sur terre, en me défaisant de sa bouche je retrouvai intactes ces sales promesses que je m'étais faites cinq minutes plus tôt, de ne plus la revoir, de l'oublier. Mais on ne ressort jamais totalement d'une étreinte pareille, à moins d'être un parfait salaud, ce que probablement je n'étais pas encore.

— C'est incroyable, mais comment faites-vous ? Vous êtes sûr que dans une vie antérieure vous n'avez pas été une femme ?

— Et vos personnages, mon Dieu vos personnages, je vous jure qu'on les voit vos personnages, comme les décors d'ailleurs, et même les fleurs. Dans votre dernier livre on ressent tout, quand il fait chaud on a chaud, quand il fait froid on a froid, oui rien qu'à vous lire on sent tout... Dans le Lot je n'y suis jamais allée, mais grâce à vous j'en ai tout ressenti !

— Vraiment, je vous remercie, je ne suis pas sûr de mériter tout ça, enfin, c'est gentil...

— Mais pas du tout ! Ce n'est pas gentil, je ne dis pas ça pour être gentille... Et en ce moment vous écrivez ?

— Oh, et bien disons que j'écris un peu tout le temps, et quand je n'écris pas j'y pense, j'attends que la vie me serve des idées...

— Oui, ça se voit que vous êtes habité, ça vous donne un air inquiet...

— Non, c'est juste que j'ai fait une grande balade tout à l'heure, et ça m'a épuisé...

— Ah oui, vous êtes allé où ?

— Oh, loin.

J'avais autour de moi une cour de lectrices ardentes et fortement égayées par les cocktails au champagne. Dans le grand salon de la villa du maire, elles étaient plus d'une à me tendre chaque fois un nouveau petit-four pour que je reprenne des forces et récupère mon retard sur cette avance considérable qu'ils avaient tous prise sur moi, ne serait-ce qu'en termes de boisson et de bouchée charcutière.

— Alors en ce moment même, je suis sûre que vous nous observez, depuis que vous êtes ici vous avez pris plein de notes ?

— Mais non, j'invente ! J'invente toujours, moi j'invente tout !

À cet instant l'une d'elles brisa l'unanime encensement en m'assénant une de ces remarques qui plombent toujours l'ambiance.

— Vous inventez ? C'est dommage. Moi ce que j'aime dans un livre, c'est de sentir l'auteur qui me parle, qui me parle de lui, qui me parle à moi.

— Je n'écris pas d'autofiction, mais ça peut parler quand même...

— Mais dans votre dernier livre, l'histoire avec les parents, il y a bien un peu de vous ?

— Disons que je fais des mélanges.

— Un peu comme le champagne et le Coca ?

— Pardon ?

— Vous tenez bien deux verres là ?

— Oui, mais c'est juste qu'on me les a tendus, et puis j'avais tellement soif, et tout le monde me parle en même temps, je ne sais plus où j'en suis !

— Qu'il est drôle...

— Mais non, je vous assure, je me sens réellement perdu...

— Ici, vous n'avez que des amis, soyez sans crainte.

La femme du maire, pas plus que les autres, ne m'avait fait le moindre reproche à propos de mon retard, plus d'une heure pourtant. Ils ne s'étaient d'ailleurs pas privés de commencer l'apéritif sans moi, et ça se sentait qu'ils avaient une heure d'avance, je le voyais à leur excessive envie de parler, à leur familiarité étonnante, certaines m'avaient même fait la bise en me voyant arriver. Le niveau sonore de la conversation ambiante attestait qu'ils y étaient allés fort sur les agapes inaugurales. Le maire vint vers moi en se faufilant au milieu de sa trentaine d'invités, d'un geste auguste il me fit considérer cette véranda récente qui nous dominait et dont il était fier, un espace dans lequel on aurait facilement mis cinquante invités de plus, prétendit-il, puis il me posa la main sur l'épaule et me dirigea vers le salon, là aussi il eut le même geste que pour la véranda, afin que j'admire la hauteur sous plafond. Toujours avec la même gestuelle surjouée il me montra la chaise en majesté tout au bout de la grande table, m'assignant cette place-là pour le dîner, le dos à la cheminée, face à toute l'assemblée.

— Mon cher auteur, ce soir, c'est vous qui allez présider, et si vous avez raté l'apéritif, je vous garantis que vous n'allez rien manquer du repas !

Et là il ajouta avec un fond d'ironie un peu glaçante :

— Je vous mets là, comme ça au moins on gardera tous un œil sur vous, il paraît que vous bougez beaucoup ces derniers temps...

C'était ironique et taquin, n'empêche qu'il me visait en disant cela. Je me retrouvai donc dans la position la plus ostensible qui soit, alors qu'en fait je ne rêvais que d'une chose, être le plus absent possible, voire me vautrer peinard dans un canapé. Je me frottai les mains, j'avais l'odeur de Dora sur les doigts, ou dans les cheveux, ou sur la peau, comme si elle était encore là. Je voyais le couple de libraires à l'autre extrémité de la table, ils me regardaient comme deux parents auxquels j'aurais échappé, je crus même deviner un soupçon d'amertume dans leur regard. À me voir trôner aussi loin d'eux dans cette partie-ci de la table, ils auraient pu en concevoir une sensation de reniement. De fait, en me voyant arriver avec autant de retard, tout à l'heure, Michel avait été plutôt rude avec moi, très loin de sa bienveillance habituelle, je ne l'avais jamais vu comme ça, nerveux et cassant, il m'avait presque gêné avec son insistance quasi policière, il voulait absolument que je lui dise les raisons exactes de mon retard, ce que j'avais encore foutu. C'est vrai que je les avais privés de leur voiture, ils avaient dû venir avec la femme du maire jusqu'ici, et ce covoiturage leur avait moyennement plu. Même Marie s'était montrée distante, un peu sèche, c'était la première fois que je les sentais se détacher de moi.

Je devais être dans la partie la plus élitiste de la tablée puisque à côté de moi il y avait les deux couples d'industriels que je reconnaissais, ainsi que le notaire et sa femme, le patron de l'hypermarché, et une poignée d'autres que je devinais être des élus, des maires des communes environnantes qui prenaient un plaisir fou à être en société, même si chez certains le costume plissait, la cravate n'offrait pas ce tombé naturel qu'il a sur les hommes d'affaires ou les politiques à la télé. Je compris vite que c'étaient les maires de la communauté de communes liée au projet d'usine. Je sentais le feu dans mon dos et je n'aimais pas ça, déjà parce qu'il faisait trop chaud, et ensuite parce que ce bois en combustion semblait ne viser que moi. J'essayais de faire bonne figure malgré tout, d'autant que je ne m'étais pas changé et que certains m'avaient fait remarquer les traces sur mes vêtements.

— Vous êtes allé où aujourd'hui ?

— Dans la forêt on va dire, au milieu, en plein milieu, c'est pour ça qu'en revenant je me suis complètement perdu, je n'arrivais plus à retrouver la route.

— Et votre téléphone ne fait pas GPS ? Vous avez bien un téléphone moderne... ?

— Oui, mais j'ai du mal à capter par ici, je pensais me guider par rapport au soleil.

— Tiens donc ! Le soleil en forêt, c'est pas évident...

— Non c'est pas évident.

— Surtout fin octobre !

Je n'étais pas trop à l'aise sur le sujet de mes excursions, la plupart n'ignorant pas mon attirance pour L'Épeau et sa faune. Ce qu'ils avaient compris, c'est que j'étais aimanté par cette histoire et ses protagonistes. Parmi ces gens devant moi, certains devaient même me considérer avec pas mal de méfiance et de désapprobation, je ne savais pas précisément lesquels, mais pour une fois le libraire participait de ceux-là. De toute façon ce soir ils avaient tous bu, les hommes comme les femmes, ils étaient tous bizarrement dénaturés par les cocktails et le vin, derrière ces visages qui se tendaient vers moi l'alcool agitait ses doigts de marionnettiste, les faisant paraître grimaçants et gais à l'excès, souriant trop large et parlant trop fort, ils étaient tous menaçants de désinhibition, ça faisait un peu peur, j'étais entouré de monstres imprévisibles. En même temps, il valait mieux pour moi me retrouver dans cette ambiance déjantée, plutôt que face à une tablée de gens sobres et pénétrants qui m'auraient analysé froidement et parlé de mes retards à répétition. Je me mis donc à enchaîner les verres, dès l'entrée j'éclusai rudement le chablis pour rattraper mes hôtes et je continuai à ce rythme tout le long du repas. On mit plus d'une heure pour arriver aux fromages, là tout de même je retrouvai le réflexe de poser ma main sur mon verre quand on me resservait, les conversations se mélangeaient dans un brouhaha de festival, jusqu'à ce que résonnent les éclats de la fameuse petite sonnerie, celle qui d'un coup récupère l'attention en fin de repas, l'immanquable tintement du couteau que l'on choque contre un verre vide.

— Chers amis… Cher auteur ! Nous sommes tous très honorés de votre présence, et ce d'autant plus que nous vous avons lu ! Eh oui, Marie et Michel, nos merveilleux libraires, ont su réveiller chez nos concitoyens le goût de la lecture, au point même que parfois je les soupçonne de dérégler les paraboles du canton pour perturber les télés et nous plonger tous dans les livres, petit aparté, il faut vous dire qu'ici on est souvent en panne d'Internet et de télévision, vous l'aurez sans doute remarqué… Bref, grâce à Marie et Michel donc, depuis des mois on vous dévore, on vous dissèque, on vous achète !

Le maire s'était levé pour faire son petit discours, il lisait assez peu scrupuleusement un texte que sa femme avait dû rédiger, improvisant par moments, déraillant du projet initial pour appâter les rires. Je suivais le déroulement de son laïus et m'appliquais à bien coller aux réactions amusées de l'assemblée réactive, je me concentrais sur le moment présent, parce que, malgré moi, je repensais au silence affolant de la grande clairière où Dora m'avait conduit tout à l'heure, et cet ébahissement terrible en découvrant ça, une vaste trouée au milieu des arbres immenses, un champ inattendu et secret où se dressait vers le ciel toute une armée de plants de cannabis fiers et hauts, c'en était fascinant de voir cette vigueur folle du végétal, ce défi insensé, je m'étais dit que cette fille était vraiment le diable, que cette bande n'était faite que de cinglés et de délinquants, ça confinait à l'inconscience de faire pousser une plantation aussi vaste dans les bois, surtout dans ce contexte… Je voyais Dora qui bataillait comme une damnée pour récupérer un à un ses jerrycans, des réservoirs que pendant l'été ils devaient remplir et planter dans le sol, enfoncés à l'envers afin que l'eau s'écoule à un rythme lent, que l'arrosage soit constant. Elle m'avait assuré que c'était Commodore qui leur avait appris le truc, c'était même lui qui leur avait refilé les engrais et les jerrycans, signe que ce type-là était aussi cinglé qu'eux, face à cette plantation insensée et clandestine, je m'étais senti sale et compromis, coupable pour de vrai, coupable de participer non plus seulement à une embrouille mais à un délit, je devenais complice de cette damnée. Seulement maintenant que j'étais là, avec Dora qui se démenait à quatre pattes devant moi, je ne pouvais faire autrement que de l'aider. Pourtant ce que je ressentais c'était de l'écœurement, je m'étais piégé moi-même en voulant me rapprocher d'elle, je savais avoir trahi cette souveraine conscience en moi qui à présent n'aspire qu'à la paix, à la règle, à la loi, en même temps je ne pouvais m'en prendre qu'à moi-même, c'est moi qui m'étais foutu dans cette galère en frayant avec cette inconnue, en comptant la séduire sans me l'avouer je m'étais jeté dans la gueule du loup. Pourtant je le savais, depuis toujours je le savais, qu'il y a des êtres pires que des pièges, des êtres toxiques, les rencontrer c'est courir à sa perte.

Un grand éclat de rire me ramena à eux tous, là, autour de moi. J'avais beau me frotter les mains sur le visage, la fatigue ne passait pas, ces rires me tapaient directement les tympans. Depuis mon bout de table, je les regardais avec ce minimum de distance que l'ennui procure, là encore j'avais le sentiment de ne pas être du même monde, tout comme avec Dora cet après-midi. Seul le couple de libraires m'évoquait une communauté d'âmes. Malgré leur soudaine froideur, au moins avec ces deux-là j'avais l'illusion d'une connivence, parce qu'eux aussi participaient mollement à l'ambiance, restant à distance, à bien les regarder, ça se voyait qu'ils ne se sentaient pas à leur place.

Le café fut servi dans le grand salon donnant sur la véranda. Le notaire, celui que je fuyais depuis le début de la soirée, s'approcha de moi en me tendant un plateau de cannelés, signe que ce gars-là avait ses petites subtilités pour atteindre l'autre. Histoire de dire quelque chose, je fis remarquer que tout le monde avait l'air bien gai ce soir, dans ce que j'avais compris du discours du maire il y avait là comme un parfum de célébration ou de victoire.

— Oui, les travaux vont pouvoir commencer, ça se fête, non !

— Les travaux de la scierie ?

— Presque.

Il me proposa une cigarette et m'invita à le suivre pour fumer à l'air libre sur le perron, à l'écart.

— Quels travaux alors ?

— Disons, des travaux d'aménagement qui feront plaisir au tribunal administratif, vous me suivez ?

— Non.

— Il y a eu un recours au tribunal pour arrêter le projet, mais avec ces travaux justement, ça nous sauve.

— Qui nous ?

— Nous, nous c'est la région, c'est les emplois, l'avenir quoi...

Je n'avais pas décroché un mot à ce type de la soirée, d'une part parce que sa femme m'avait saboté ma rencontre en bibliothèque, et d'autre part parce que je n'aimais pas ses airs de faux jeton et son costume impeccable. Depuis le début de la soirée je le fuyais, et à présent c'était moi qui le pressais de questions. En clair le même tribunal administratif qui avait pris en compte les irrégularités soulevées par les opposants venait de déclarer d'utilité publique les travaux de compensation.

— En gros c'est bien pour vous ?

— Tout ça, c'est une partie d'échecs, vous savez, seul l'effet de surprise permet d'avoir un coup d'avance sur l'adversaire !

— Et c'est quoi votre effet de surprise ?

— Si je vous le dis ce ne sera plus une surprise !

— Mais moi, je n'ai rien à voir avec toutes ces affaires, c'est juste pour savoir.

— Tout ce que je peux vous dire, c'est que l'effet de surprise de ces agités, c'est de faire une action coup de poing, de débarquer un beau matin pour s'enchaîner aux arbres, ils sont capables de tout ces animaux-là...

— Et le vôtre ?

— Eh bien c'est de commencer les travaux, de réaménager la zone humide, comme ça du point de vue écologique ça nous rend inattaquables et même exemplaires !

Dans un projet comme celui-là, il faut que l'impact sur l'environnement soit nul, ils s'engageaient donc à recréer toutes les zones humides que l'usine endommagerait, ils buseraient les sources, détourneraient la rivière, feraient un étang, la nature serait encore plus naturelle qu'avant, mais déplacée de cinq cents mètres...

— On s'est engagé à créer des zones de compensation à 200 %, c'est dire qu'on est encore plus écologique que la nature elle-même, c'est pas fort ça ?

— Si, absolument.

Je n'avais aucune envie d'être sympa avec lui. Il faisait partie de ces hommes tellement convaincus d'être intéressants qu'il ne soupçonnait pas une seconde qu'on puisse le mépriser. Mais la position d'écrivain légitime toute curiosité, face à un écrivain, les bavards le sont plus que jamais, ne doutant pas d'être une source d'inspiration, si bien que ça le comblait d'aise que je m'intéresse à lui.

— Dites, vous qui êtes juriste, je peux vous poser une question indiscrète…

— Oui, à la seule condition qu'elle ne concerne que moi évidemment !

— Commodore, il n'a pas d'héritiers.

— Désolé, mais là vous ne respectez pas la condition. D'ailleurs, même si je m'étais occupé des affaires de ce monsieur, vous vous doutez bien que je ne vous en dirais pas un mot, secret professionnel.

— Alors je vous pose une question plus générale, est-ce qu'on est déclaré mort à partir du moment où on a disparu ?

— Pourquoi vous me demandez ça ?

— C'est pour un roman.

— Non, on peut toujours engager une procédure de déclaration de décès si on ne retrouve pas le corps, seulement ça relève du judiciaire et ça prend des années.

— Donc, tant qu'on n'est pas déclaré mort, on ne peut pas satisfaire ses héritiers.

— Je vous ai dit que je ne parlerais pas de Commodore.

— Mais je ne parle pas de lui, c'est vous qui me ramenez à lui… Ses affaires étaient en règle non ?

Là-dessus le notaire me fixa avec un air plus sympathique du tout, il se referma totalement et d'une pichenette nerveuse éjecta sa cigarette allumée dans le grand jardin à peine éclairé, puis il se détourna, et j'eus beau jeu de lui lancer alors :

— Ça, par contre, ce n'est pas très écologique !

L'assemblée quitta la maison du maire dans une ambiance de fin de croisière, ce moment où les passagers descendent tous du bateau et se retrouvent à quai. Seul le capitaine restait à bord, avec sa femme, ils nous saluaient du haut de leur perron comme s'ils repartaient vers leur navigation luxueuse alors que nous autres retombions sur terre. En s'éloignant, la plupart des débarqués se retournaient vers l'auguste édile, admirant encore une fois la coquetterie ambitieuse de la villa, un brin grandiose pour un élu, sans doute disposait-il d'une entreprise prospère ou de quelques rapports subtils avec l'argent. Sa demeure était posée dans un grand parc, le tout perdu sur une hauteur, à dix kilomètres du village, côté ouest, à l'opposé de la forêt. Lui au moins, il ne souffrirait pas de l'usine. Le couple de libraires me ramenerait en ville. Marie voulait que je monte à l'avant, mais d'office je m'installai à l'arrière, j'avais besoin de récupérer de tout ça, de me remettre de ce flot de paroles entendues et émises, ainsi que de l'alcool bu. Je m'étalai sur le siège arrière, comme un blessé ou un toutou trop grand.

— Je suis désolé, me dit platement Michel en démarrant.

— Mais de quoi ?

— De vous avoir infligé cette soirée, mais bon, c'était un peu le passage obligé. M. le maire a besoin de montrer son pouvoir, surtout devant ses relations, et oui, ça reste avant tout un chef d'entreprise, Monsieur 10 % !

Marie depuis le siège passager, dans une lassitude extrême, interrompit l'élan vindicatif de son mari.

— Le plus important maintenant c'est d'aller se coucher, ils m'ont épuisée.

— Tout de même, reprit Michel, s'adressant à Marie, ce soir il y est allé fort.

En les écoutant parler entre eux, je compris que Michel n'en revenait pas que tant de maires soient venus au dîner, avec le maire de Donzières lui-même ça en faisait six, six maires pas franchement du même bord loin de là, ça voulait bien dire que cette fois le recours des opposants était annulé, que les travaux pouvaient commencer. Je voulais leur faire partager ce que le notaire m'avait appris, mais je n'avais plus la force d'assimiler quoi que ce soit à propos de rien, je savais juste que demain matin il y avait une rencontre dans la bibliothèque d'une ville voisine, que Nadège m'y amènerait, qu'elle viendrait me chercher dès 8 heures en bas de l'hôtel, que c'était quelqu'un de sa famille qui animerait la rencontre, qu'il faudrait donc que je sois clair, et exceptionnellement à l'heure.

On se gara pile devant la librairie, Marie monta tout de suite se coucher, me faisant à peine la bise. Michel proposa de me raccompagner à pied jusqu'à l'hôtel, il voulait marcher. Les rues baignaient dans un silence total, pas le moindre passant, pas même un chat, comme chaque soir je retrouvai cette sensation de décor abandonné. Ces façades aussi inertes qu'inhabitées, ça donnait l'illusion d'une ville factice. Nos pas dans les rues vides faisaient un bruit immense, on ne se parlait pas, c'est Michel qui rompit le silence.

— Alors, et avec la fille, ça avance…

— Pardon ?

— Elle est belle non ?

— Attendez, Michel…

— On va peut-être se tutoyer non ? Il est minuit et on a bu, qu'est-ce que t'en penses ?

— Si tu veux.

— Ça fait peur, tu ne crois pas ?

— Oui un peu, répondis-je. Rien qu'avec mes bruits de pas j'ai peur de réveiller tout le monde.

— Non, je parlais des autres là-bas.

— Ce soir au dîner ?

— Non, les autres à L'Épeau, ça fait peur, non ?

Je trouvais étrange qu'il me parle de ça maintenant, et sur ce ton. Cela dit, depuis le début de la soirée, je le trouvais bizarrement disposé, plusieurs fois je l'avais surpris qui me lançait un sale regard, je savais bien qu'il se demandait pourquoi j'avais traîné si tard à L'Épeau, et là dans ce silence assourdissant il prit le ton de la confidence pour se livrer.

— À une époque, moi aussi j'avais essayé de me rapprocher d'eux. Faut dire, j'aime bien les fous, ils voulaient monter un petit théâtre dans leur grange, y a de la place, on aurait pu faire un tas de choses ensemble, des lectures ou des spectacles pour enfants, mais bon, c'était jamais clair avec eux, la plupart du temps ils manquaient les rendez-vous ou se barraient pendant quinze jours. Avec Commodore ils étaient faits pour s'entendre, ça relève presque de la prédestination. Et toi, t'en penses quoi ?

— De qui ?

— Elle est jolie, pas vrai ?

Le piège pour moi, ça aurait été de me laisser aller à la confidence. En même temps j'avais besoin de parler à quelqu'un. Quand on flotte salement dans ses repères ça fait du bien de s'ouvrir à une personne sensée, de se confier à un gars qui a la tête sur les épaules, de lui demander son avis, même si je ne pouvais rien dire de cette plantation de cannabis, c'était un miracle qu'ils soient arrivés à la garder secrète, signe qu'il était encore possible dans cette région de faire quelque chose sans que tout le monde le sache.

— Ben alors, tu ne me réponds pas ?

— Oui. Bien sûr, c'est une jolie fille.

— C'est tout ?

— En fait, je ne sais rien d'elle, elle ne parle pas, alors je n'ai pas appris grand-chose...

— Rien ?

— Non franchement je ne sais rien d'elle, sinon qu'elle est hongroise et qu'elle porte des collants en dessous de son jean !

— Quoi ? Tu l'as... enfin, vous vous êtes... Ben dis-moi, vous êtes sortis ensemble ?

— Sortis ! Quel drôle de mot...

— Oui ou non ?

— Non.

À sa façon de s'arrêter pour se fixer pile en face de moi, à sa façon de me fouiller le regard pour vérifier si je disais vrai, je vis bien qu'il était salement vexé, sans doute beaucoup plus blessé qu'intéressé. Il sortit un paquet de cigarettes de sa veste. Je n'avais jamais envisagé cela, que Michel puisse être jaloux en quoi que ce soit, qu'il soit envieux de ma prétendue complicité avec Dora, ce coup-là je ne l'avais pas vu venir. Je refusai sa cigarette, il alluma la sienne, et on se remit à marcher.

— Non vraiment, il ne s'est rien passé.

— Alors pourquoi me dire qu'elle porte des collants sous son jean.

— Mais je ne sais pas, parce qu'elle me l'a dit, rien de plus, Michel !

J'ai ce qu'il faut de sensibilité pour sentir quand un homme refrène une arrière-pensée, une douleur muette. Michel avait du mal à enchaîner, il semblait dépité, bon Dieu, jusqu'où cette fille sèmerait-elle le désordre, c'était pas possible, à croire qu'il y avait en elle quelque chose d'inflammable, même là à bonne distance, sans rien faire, elle ouvrait une brèche entre le libraire et moi.

— Qu'est-ce qu'il y a Michel, vous m'en voulez de l'avoir vue ? Je croyais que ça vous amusait ?

— Tu. Je t'ai dit qu'on se disait tu !

— Oui pardon, mais j'y arrive pas !

— Enfin, t'es pas non plus obligé d'y aller tous les jours, je te rappelle quand même que t'as des obligations ici, et puis ce serait bien d'être un peu à l'heure si possible, à chaque fois tu te pointes avec une heure de retard.

— On a fait des remarques ?

— Oui, et à propos de tes vêtements aussi. Et puis il faut laisser tomber cette fille…

— Non mais attendez, Michel, vous n'allez pas me reprocher d'essayer de nouer le contact avec elle, au début, c'est même vous qui me disiez d'y aller ?

— Tu !

— Oui, toi ! Mais Marie aussi, enfin, tu me disais d'y aller, histoire que je tente d'en apprendre un peu plus sur eux… Et maintenant on dirait que ça t'emmerde…

— C'est pas moral ce que tu fais.

— Pardon ?

— On ne drague pas la fille d'un mec qu'est en taule !

— Quoi ?

— T'as très bien compris, c'est dégueulasse.

— Mais je la drague pas, et d'abord ce serait plutôt elle qui aurait besoin de moi.

— Ben voyons. Mais t'en fais pas, elle est pas aussi paumée que ça, faudrait pas l'oublier, elle a un mec, un brave type en plus…

— C'est pas non plus un saint…

— Ah bon, et pourquoi ?

— Non mais vous êtes tous malades dans ce coin, c'est dingue, dès qu'on fait quelque chose ici, dès qu'on bouge, ça emmerde quelqu'un, c'est pas possible de vivre là-dedans, vous êtes au grand air mais mille fois plus confinés que dans un bocal… Et puis j'en ai marre à la fin, j'ai pas de comptes à rendre, je m'en fous de ce type, et de vous tous aussi, j'en ai rien à foutre de ce trou et de toutes vos embrouilles !

— Moins fort !

— Oui, mais bon, à un moment je peux m'énerver moi aussi, c'est pas possible ça, tout le monde cache ses petites magouilles dans son coin, c'est vraiment le royaumes des faux culs ici…

— Moi je suis un faux cul ?

— T'es jaloux parce que je vois cette fille, c'est ça, t'es jaloux parce qu'elle me plaît…

— Elle te plaît ? Mais ouvre les yeux, elle a vingt ans de moins que toi.

— Quinze ! Alors vas-y, dis-le que ça t'énerve que je la voie, dis-le !

— Eh oui ça m'énerve, c'est vrai que ça m'énerve, mais de toute façon on a trop bu ce soir, j'ai trop bu, excuse-moi, c'est tous ces autres cons qui m'ont énervé toute la soirée, alors là je me défoule sur toi, pardon, faut que ça te tombe dessus.

— C'est depuis qu'on se tutoie !

— Pardon ?

— Tant qu'on se vouvoyait tout allait bien, et depuis qu'on se dit *tu* on est à deux doigts de se foutre sur la gueule.

— T'en fais pas, on ne va pas se foutre sur la gueule comme tu dis, tout va bien, j'ai ma vie, mon boulot, tout va bien.

— Je vois !

— C'est ironique ?

— Non, pas du tout, Michel, t'as une vie saine, équilibrée, un vrai boulot, plus que ça même, une mission…

— Oui, c'est ça, tu te fous de ma gueule…

— Mais pas du tout, bon sang !

— Bon tu sais quoi, l'écrivain, tu vas y aller tout seul jusqu'à ton hôtel, moi je me rentre, c'est bon, j'ai eu ma dose. Salut.

— Bon, à demain.

— Et ne sois pas en retard. Je commence à en avoir ras le bol de devoir chaque fois justifier les retards de l'artiste !

Je continuai de marcher vers mon hôtel, dépité comme un môme qui réalise que soudain il n'a plus de famille, que ses parents le lâchent, quelque chose d'aussi cruel que ça, de l'ordre de l'abandon. De loin je découvris la façade éteinte du Grand Monarque, seule entité rassurante dans mon environnement, une sphère douillette où j'étais sûr d'avoir ma place, ou pour le moins ma chambre. J'aurais eu des parents ou des proches que je puisse appeler à près d'1 heure du matin, c'est sûr que je l'aurais fait, cependant j'avais la vanité de faire croire aux miens que j'allais bien, que j'étais fort, que je m'en sortais tout seul de ma petite vie, alors que c'était pas vrai, de toute façon seul dans la vie on ne s'en sort pas, suffit un jour de se casser la jambe pour comprendre ça, ou de flancher pour de bon.

Là, en me rapprochant de la façade humaine de mon hôtel, sous le balcon de ma chambre au deuxième étage, il y avait une ombre, comme une ombre dans l'ombre, et j'eus alors l'image d'une fleur épaisse et noire, un narcisse sombre qui ne ferait que croître et finirait par m'avaler, moi et ma chambre.

En me déshabillant je retrouvai un numéro de téléphone griffonné sur un bout de papier, Dora me l'avait tendu en me rattrapant dans la cour au moment où je m'en allais. Je lus le numéro. Je le relus même comme si c'était un mot d'elle. Chaque fois que je découvre le numéro de portable de quelqu'un, j'ai toujours un regard esthétique sur cette séquence de chiffres, lui trouvant parfois une harmonie évidente, une élégance dans la combinaison ou, au contraire, une complexité antipathique, comme s'il y avait un message possible derrière chacun de nos numéros, un sens caché, comme s'il s'agissait d'un code qui révélait quelque chose de son propriétaire. Le numéro de Dora n'était fait que de chiffres pairs, et de quatre zéros, quatre zéros et des chiffres pairs ça lui donnait une rondeur sensuelle, une consonance inoffensive. En même temps c'est rare qu'il y ait autant de zéros dans un numéro. Étymologiquement le zéro, c'est le vide, le manque à combler. C'était tout le paradoxe de cette fille, son apparente douceur, cette fragilité désarmante, associées au contexte féroce qui l'environnait.

Je me laissai tomber sur le lit trop souple. Sous l'effet de l'impact il m'enroba comme un matelas pneumatique flottant sur une piscine, j'étais tellement imprégné d'alcool que je ressentais des mouvements d'ondulation dans tout le corps, la chambre elle-même semblait tournoyer. L'ivresse rajoutait à la griserie d'avoir enlacé cette fille, l'alcool décuplait le souvenir de s'être serrés si fort. Rien à faire, j'y repensais malgré moi. Dora c'était le danger, mais ce danger m'attirait. Le simple fait d'avoir passé l'après-midi avec elle me désorientait littéralement, j'en éprouvais l'influence lointaine, sa présence insistait. Depuis quatre jours je n'avais pas changé, j'étais bien le même, intact, mais un peu décalé, c'était comme de modifier de quelques millimètres l'axe de rotation de la Terre, toute une cosmogonie s'en trouverait alors désaxée, j'avais cette sensation-là, de m'être écarté un tant soit peu de ma trajectoire, d'être dérouté de cet axe approximatif qui depuis longtemps me guidait. Moi, mes affaires, cette chambre, tout était bien identique depuis le jour de mon arrivée, et pourtant tout était devenu différent. Une attraction incontrôlable me ramenait toujours à elle, que ce soit en voiture ou à vélo, même en pensée, depuis quatre jours une idée d'elle me remplissait. Par flash je la revoyais assise dans la voiture, le visage tourné vers la fenêtre, les cheveux ruisselant dans son cou, je la revoyais marchant devant moi dans les sous-bois, à un moment, même là en pleine panique, quand on traînait ces jerrycans dans les bois, je n'avais pu m'empêcher de regarder son cul, ses fesses impeccablement modelées par le tissu de son jean, on aurait dit une sirène qui ondoyait au milieu des branches hostiles.

Bon sang, je devais réagir, ne pas me laisser envahir par cette envoûtement. À distance quelque chose d'elle m'assiégeait sans que je sache si c'était un désir ou un manque, son emprise m'imprégnait pire qu'un flacon de parfum renversé. Son visage m'apparaissait sans que j'aie besoin de me concentrer. Et même si elle était environnée de ces fous douteux, même avec ce mec en taule, ce meurtre possible, ce cannabis et toutes ces zones d'ombre, je n'y pouvais rien, j'avais besoin de la revoir.

Quand on se sent à ce point ensorcelé par quelqu'un, j'ai à peu près compris de la vie qu'il faut savoir se retenir, ne pas trop afficher son désir, au contraire, il faut jouer la distance, l'indifférence, ne surtout pas faire l'aveu de son attirance, sans quoi on court le risque d'être déprécié, d'avoir l'air faible ou inquiétant. Ce n'est pas rassurant de voir l'autre trop vite conquis, on se dit qu'il manque de discernement. Je n'aurais pas aimé plaire d'emblée à une femme, au point que dès le premier verre elle exprime trop avidement l'envie de me revoir, dans ces cas-là on a l'impression d'être piégé, on perçoit l'autre dans tout ce qu'il a d'envahissant.

J'étais donc reparti de chez elle sans me retourner, la plantant là, seule dans sa cour. Quand elle m'avait demandé de revenir l'aider à jeter ses jerrycans dans le lac, j'avais joué l'intransigeance, le dur, lui intimant de me foutre la paix. J'étais sûr que ça l'avait intriguée. Elle avait dû se dire que j'étais de ces gars qui ne se laissent pas embobiner par une fille. Ou alors elle m'avait pris pour un lâche.

Après ça, sur la route en rentrant à Donzières, je m'en étais voulu d'avoir été aussi cassant, pourtant je n'en menais pas large, derrière chaque phare croisé je décelais un véhicule de gendarmerie, les images de cette plantation affolante me revenaient sans cesse en tête, en faisant le compte, un kilo de résine par pied, j'arrivais à des sommes affolantes, il y avait plus de trente pieds, ça expliquait qu'on ait retrouvé autant d'argent sur Aurélik, l'argent n'était certainement pas un mobile pour lui, ce type n'avait rien à foutre en détention, en même temps il ne pouvait se disculper en expliquant d'où venaient tous ces billets, il s'était lui-même piégé. En poussant le cynisme je me disais que Dora était peut-être à l'initiative de tout ça, que le pauvre gars ne faisait que subir, si ça se trouve c'était elle qui aurait dû être à sa place, qui s'en était débarrassé.

J'avais tellement bu que je ne réussissais pas à fermer les yeux. Dès que j'éteignais la lumière, j'avais la sensation du cosmonaute largué dans l'espace, captif d'une orbite folle, la sensation affreuse de la machine à laver, ça tournait tellement que je fus obligé de rallumer la lampe et de me redresser dans mon lit. Alors je me traînai jusqu'à la salle de bains pour me déprendre de ce sortilège, de ce tournoiement affreux qui m'expulsait de l'attraction terrestre, franchement ça n'allait pas, tout me semblait hostile et compromettant, je me mis sous la douche, dérapant salement sur l'émail de la baignoire, je me cramponnai au rideau et restai debout tant que possible, bien droit sous le pommeau d'eau froide, et là, le regard fixé vers le bas, surplombant ce siphon hypnotisant, me vint la conviction d'être aspiré par le tourbillon.

Le tragique vient de ne pas anticiper l'inéluctable. Au réveil l'alcool m'avait quitté le sang, la double aspirine prise à 5 heures du matin m'avait fluidifié les tempes. Avec un peu de recul je méprisais mes emballements adolescents de la veille, ce besoin de sombrer dans l'illusion passionnelle. Ce matin j'y voyais clair. À moins de continuer à m'aveugler, il était évident que Dora et Aurélik n'étaient pas ces doux idéalistes exaltés par l'idée du retour aux sources, pas plus que ces marginaux oisifs piégés par le destin, au vu de ce que je découvrais d'eux c'était même tout le contraire, deux rouages d'un trafic d'ampleur, d'une culture qui s'évaluait en dizaines de milliers d'euros, et d'après ce que je savais des lieux et de leur proximité avec leur fameux voisin, Commodore avait dû découvrir leur juteux business, il les avait surpris ou il en avait eu marre, ou pire encore il s'était associé à eux et cette alliance avait mal tourné pour une raison ou pour une autre.

Ce serait une connerie de retourner là-bas. La revoir serait me soumettre à ses desseins. Ce n'est jamais bon signe de sentir que du jour au lendemain une inconnue revêt autant d'importance pour soi. En quatre jours, cette fille m'avait mis en porte-à-faux vis-à-vis de tout le monde ici, y compris de moi-même. En même temps je voulais être clair, lui dire qu'il ne fallait plus se voir, ne pas jouer au lâche qui disparaît sans explications.

J'ouvris grand les rideaux pour voir le jour, bien décidé à lui écrire une lettre. Une lettre, c'est ce qu'il y a de mieux à faire pour poser clairement les choses, c'est par écrit qu'on se les dit le plus lisiblement. Quand on se parle en face à face, c'est certes bien des mots qu'on s'envoie, mais des mots dénaturés par les réactions de l'autre, des mots nuancés par ses réponses, des mots moins purs que sur le papier. Je lui expliquerais pourquoi je n'irais plus là-bas, que cette relation ne me réussissait pas. Cette nuit, après avoir rêvé du grand amour et d'étreintes sublimes, des séquences de cauchemars terribles m'avaient tourmenté, je me débattais contre des visions affolantes où je me voyais en taule, ou me noyant au milieu d'un lac en forêt, des tas de prémonitions funestes qui me sabotaient le sommeil. La vérité c'est que Dora me faisait peur, je n'étais plus Orphée la sortant de l'enfer, mais Eurydice ravalée par les abymes. À cause d'elle j'étais en train de me couper de tout le monde, de toute évidence ça finirait mal.

Je m'habillai et, avant même de descendre au petit déjeuner, je rédigeai ce brouillon lucide, je lui avouais tout ce que j'avais compris d'elle, un premier jet si appliqué que j'aurais pu lui envoyer tel quel. Seulement, en voyant cette lettre qui prenait corps, une bonne page déjà, d'un coup me vint une frayeur affligeante, la trouille de rédiger là une pièce à conviction, ces mots finiraient par me piéger moi-même. Cette lettre, ça devenait une trace matérielle de notre liaison, d'autant que je savais cette fille observée par tous, surveillée de près par les gendarmes, faire allusion au cannabis, à notre étreinte, ce serait m'impliquer, voire même judiciairement, dans cette affaire, connerie totale. J'étais paumé face à ma lettre, et Nadège qui était en avance et klaxonnait déjà au pied de l'hôtel, il était moins le quart, alors je laissai tout en plan et balançai le papier dans la poubelle avant de claquer la porte.

Il en est des êtres comme des paysages, certains nous sont d'une influence plus ou moins favorable. Nadège était tout le contraire de Dora, elle était timide et gaie, cordiale et simple, elle donnait l'impression de tout vivre avec le ravissement d'un moment de grâce. Elle parlait tout en conduisant, mais ne détachait jamais les yeux de la route, regardant bien en face sans tourner la tête vers moi. Accompagnatrice scrupuleuse, elle me détaillait le programme avec une autorité d'emprunt, me présentant chaque chose sous son aspect pratique. On traçait à travers la campagne vers l'ouest, du côté opposé à la forêt, on suivait des routes onduleuses qui nous soulevaient chaque fois vers un nouveau panorama. Ici tout semblait à sa place, des vaches bien blanches posées sur des prairies émeraude, des hameaux de maisons calmes qui se traversaient dans une quiétude sidérale, on sillonnait un monde de paix. Nadège pilotait la petite Fiat rouge de sa maman, elle m'amenait vers la bibliothèque de Saint-Muret qui se trouvait à vingt-cinq kilomètres de Donzières, du côté des pâturages, là où l'on produisait de la viande rouge et du fromage blanc. Il faisait beau, mais la voiture ayant passé la nuit dehors n'arrivait pas à se réchauffer. À mesure qu'on avançait une buée glacée gagnait les vitres, je demandai à Nadège de mettre le chauffage à fond, sans lâcher le volant elle tripota un peu tous les boutons, une soufflerie s'enclencha mais envoya de l'air froid, ça l'amusa, elle avait gardé ses gants, je n'avais pas pris les miens, il fallait passer la main sur le pare-brise pour récupérer le paysage, mais la buée revenait chaque fois. En l'observant du coin de l'œil, je me disais que bien chanceux serait celui qui ferait sa vie avec elle.

— Il ne fait pas trop chaud là ?

— Si, si Nadège, je vous le confirme, maintenant il fait trop chaud, surtout que j'ai votre soufflerie dans la figure…

Elle avait finalement trouvé le chauffage, mais ne savait absolument pas comment le baisser, il était à fond, je ne sus pas le faire non plus et on ouvrit grand les fenêtres. Je la relançai en parlant fort à cause de la ventilation et de l'air du dehors.

— Vos parents, Nadège, ils font quoi ?

— Maman s'occupe de mes petits frères, mon père est au chômage depuis deux ans.

— Dans la région ça ne doit pas être facile de retrouver du boulot.

— Non, c'est dur par ici.

— Votre père, il en pense quoi du projet ?

— De l'usine à bois ?

— Oui.

— Il aimerait bien que ça se fasse.

— Il travaillait dans le bois ?

— Non, dans une usine qui fabriquait des talons, mais elle est fermée depuis deux ans. Au départ il était mécanicien, mais travailler dans un complexe industriel moderne ça ne lui fait pas peur, au contraire il aimerait ça !

— Si je comprends bien, tout le monde la veut cette usine…

— Oui.

— Mais il y en a bien qui s'y opposent ?

— Pas tellement, des propriétaires de petites parcelles ou des écologistes, ils font beaucoup de bruit mais ils ne sont pas nombreux…

— Mais c'est peut-être eux qui ont raison, non ?

Ça la fit rire.

— Les écologistes ? C'est des illuminés… Ça ne sert à rien d'avoir des milliers d'hectares de bois qui dorment si on n'en fait rien, la forêt va mourir si on s'en occupe pas !

— Peut-être, mais couper des arbres, c'est pas très écologique tout de même.

— Il vaut mieux fabriquer de l'électricité avec du bois plutôt qu'avec du charbon ou de l'uranium, non ?

— Et l'usine, ils la construiraient où précisément ?

— En bordure de forêt.

— À L'Épeau, c'est ça ?

— Oui, là où vous allez tout le temps.

Il y avait un tel boucan dans cette voiture qu'on ne s'entendait plus. D'autorité je tournai tous les boutons du tableau de bord, jusqu'à trouver celui qui désactivait le chauffage, alors on referma les fenêtres, mais de nouveau la buée brouilla tout.

— Et vous Nadège, vous comptez faire votre vie ici ?

— Évidemment !

— Vous marier, avoir des enfants, tout ça…

Là encore ma formulation la fit rire.

— Ben oui ! Il faut juste que mon copain trouve du boulot, pour l'instant il est en stage à Lyon, mais ça viendra.

— Dites-moi Nadège, le disparu, vous pensez qu'il la voulait aussi cette usine ?

— Oui pourquoi ?

— Franchement, qui voudrait d'une usine au bout de son jardin ?

— Mais il ne voulait pas rester, il paraît qu'avec tout son argent il se faisait construire un palais en Chine !

— Ce ne serait pas plutôt au Vietnam ?

— Oui c'est possible, c'est un illuminé, vous savez…

— Illuminé, mais vous me dites ça de tout le monde !

— J'ai une tante qui travaille au Crédit agricole, elle l'a vu il y a un an, il était venu prendre de l'argent en grosses coupures, plein de billets de cinq cents, il paraît qu'il en envoie à sa famille, la postière l'a dit, vous savez qu'il a de la famille là-bas ?

— Oui je sais, mais je sais surtout qu'on ne refait pas sa vie à quatre-vingts ans.

— Vous dites ça parce que vous êtes un pessimiste, vous êtes quelqu'un de triste… Si ça se trouve il est déjà parti là-bas, et ça doit bien l'amuser de voir tout ce bazar !

— Nadège, c'est vous qui êtes une rêveuse.

En fait de petite bibliothèque de village, c'était une médiathèque moderne et rutilante, avec une terrasse tout en bois et en acier, un édifice surprenant pour une commune de huit cents habitants. Le parking était vaste, je n'y remarquai que trois voitures, mauvais présage. Là encore, c'est une dame qui vint à notre rencontre, Mme Loisneau, elle nous attendait sur le pas de la porte. Elle était de la famille de Nadège, elles se firent la bise et se demandèrent des nouvelles des leurs tout en marchant à travers le bâtiment. En arrivant dans la salle, au premier, je découvris la sage assistance déjà assise, une bonne quinzaine de personnes finalement, bien matinales, ce qui pour moi avait valeur de succès. Une fois de plus, dans cette assemblée, les femmes étaient majoritaires, il en y avait treize pour deux hommes seulement. Sans doute ceux-ci avaient-ils d'autres choses à faire le matin que d'aller écouter un écrivain, ou bien c'est qu'ils étaient trop timides ou trop concrets, qu'ils souffriraient de rester assis sur des chaises médiocres.

Sans perdre de temps on m'installa devant ce public à l'impatience flottante, Mme Loisneau fit de moi une présentation sommaire mais flatteuse, j'étais assis à côté d'elle, pendant ce temps Nadège nous servait des cafés. Puis très vite Mme Loisneau lança la discussion, elle voulut d'abord connaître les raisons de ma présence dans la région, pourquoi j'avais accepté cette résidence ici, elle tenait à ce que je témoigne du désir profond de découvrir cette région plutôt qu'une autre, que je lui dise combien ce séjour m'était favorable, qu'il m'aiderait sûrement dans l'écriture de mon prochain livre.

— Qu'est-ce qui chez nous vous inspire ?

— Ouh là, ce n'est jamais facile de répondre à cette question, de toute façon tout m'inspire, ne serait-ce que cette situation qu'on vit là en ce moment même, je pourrais très bien un jour écrire dessus.

— Vous écrivez en observateur en fait, comme Zola avec les travailleurs.

— Ou Konrad Lorenz avec ses canards.

— Merci pour la comparaison !

— Mais non, je ne parlais pas de vous.

— Raisonnons plus large, au départ qu'est-ce qui donne l'envie d'écrire un roman, concrètement ça part de quoi ?

— De ce qu'on vit peut-être, oui, ce qu'on vit peut parfois ouvrir des pistes, mais on peut aussi se rehausser de ce qu'on n'a pas vécu…

— Alors où est la sincérité dans tout ça ?

Pour sortir des digressions dans lesquelles je sentais que je me perdais, je dépliai le papier que je venais de griffonner.

— Vous voulez que je sois concret ? Alors tenez, je vais vous lire la petite phrase que j'ai notée il y a cinq minutes de cela, pendant que vous me présentiez.

Je tentai de déchiffrer mon écriture devant eux.

— « Tomber amoureux de vous, c'est être suspendu à la peur de ne jamais vous revoir. » Bon, eh bien vous voyez, cette phrase, j'y ai pensé tout à l'heure dans la voiture, et je me suis dit, cette phrase il faut absolument que je la note pour ne pas l'oublier, mais comme sur le coup je n'avais pas de stylo ni de papier, et que Nadège conduisait, alors j'ai gardé ma petite phrase en tête, et quand on est arrivé, je vous ai d'abord dit bonjour à tous, tout en me répétant mentalement ma petite phrase, puis la rencontre a commencé, et là tout en vous écoutant, mine de rien j'ai attrapé une de vos feuilles de papier, votre stylo, et j'ai mis ma petite phrase en sécurité avant qu'elle ne s'évanouisse. En même temps elle n'est pas extraordinaire, et quelque chose me gêne dans sa formulation, il y a deux fois le verbe être, faudrait la reprendre, essayer de l'alléger ! « Tomber amoureux de vous serait se suspendre à la peur de ne jamais vous revoir... » Mais bon, on ne sait jamais, je m'en servirai peut-être dans mon prochain roman...

— Voilà en effet ce qu'on appelle un exemple concret, vous la mettrez donc dans la bouche d'un de vos personnages ?

— Oui, alors qu'en fait c'est une pensée qui m'est venue à propos de moi !

— Tiens donc, et qui vous l'a inspirée de si bon matin en roulant vers nous ?

— Qu'importe, on rêve toujours plus ou moins de rencontrer quelqu'un...

— Bon, bon, je ne vous en demanderai pas plus. Pour en revenir à la vraie vie, il se dit à

Donzières que vous vous intéressez de près à l'histoire de cet homme disparu, alors je me posais la question, est-ce que vous vous êtes rendu chez lui avec l'arrière-pensée d'en faire un livre, ou bien, je ne sais pas, vous vous sentez un peu comme un détective ?

— Ni l'un ni l'autre. De toute façon je n'aime pas l'idée d'écrire sur un fait divers, je trouve ça morbide...

— Mais combien de chefs-d'œuvre s'inspirent de faits divers, même *Le Comte de Monte-Cristo* !

— Disons que pour moi c'est une règle, par superstition sans doute, manier le drame des autres c'est nouer un pacte bien obscur, c'est dangereux, je vous prie de croire que le simple fait d'écrire sur son voisin c'est à coup sûr se fâcher avec lui ! Et la famille n'en parlons pas... Non, écrire sur les autres, c'est se couper d'eux, et puis il ne suffit pas de dire vrai pour que le livre soit sincère.

Les premières fois où je m'étais retrouvé devant un public, j'avais d'abord cru que j'étais dépositaire d'une parole, d'un discours, qu'au-delà de moi je représentais un peu de la littérature, mais cette posture-là ne me va pas, et je suis bien trop sensible au contexte, à la tête des gens en face de moi, à ma chaise, à la température de la pièce. Je ne suis représentatif que de ma petite expérience, je ne vise pas plus haut que ça. Ce matin ils étaient tous bien disposés vis-à-vis de moi, ils avaient lu mes livres, mais je ne voyais pas ce qu'on attendait de moi, ce qu'on voulait que je dise. Alors on passa aux questions du public, et là une des lectrices fit remarquer qu'aucun de mes personnages n'était marié, dans aucun de mes livres ! C'était anecdotique, mais surprenant, je lui demandai si elle en était sûre, elle m'assura que oui, je repensai vite fait à tous mes livres, c'est vrai que mes personnages vivaient seuls la plupart du temps. Du coup je me mis à chercher pourquoi. Mais déjà une autre me lançait qu'elle m'avait écrit il y a cinq ans, à la sortie de mon recueil de nouvelles, une lettre envoyée chez mon éditeur, à laquelle je n'avais jamais répondu. Par prudence elle ajouta :

— Peut-être que vous ne l'avez jamais reçue ?

Je la sentais blessée, je n'étais plus cet auteur à qui elle avait écrit, mais l'homme qui ne lui avait jamais répondu.

— C'est pas grave, mais bon, je ne vous ai plus jamais écrit, conclut-elle.

Après la rencontre, Mme Loisneau semblait satisfaite. Il y avait un petit pot d'organisé mais on ne traîna pas longtemps, je n'en pouvais plus de ce jus d'orange en brique mêlé à des gâteaux secs, en plus de la gueule de bois ça m'empâtait curieusement la bouche. On se quitta sympathiquement, encore une fois je ne savais pas si le fait de rencontrer un auteur créait une sorte d'empathie ou nouait un lien, je craignais de ne les avoir convaincus de rien.

En remontant dans la voiture, Nadège était étrangement silencieuse. Au moment de démarrer elle me lâcha subrepticement une petite phrase, tout bas, les mots dans le menton.

— Je vous demande de ne pas m'aimer.

— Pardon ?

— Je vous demande de ne pas m'aimer.

— Nadège, excusez-moi mais je ne comprends pas.

— Vous faisiez allusion à moi tout à l'heure ? La petite phrase qui vous est venue dans la voiture à l'aller ?

— Mais non, je vous assure, ça n'a rien à voir avec vous, d'ailleurs j'ai oublié le papier sur la table, je ne m'en souviens même plus de ma petite phrase…

— Pourtant vous disiez que l'idée vous était venue dans la voiture.

— Oui, mais en rêvassant.

— Alors pendant que je vous parlais ce matin, vous pensiez à autre chose ?

— Mais non Nadège, j'écoutais, et en même temps je pense toujours un peu à autre chose, et puis enfin, vous êtes toute jeune, pas une seconde je n'aurais imaginé vous faire une déclaration aussi détournée, et devant tout le monde.

— J'espère bien. À chaque fois qu'on fait venir un écrivain, c'est pareil. Les écrivains, c'est des dragueurs.

— Mais Nadège, je n'ai aucune envie de vous plaire, enfin je vous jure que je ne vous drague pas… Vous n'allez tout de même pas vous fâcher pour une bêtise pareille !

— Bon, très bien, j'avais cru. Tant mieux alors.

— De toute façon, je ne suis pas un dragueur.

— À Donzières, tout le monde dit que vous avez une aventure avec Dora…

— C'est faux, c'est faux, et puis, pourquoi vous ne tournez pas à droite ?

— Vous avez lu votre programme ? On vous a envoyé un beau programme avec Marie, sur six pages, tout est expliqué pour les quatre semaines.

— Il est dans ma valise, je ne l'ai pas ressorti depuis que je suis ici, je me laisse guider au jour le jour…

— Et bien on va à Sainte-Colombe, au lycée hôtelier, c'est plus loin.

— Excusez-moi mais en ce moment j'ai du mal avec toutes ces rencontres, je sens que je ne suis pas bon. Vous avez aussi cette impression ?

— On déjeune là-bas, vous allez voir c'est excellent, et vous avez deux rencontres avec deux classes, une à 15 heures et l'autre à 17 heures.

— On n'aurait pas pu regrouper les deux ?

— Non, dans les lycées hôteliers les élèves sont pleins d'énergie, ils vous bombardent de questions, c'est bien les questions, non ?

L'hypermarché, c'était une façon de me changer les idées, de prendre l'air, de renouer avec un monde où tout m'était familier. Après que Nadège m'eut déposé en ville, je me dirigeai vers l'Intermarché. Je passai la double porte automatique et retrouvai cette odeur universelle et apaisante. Toutes ces rencontres, ces paroles dites depuis le matin, ces salves de questions des élèves du lycée hôtelier, tout ça m'avait épuisé. Je n'aurais jamais pu être prof, jamais je n'aurais eu la force de capter l'attention de tant de mômes toujours prêts à penser à autre chose, de rester des heures sous le feu de tous ces regards sans indulgence, c'était plus dur que tout.

En marchant dans les allées, j'éprouvai un réel soulagement à renouer avec cet univers lisible et fortement éclairé, avec un monde peuplé de couleurs familières et de produits connus, un genre de grand placard idéal où tout était clairement affiché, rangé. J'allai directement me perdre dans le rayon gâteaux, je flânais dans cette pure tranchée de tentations, rien qu'à les voir me venait le goût de toutes ces sucreries. C'est profondément rassurant de baigner dans un monde où tout vous parle, où chaque chose résonne d'une saveur déjà connue. Dans ce supermarché il n'y avait pas de panier, comme tout le monde j'avais pris un caddie, mais les caddies étaient démesurés, bien trop larges, ils semblaient géants dans ces allées étroites. C'était insolite de nous voir tous manœuvrer avec des chariots vastes comme des bennes, absolument pas adaptés, on avait tous l'air de mômes perdus au fond d'autos tamponneuses. Entre deux linéaires, il n'était même pas possible de se croiser avec quelqu'un d'autre, chaque fois qu'on se retrouvait à deux dans la même allée, il fallait qu'il y en ait un qui recule. C'était une sorte de mini-hypermarché, ça me semblait étonnant d'ailleurs qu'une si petite ville recèle une grande enseigne nationale. Sans doute qu'il y avait eu une manœuvre des élus pour obtenir qu'un Intermarché s'implante ici et qu'il attire tous les chalands des communes environnantes, on sentait un arrière-goût lointain de féodalité.

Dans mon dos j'entendis le dialogue cocasse de deux hommes qui faisaient le plein de boissons, sans me retourner je compris que leur chariot était rempli à ras bord, à un moment l'un d'eux dit à l'autre : « Hé, arrête, y a plus de place pour mettre à manger ! » Ça les fit rire.

Une petite musique descendait de haut-parleurs indécelables, un tube sur lequel je n'arrivais pas à mettre un nom, pas plus sur le chanteur que sur la chanson, et pourtant je la connaissais, je la fredonnais même en dérivant distraitement dans cette planète tranquillisante.

— Tiens, Notre écrivain national !

— Monsieur le maire ?

Sans y mettre les formes, je lui avouai mon étonnement de le voir faire ses courses lui-même, suite à quoi il prit son air de conspirateur enjoué, me confessant le machiavélisme du calcul.

— Vous savez, aujourd'hui il ne suffit plus de faire les marchés le dimanche, eh non, de nos jours c'est dans les hypermarchés qu'il faut aller, et en semaine !

Il se rapprocha de moi comme pour me confier un secret.

— Vous voyez, c'est là que butinent les citoyens, ceux qui sortent du travail, la force vive, c'est là qu'on noue le contact, en un quart d'heure au supermarché je vois dix fois plus de monde qu'en une semaine de rendez-vous à la permanence !

— Je comprends.

C'était vrai que toutes les dix secondes, un de ses administrés venait lui serrer la main, l'importun en profitait toujours pour lui glisser une remarque à propos des horaires des poubelles ou d'un lampadaire qui ne marchait plus, d'un dos d'âne trop rebondi ou du scooter du voisin qui faisait trop de bruit, ça n'en finissait pas, le brave maire était assailli comme une star, sauf qu'à chaque fois on lui demandait un service, alors que d'une star on n'attend rien, sinon une photo. Le maire, assez grand de taille, serrait toujours longuement la main de celui ou celle qu'il croisait, on aurait cru le chef de service d'un grand hôpital passant en revue tous ses blessés, dans le fond ce type devait être profondément humain parce qu'il y mettait de la sincérité tout de même, déjà il les reconnaissait tous, et puis il se sentait probablement investi de la mission de leur faciliter la vie, donnant à chacun l'impression d'un lien privilégié. Chaque fois le petit entretien débouchait sur une promesse ou un conseil, il prenait même des notes, chacun se sentait important, c'était généreux d'arriver à ça. J'avais beau me tenir en retrait, il me présentait à l'administré, manière de clore la discussion, l'administré réalisant que le maire n'était pas seul, il ne voulait pas le déranger davantage. En me présentant, le maire disait : « Vous reconnaissez Notre écrivain national... ? » En général les gens se contentaient d'acquiescer, me gratifiant d'un demi-regard en plus de la poignée de main distante, vis-à-vis de moi les gens d'ici n'étaient pas trop à l'aise.

Là-dessus, le maire me fit signe et m'attira au fond du magasin, tout au bout, là où étaient rangées les palettes d'eau minérale et les grands contenants, comme s'il avait quelque chose à me dire. Et en effet il me demanda d'en prendre trois, oui que j'en prenne trois, trois cubitainers de cinq litres, des vins du pays d'Oc, un rouge, un blanc et un rosé, chardonnay, merlot, syrah, et que je les case dans mon chariot à moi, surtout pas dans le sien... Il me glissa qu'il adorait ces purs vins de base, son grand plaisir, le soir, c'était de les couper avec de la limonade bien fraîche, c'était son péché mignon, seulement si ces administrés le voyaient passer en caisse avec ces saloperies-là, s'ils apprenaient tous qu'il mélangeait des vins d'ailleurs à de la limonade, c'est sûr qu'il perdrait des voix ! Déjà qu'il avait arrêté de fumer...

Je trouvais ça assez faux jeton de sa part. En même temps il n'avait certainement pas le choix. Je n'étais pas mécontent de lui rendre ce service, lui qui ne semblait pas captivé par mes productions littéraires, je me disais qu'au moins l'écrivain national lui aurait servi à quelque chose.

Une fois aux caisses je le laissai passer devant moi. En plus du vin il avait pris le basique, comme on dit, de l'huile, des chips, des surgelés et plein de bouteilles de limonade. Un maire qui fait lui-même ses courses, c'était sûrement très bon en termes d'image, une application très concrète de l'humilité. Il déplia de grands sacs recyclables, et je remarquai qu'il maîtrisait le geste, les courses filaient de la caisse à ses cabas dans des mouvements experts. Au moment de payer je le vis sortir un portefeuille dodu de son veston, il glissa ses doigts entre les grosses coupures et prit un billet de deux cents euros, la caissière n'osa pas demander s'il avait de la monnaie. Après avoir réglé, il partit en me faisant un clin d'œil.

Je le retrouvai près de sa voiture au bout du parking, on transféra vite fait les trois cubitainers en regardant tout autour de nous comme s'il s'agissait d'un narcotrafic, puis il me remit vingt euros.

— Gardez la monnaie.

Il me gratifia de sa fameuse poignée de main aimantée, avec en prime une sorte de reconnaissance, mais déjà je le sentais prêt à passer à autre chose.

— Je vous revaudrai ça, vous savez.

— Oh non, c'est moi, je vous dois déjà beaucoup.

Il se reconcentra sur moi et soutint un temps mon regard.

— Ça va pour vous, tout se passe bien ?

— Parfaitement.

— Dites, pour votre feuilleton, ça serait bien que vous nous fassiez quelque chose sur l'usine, que vous parliez un peu de l'avenir, de la cogénération et de l'énergie bio renouvelable, et de tous ces emplois qu'on va créer, et surtout n'allez pas me tendre ce genre de piège que me réservent les journalistes, vous voyez ?

— Oui je vois très bien.

— Passez à mon bureau un jour et je vous montrerai la maquette, vous allez voir, Donzières, c'est l'avenir !

Tomber amoureux, c'est voir l'autre comme un mystère dont on ne supporte pas d'être exclu, c'est redouter de ne pas l'atteindre, ne plus penser qu'à une chose : le revoir, le côtoyer. Plus je me disais que cette fille était un danger et plus elle en devenait désirable. À 2 heures du matin j'essayais de lire mais n'arrivais pas à me concentrer. Dès que j'éteignais la lumière, des pensées bondissaient en moi comme des petits singes affolés, un sentiment de peur auquel se mêlait le manque, Dora me restait en tête comme une idée fixe.

D'une manière générale, je ne me défends pas contre l'amour, au contraire je le cherche, je soupçonne même cette arrière-pensée derrière toute envie d'écrire, toucher l'autre, séduire, atteindre enfin cet être idéal grâce à qui tout recommencera. L'aventure d'un soir me désole, tout comme me désole le désir fondé sur le manque ou l'ennui. De tout ça je ne veux pas. Je ne veux pas être une réponse comme une autre à une femme qui s'ennuie, je ne veux pas être le pis-aller d'une solitude qui s'en va à vau-l'eau, je ne désire plus qu'une chose, la grande histoire, cet amour ultime éclairé par les échecs antérieurs, l'amour sans bornes ni déboires, l'amour fort et sûr, mais plus de ces passions éteintes au bout de trois mois, de ces amours déchues au bout de deux ans, de ces complicités mortes…

À 3 heures du matin je me relevai pour prendre une nouvelle mignonette de whisky dans le minibar, je la remplaçai par une de celles que j'avais achetées à l'Inter. Je la lapai comme un sirop pour calmer la toux. De toute façon je connaissais trop ma vie pour savoir qu'elle ne m'avait jamais fait de cadeau, tout ce qu'elle m'avait offert jusque-là était soit piégé soit compromis, de beaux fruits tendus par-delà les ronces. Quand j'avais connu Helena, elle avait un travail et toute sa tête, mais cinq ans après elle s'était complètement repliée sur elle-même, détachée de tout, de son travail, de sa famille, de ses envies de théâtre. Par la suite je n'avais été qu'une bouée, jusqu'à ce qu'elle rencontre quelqu'un, un Singapourien providentiel, mine de rien cet homme nous avait sauvés. Parfois je me soupçonnais d'avoir une attirance pour les êtres compliqués. Mais Dora c'était autre chose, Dora c'était la plus complexe des fleurs à cueillir, la plus impossible sans doute, la plus évidente. À force de la chercher elle avait fini par exister. Dora, elle avait bien trop la couleur du drame pour ne pas être mon soleil masqué, cet horizon qui attendait à l'ombre de ma vie. Je ne sais plus à quel moment on décide d'aimer, je ne sais plus si on le décide vraiment ou si cela s'impose, mais là tout ce que je voyais, c'est son visage qui se présentait à moi en hologramme concret, un mirage vers lequel j'avais toujours envie de tendre les mains.

Plusieurs fois dans la journée j'avais jeté un œil à mon téléphone portable, mais rien, pas de texto, rien. Elle devait être suspendue à la peur d'être épiée, surveillée pour de vrai, sans doute qu'on épluchait ses coups de fil et ses textos, de cette fille je ne pouvais donc rien attendre, pas un signe de vie, pas même une icône faite de ponctuations, rien. Chaque fois que je me séparais d'elle, j'avais l'impression que c'était pour toujours, qu'on ne se reverrait pas, qu'elle était aussitôt ravalée par un monde autre, une dimension où régnaient le chaos et la peur, et je craignais qu'à un moment la lâcheté ne l'emporte sur le courage et que je n'aie plus le cran de l'approcher. Mais cette peur-là me la rendait indispensable.

Un choc ! Je reçus ça comme un choc.

C'était bien moi là dans le journal, sur toute une page, oui c'était bien moi qui me retrouvais associé à ce fait divers fatal, il ne me quittait plus, comme si j'en étais l'acteur ou le témoin principal. Oui, c'était bien une photo de moi au milieu de cette page surplombée de ce titre implacable : « L'auteur d'un crime sans auteur ! » J'en étais suffoqué, le journaliste avait misé sur le jeu de mots, et dans l'article il annonçait que j'allais faire mon feuilleton sur cette affaire-là.

Mme Meunier devait me guetter depuis l'aube, en tout cas, dès qu'elle m'avait entendu descendre pour filer au petit déjeuner, elle m'avait sauté dessus au pied de l'escalier et collé l'article sous le nez, le journal grand ouvert à la bonne page, guettant ma réaction, visiblement consternée. De me retrouver associé à ces protagonistes de malheur, avec cette photo de moi en majesté et un long article sur quatre colonnes, c'est vrai que j'en avais les jambes qui tremblaient. Le papier était signé de ce type qui était venu m'interviewer en terrasse, il y rendait compte de mon séjour ici et annonçait que ce fameux feuilleton publié bientôt dans ce même journal porterait sur le disparu de L'Épeau. Le con, au lieu de s'en tenir à la seule présentation de mes livres, qu'il n'avait jamais lus, au lieu de simplement parler de mon parcours ou de mon programme de rencontres, comme on le fait pour tout auteur en déplacement, il avait choisi de développer cet angle qui l'intéressait lui, celui du fait divers, ne craignant pas d'affirmer que ce qui me fascinait le plus dans la région, ce n'était pas la forêt profonde ni les verts pâturages, mais la disparition de Commodore. Il disait en conclusion qu'en plus d'en faire un feuilleton, peut-être même que ça inspirerait mon prochain roman… Le con.

La photo était celle qu'il avait prise pendant l'interview, j'y affichais ce sourire gêné qui me donne un air distant, en arrière-plan on voyait le banc perdu au milieu de la grand-place, le banc de Dora, là pour de bon je me retrouvais lié à leur histoire, en pleine page dans le journal, pour de bon je leur étais associé !

Mme Meunier restait figée à côté de moi, au pied de son grand escalier. Elle me regardait lire en suivant mes réactions. J'étais tellement désarmé que je lui rendis son journal en haussant les épaules, mais elle me remit la photo sous les yeux, cette photo qu'elle avait déjà vue dix fois.

— Dites, il aurait tout de même pu vous photographier dans l'autre sens !

— Pardon ?

— Ben oui, il aurait pu prendre la photo dans l'autre sens, qu'au moins on voit l'hôtel… Là on ne voit rien ! On vous voit vous bien sûr, mais la grand-place dans le fond, ça ne rime à rien.

— Mais, Mme Meunier, dans cet article il n'y a rien d'autre qui vous choque ?

— Quoi donc, qu'il parle encore de Commodore ? Qu'est-ce que vous voulez, ça fait vendre cette histoire... Et puis c'est normal, vous êtes toujours fourré là-bas. Hier il y a encore deux gendarmes qui sont venus.

— Pour moi ?

— Oui, ils m'ont juste posé deux trois questions, pour savoir si vous dormiez là et si vous receviez du monde.

— Mais, Mme Meunier, il fallait me le dire...

— Je vous le dis !

— C'est tout ce qu'ils voulaient savoir ?

— Oui, et aussi depuis quand on vous connaissait.

— Et alors ?

— Eh bien, je ne leur ai rien dit d'extraordinaire.

— D'accord, mais vous leur avez répondu qu'on se connaissait depuis quand ?

— Oh, ça fait bien un an que Marie et Michel nous parlent de vous et qu'on vous suit, moi j'ai lu tous vos livres, de temps en temps je vais même voir si on parle de vous sur Internet, oui ça fait bien un an.

— Mais Mme Meunier, on ne se connaît pas depuis un an !

— Moi si.

— Mais non, vous n'avez pas pu leur dire ça, moi je n'étais jamais venu ici avant...

— Vous n'étiez pas venu au printemps pour un salon du livre ou quelque chose comme ça ?

— Mais pas ici, une fois à Chalon et une fois à Nevers, mais je n'étais encore jamais venu ici...

— Qu'importe, vous êtes déjà bien venu dans le coin, puisque c'est comme ça que Marie et Michel vous ont rencontré...

— Mais c'était à plus de cent kilomètres !

— Oh, écoutez, j'aurais mieux fait de ne pas vous en parler. Mais bon, je n'allais tout de même pas leur dire que je ne vous connaissais pas, au contraire, moi je vous aime bien, je les ai lus vos livres, moi !

— Mais ce n'est pas parce que vous m'avez lu que vous me connaissez !

Elle encaissa ma réponse, se figea un temps et ne dit plus rien, puis elle se détourna avec une froideur inhabituelle, me laissant ce journal grand ouvert dans les mains. Je savais l'avoir atteinte, je m'en voulais, et lui en voulais à elle de laisser croire n'importe quoi aux gendarmes.

Je n'arrivais pas à avaler mon petit déjeuner. Face à ce journal déplié, je me sentais souillé, sali par ce rapprochement désastreux, sans parler du malaise dans lequel ça me foutait vis-à-vis de tous ceux qui lisaient l'article en ce moment même, à commencer par cet Aurélik, cet inconnu dans sa prison, sans doute qu'il était tombé là-dessus, qu'on lui avait montré, il devait se demander qui c'était cet écrivain rôdant autour de son histoire, autour de sa maison, autour de sa femme. C'était glaçant d'imaginer qu'il puisse se faire tout un film à partir de ce papier-là. À sa place, j'aurais très mal pris qu'un inconnu se mette à fouiller dans mes affaires, à piétiner mon crime et à approcher ma compagne. Et les gendarmes en lisant ça, encore une fois ils allaient me bombarder de questions. Mais surtout, là où ce papier était le plus dommageable, c'était vis-à-vis de tous les gens d'ici, ceux qui m'avaient invité, les libraires, le maire, tous ces gens qui m'ouvraient leur porte, vis-à-vis d'eux tous cet article résonnait comme un manque total de reconnaissance, je leur faisais clairement comprendre que ce qui m'intéressait le plus ici, ce que je retenais de cette résidence, ça n'était pas tant la chaleur de l'accueil et la bonne volonté de chacun, mais ce crime à dix kilomètres de là. C'était horrible et profondément blessant, cet article me mettait en porte-à-faux par rapport à tous, il me détournait de tout le monde. Et le pire c'est qu'il disait vrai.

Je ne vais jamais écrire dans les cafés, ça ne me réussit pas, dans ce genre d'endroit tout me dissipe, le moindre bruit m'atteint et me déconcentre. Même pour surfer inutilement sur Internet. Seulement là je n'avais plus le choix. Dès que je me posais dans le hall de l'hôtel pour me connecter, Mme Meunier venait me parler en regardant l'écran par-dessus mon épaule. Pas impossible qu'elle suive depuis son ordinateur les sites que je tentais de visiter, ou qu'elle lise mes mails par écran interposé. À l'instant où j'ouvrais mon ordinateur j'étais submergé par un sentiment de paranoïa totale. Peut-être que les flics eux-mêmes me surveillaient à distance, après tout rien n'est plus simple que d'espionner la navigation de quelqu'un, surtout pour des enquêteurs, je voulais me prémunir de tous ces risques-là, d'autant que cet après-midi je voulais lancer des recherches sur Dora et Aurélik, voir sur le Net ce qu'il y avait sur eux, et ce qu'on disait de l'usine aussi, visiter tous les forums et consulter cette fameuse pétition des activistes.

Au café du Centre, en haut à gauche de la place, ils avaient le Wi-Fi. Du moins c'est ce qu'ils me répondirent quand je poussai cette porte à la sonnette surprenante, un ding excessivement tonique. Si ce n'est que le Wi-Fi au café du Centre n'était pas accessible en réseau partagé, pour se connecter il fallait d'abord reporter le mot de passe complet, trente chiffres inscrits au dos de la box, mélangés à des lettres, ça relevait de l'épreuve. Depuis mon arrivée à Donzières je n'étais encore jamais venu dans ce café, je ne m'y étais même pas présenté, et pourtant deux minutes après y avoir mis les pieds je me retrouvais déjà derrière le bar, à me contorsionner dessous pour déchiffrer le code minuscule inscrit sur ce boîtier inaccessible. C'était hautement périlleux, la box était inamovible, ligotée par des tas de fils hypertendus, je manœuvrai tout un imbroglio de lignes groupées m'empêchant de pivoter l'engin pour voir au dos, m'obligeant à me pencher sous le présentoir à tabac avec une lampe de poche, tout en veillant à ne pas gêner la patronne qui assise sur son tabouret validait des tickets de PMU.

— Oh, l'écrivain, va pas nous dérégler la télé !

L'atmosphère était teintée d'un mélange de café chaud et de calva. Il y avait trois clients en salle, plus le patron au bout de son bar, la patronne à son guichet. Les clients suivaient des courses hippiques à la télé avec une attention toute relative, faisant des paris à l'instinct, toutefois dès qu'ils comprirent que je risquais de leur couper l'image en manipulant les câbles, voilà que ça devint très important de voir galoper ces chevaux.

Une fois le mot de passe entré, je me posai à une des tables au milieu de la salle pour me connecter et je commençai de naviguer.

— Et alors, on boit rien ?

— Si, un Perrier.

Le patron me le servit glacé dans un verre rempli de glaçons, avec une rondelle de citron ramollie et pâle, je ne me sentais pas de lui faire une réflexion.

En me connectant à ma boîte mail, l'ordinateur émit un gigantesque bruit de succion et un beau paquet de messages s'afficha. Je craignais déjà que ce ne soit des mails consécutifs à mon apparition dans le journal, des courriers alarmants, mais il y avait surtout des pubs pour des mutuelles, des astuces pour maigrir, des demandes de retour pour des vêtements que je commande par Internet et qui ne me vont jamais. Au milieu de ça, un vrai mail tout de même, la médiathèque d'hier qui me demandait ma date de naissance et mon adresse postale pour établir le dossier. Une fois que j'eus fait le tri, le résultat était décevant. Par ailleurs, comme je ne m'étais pas connecté depuis cinq jours sur les réseaux sociaux, on m'y avait déjà oublié. Depuis mon arrivée ici j'étais sorti d'un monde virtuel pour basculer dans un tout autre monde, mais tout aussi épieur, les rumeurs et la curiosité y étaient vivaces, on s'y suivait d'encore plus près que sur Facebook.

Je me mis alors à chercher des infos sur Dora et Aurélik. J'ai souvent le réflexe d'aller voir sur Google quand j'entends parler de quelqu'un, on y découvre toujours quelque chose, comme là, rien qu'en associant les trois noms « Commodore » « Dora » et « Aurélik » dans la barre de recherche, je tombai directement sur un grand nombre de liens. En premier lieu il y avait tous ces articles que j'avais déjà lus, des papiers mis en ligne par les journaux, je retrouvai aussi ces photos de L'Épeau qui m'étaient maintenant familières, mais en cliquant sur la sixième occurrence, une page s'ouvrit et me cingla pire qu'une claque, c'était une photo de moi qui s'afficha en grand sur mon écran, avec au-dessus le titre du journal « L'auteur d'un crime sans auteur » ! Cette fois encore mon nom était associé à l'affaire, de fait j'y étais mêlé. Je lançai la recherche dans la rubrique « Images » et là mon visage ressortit en premier, toujours cette photo de moi devant la grand-place. Du coup je lançai carrément une nouvelle recherche dans la rubrique « Actualités » en associant les trois noms et en y ajoutant le mien, de nouveau s'afficha cette même occurrence, toujours cet article « L'auteur d'un crime sans auteur », il n'y avait que cette seule réponse en haut d'une page blanche, comme s'il devait y en avoir plein d'autres à venir. Là encore je cliquai sur « Images » pour voir à quelles photos me renverraient ces quatre noms, et je me vis là encore en plein écran !

Ça fait un choc de retrouver son nom environné des mots « crime », « disparition », « dissimulation de cadavre », « prison »... jusque-là je m'en étais tenu à la fiction.

La porte du café retentit de sa sonnette crispante. Un grand bonhomme entra, le mégot allumé au coin des lèvres, au passage il me gratifia d'une évasive poignée de main et me dit :

— Alors, l'écrivain, t'es dans le journal ? Faudra qu'on se parle.

C'était ce gars du premier soir, avec les bottes jaunes et l'habit de garde forestier. Dans mon dos il rallia les trois autres. Ils ne se saluèrent pas, signe qu'ils s'étaient déjà vus. Je l'entendis leur dire que tout était prêt, qu'il prenait juste un café noyé et qu'ils y allaient. J'aime écouter la conversation de la table d'à côté, en toutes circonstances, c'est presque un loisir. Là, j'en déduisis qu'ils allaient charger du bois je ne sais où, pour en faire je ne sais quoi. L'un d'eux suggérait aux autres de ne pas traîner, il ne voulait pas se faire piéger par la nuit, un autre disait qu'il avait oublié ses gants, ce qui lui valut d'être raillé par le groupe, ici on ne devait pas faire l'aveu d'avoir les mains fragiles. J'avais ôté la photo de moi de mon écran et faisais semblant de lire mes quelques vieux mails de la semaine dernière, je les trouvais tous anachroniques, venus d'un ailleurs oublié. Depuis le début de mon séjour ici j'avais la sensation d'avoir considérablement changé, cet environnement, cette ville, cette forêt me dénaturaient en bouleversant non seulement mes habitudes, mais également ma façon de voir les choses. Le patron s'était mêlé à la conversation des hommes derrière moi, je compris qu'il était question de stères à répartir entre les uns et les autres, ils discutaient du prix du mètre cube, une sorte de marché noir, rien de bien méchant.

Maintenant que j'avais l'image de ce type qui fourre son nez partout et se retrouve en grand dans le journal au même titre que les assassins, je me faisais tout petit, je savais bien qu'ils me prenaient pour un parasite hébergé aux frais de la princesse, pour eux je ne méritais que mépris et tutoiement. En les entendant se lever, par pur réflexe je leur demandai s'ils allaient vers les bois, du tac au tac le type aux bottes jaunes me répondit :

— Pourquoi, tu veux venir ?

— Pourquoi pas.

— Ben viens. À la limite je vais te dire, tu tombes bien !

Visiblement, à la manière qu'ils eurent tous de se marrer en me regardant de haut, ils avaient une idée derrière la tête. Le petit avec la casquette me confia juste :

— Faudra pas venir te plaindre après !

Je refermai mon ordinateur et le calai sous mon bras, je n'avais pas la housse de protection mais ça irait comme ça. Au moment de me diriger vers la sortie, le patron du café me jeta un regard désapprobateur.

— L'écrivain, tu ferais mieux de laisser ton engin là.

— Non, c'est bon.

— Le Perrier je veux bien te l'offrir, mais c'est mieux si je te le propose avant…

Tout en retenant cette porte à l'affreuse sonnette je lui désignai le billet de cinq euros que j'avais glissé sous la soucoupe, à côté de son foutu verre glacé auquel je n'avais pas touché, et lui rétorquai crânement :

— C'est bon, gardez tout !

Le syndrome Lévi-Strauss, dès que je me retrouve au milieu d'un groupe quel qu'il soit, aussi bien une salle de classe que des lecteurs en librairie, ou comme là quatre forestiers soudés par le non-dit, ça revient toujours à ça : je me retrouve confronté à une structure sociale organisée, des êtres soudés qui se connaissent et sont coutumiers du cadre environnant, alors que moi je suis un novice, je découvre tout, le groupe comme le décor, la région comme parfois le pays, en position de candide total. Histoire de désamorcer toute timidité, de déminer toute appréhension réciproque, au début j'ai toujours envie de leur dire : « Je viens vers vous en ami, ne le prenez pas mal ! »

Là, à l'arrière du camion, je ne disais rien. Je ne pouvais tout simplement pas parler. J'étais calé au fond de la cabine, derrière les sièges, un peu comme un chien de chasse. Par la vitre sale, je déchiffrais le dehors, je voyais le plateau du camion à ciel ouvert, la bâche repliée sur ces arceaux. Je tendais l'oreille mais je n'entendais pas ce qu'ils se disaient tous les quatre. Ils s'étaient serrés sur les trois sièges à l'avant du véhicule, un genre de vieux Berliet militaire à six roues motrices, ça faisait un boucan terrible, pire qu'un char. À chaque changement de vitesse, l'arbre moteur produisait un raclement d'embrayage qui déchirait le cœur, un à-coup qui nous secouait comme dans un manège, et le moteur engagé sur son nouveau rapport reprenait son grognement de molosse entêté et nous hissait vers la forêt. À un moment je me suis penché vers eux et j'ai forcé la voix pour demander à notre chauffeur pourquoi il portait des bottes jaunes. Il me fit répéter la question trois fois avant de m'expliquer plein d'ironie que ça venait d'un surplus d'équipementier de marins-pêcheurs à l'autre bout de la France, soi-disant qu'en Bretagne il n'y avait plus de pêcheurs mais qu'on fabriquait toujours autant de bottes, une blague sans doute. Je me doutais bien qu'à chaque fois que je leur poserais une question je devrais endurer leurs railleries d'autochtones, ce serait dur d'arriver à parler sérieusement avec eux de quoi que soit. C'est un peu la règle quand on vient se plaquer dans l'univers des autres, on endure toujours des plaisanteries. J'étais dans la situation du type très loin de son contexte, un écrivain qui plus est, et avec sa photo dans le journal à propos d'un fait divers, le style de gars qu'on se fait un plaisir de mettre en défaut, surtout qu'en la circonstance ils voyaient bien que j'étais complètement largué. Je repensais à l'image de cet albatros qui avait nourri mon imaginaire d'enfant, très prémonitoire mise en garde.

Je leur demandai alors leur prénom, ce qui ne manqua pas de les étonner, mais j'eus à peine le temps d'entendre « Francis » et « Bob » qu'un coup violent d'embrayage me fit refluer vers l'arrière, je giclai comme quand on se prend la bôme d'un voilier, le camion venait de rétrograder de la seconde à la première. Cette fois on avait quitté la route pour s'engager dans un chemin étroit qui taraudait la forêt, ça secouait méchamment, on avançait lourdement en écrasant des cailloux. Par la petite vitre arrière je voyais la cime des chênes de plus en plus denses, qui me volaient inexorablement le ciel. Après quinze bonnes minutes de ces soubresauts on s'arrêta au beau milieu d'une futaie d'arbres mastodontes. Je descendis le dernier, me dépliant péniblement, mon ordinateur stupidement à la main comme s'il y avait un risque à le laisser dans le camion. Face à nous, je découvris un véritable mur de bois d'au moins dix mètres de long et deux mètres cinquante de haut. Je compris tout de suite que le but de la manœuvre serait de transférer toutes ces bûches de l'air libre au camion. Les quatre bonshommes examinaient cet amoncellement énorme avec consternation. Dans leur bouche à tous j'entendais fuser ce même mot « les cons ».

Je me rapprochai de Francis, celui qui portait les bottes jaunes, pour savoir ce qui n'allait pas.

— Le problème, tu le vois pas le problème ?

— Non.

— Eh ben ça tu vois, c'est les conneries de Commodore.

— C'est son bois ?

— Oui c'est son bois, tout autour c'est son bois, et tu peux faire cinq kilomètres par là, et même par là, c'est encore son bois.

— D'accord, mais c'est quoi le problème ?

— Eh ben vas-y l'écrivain, laisse ton informatique et commence donc à attraper les bûches, tu vas vite comprendre où il est le problème...

C'était de bonne guerre de me mettre à l'épreuve, je le prenais comme un genre de bizutage. Je posai mon ordinateur et m'approchai de ce rempart de bois, seulement en essayant de prendre une bûche en haut du tas, je réalisai que c'étaient des bûches indéboulonnables de chêne dense...

— C'est trop haut !

Plutôt que d'entamer une quelconque manœuvre ils s'assirent tous sur des bouts de troncs et firent passer un paquet de cigarettes. Francis partit chercher une gourde dans le camion et revint se poser.

— Connards de Polonais, lâcha le petit à la casquette, visiblement il supportait mal d'être dominé par ce mur de bois.

— C'étaient pas des Polonais, rectifia Francis en faisant circuler la gourde.

— C'est pareil, c'est des mules ces gars-là... Regarde-moi ça, c'est même pas de la sciure, c'est de la poudre, t'imagines dans quel état devait être leur tronçonneuse. Et ces canettes partout par terre !

Francis m'expliqua qu'au nombre de ses arrangements avec ses locataires, le vieux avait confié à Aurélik et à Dora la coupe de son bois. Ces derniers temps, Commodore vendait des stères un peu partout, surtout du côté des maisons neuves, ces pavillons habités par des nouveaux venus qui n'avaient pas de terrains boisés. Il en vendait aussi à des gens de la commune, et à d'autres qui n'avaient plus la force de le couper, et puisque ces derniers temps tout le monde se remettait à se chauffer au bois, au marché noir ça devenait un vrai business, sûrement plus encombrant que le cannabis mais rudement moins compromettant.

— Ces stères elles sont déjà payées, faut bien les livrer tu comprends, c'est des troncs qu'ont déjà séché.

— Et c'est Dora et Aurélik qui ont coupé tout ça ?

— Tu parles, c'est des amis à eux, il en débarque toujours avec des voitures immatriculées de partout, ils crèchent ici une semaine et ils repartent. Regarde comment ils ont coupé ça, pas une bûche de la même taille... Ça se dit écolo mais c'est pas foutu de couper du bois !

— Des écolos ?

— Tout ça c'est la même bande, me répondit Bob.

— La bande de ceux qui veulent faire un campement ?

— Lui réponds pas, lança sèchement Francis à Bob, on ne parle pas de ça, un écrivain ça répète tout.

Là-dessus, le silence répandu sur ces milliers d'hectares se concentra sur nous. Je les voyais qui se consultaient à coups de regards, à croire que quelque chose de trop avait été dit, que je n'avais pas à être là, le malaise flotta un bon moment, revenant toujours sur moi. Puis c'est Francis qui s'y colla.

— S'ils le montent leur campement, ça durera des années leur bordel...

En gros il souleva le paradoxe, Commodore avait vendu soixante hectares de ses bois pour que l'usine s'installe près de la rivière et de la route, mais, dans le même temps, la ferme de ses locataires allait servir de tête de pont aux opposants à cette même usine… Le domaine de Commodore devenait une pièce maîtresse pour les deux camps, tant pour les industriels que pour les activistes, ça le rendait incontournable.

— Et alors, c'est des activistes qu'ont coupé ce bois-là ?

Ils me regardèrent tous sans me répondre, mais avec un fond de réprobation dans les yeux.

— C'est ça ou pas ?

— Les gars qui ont coupé ce bois-là, ils créchaient en bas dans la grange de ta copine, y a un mois ils bricolaient des cabanes et des plates-formes à fixer en haut des grands chênes, leur idée c'est de s'installer là-dedans pour empêcher les travaux…

— Pourtant je suis allé plusieurs fois en bas et je ne les ai jamais vues ces cabanes.

Là-dessus aucun n'ajouta quoi que ce soit, comme s'ils savaient où elles étaient.

— Et ces gars alors, ils sont où ?

— Tu te doutes bien qu'avec ces gendarmes qu'ont débarqué de partout ça les a refroidis… Depuis la mort de Commodore ils se sont envolés.

— Mais c'est pas dit qu'il soit mort.

L'ange qui passa n'oublia personne. La forêt autour de nous redoubla son silence, pas un son pour distraire la perplexité qui plombait tout. Je sentis que je rôdais au seuil d'un non-dit imprenable, et de voir ces quatre farouches en treillis, avec ce petit brouillard alcoolisé devant le visage, de voir ce camion hors norme à côté de moi et ces bois profonds gagnés par l'ombre, de sentir ce froid qui montait à mesure que le jour baissait, je me dis que tout ça pourrait basculer à tout moment et se retourner contre moi. À cet instant, j'eus un flash, il suffirait qu'ils me plantent là, sans une barre à mon téléphone déchargé, et à la nuit venue c'est sûr que je me paumerais, je marcherais pendant deux jours ou je crèverais de froid ou bien bouffé par les ronces... En ville, ils leur diraient simplement que je m'étais perdu, si ça se trouve je ne m'en sortirais pas.

— Dis, l'écrivain, tu sais des choses sur la gamine ?

Dans l'intonation de Francis, je compris le double fond de sa question. Il attendait moins d'en apprendre qu'il ne redoutait que je n'en sache trop. Si ça se trouve c'étaient eux, eux tous ici qui avaient quelque chose à cacher, Dora aussi bien qu'eux, et ils se méfiaient tous que je mette le nez dedans.

— Je ne sais pas de quoi vous voulez parler. Cette fille, je ne l'ai vue que deux fois, et pas longtemps. Elle ne m'a rien dit.

— Me prends pas pour un con, tu la vois tous les jours et en plus tu parles d'elle dans le journal.

— Non mais ça, c'est le journaliste qui a déliré !

— Puisque tu dis que tu vas écrire sur eux, elle ne se serait pas un peu confiée par hasard ?

— À propos de quoi ?

On ne débarque pas impunément dans la sphère des autres. On ne joue jamais sur le terrain des autochtones sans en payer le prix fort à un moment ou à un autre. Surtout que ces types-là se connaissaient depuis toujours, ils fonctionnaient entre eux depuis des générations, peut-être que Dora et Aurélik eux-mêmes s'étaient fait piéger, au point de devenir les instruments de ces indigènes, de ces locaux qui contrôlaient tout. La forêt est un monde à part, avec ses lois et ses secrets, j'étais comme le type largué en pleine mer qui réalise qu'il ne sait pas nager. J'eus alors cette vision, et si c'étaient eux qui avaient dessoudé Commodore et qu'ils faisaient porter le chapeau à Aurélik, histoire de complètement déblayer le terrain…

— Dis l'écrivain, je n'ai pas de conseil à te donner, mais je vais t'en donner un quand même : laisse-la tomber.

— C'est une menace ?

— Non, c'est pour toi que je dis ça. Méfie-toi d'elle c'est tout, cette fille elle est capable de t'embobiner, elle les embobine tous…

Dans le prolongement de cette parole ils me fixèrent tous les quatre. Je flottais dans ce vertige d'après la plaidoirie du procureur, une fois que les mots vous ont glacé le sang, que toute issue est compromise. Je me sentais piégé, autant par Dora que par eux. À moins que ça n'ait été d'eux que je doive me méfier, quatre vieux chasseurs trouvant bien plus de plaisir à jouer avec le gibier qu'à le tuer.

Là-dessus Francis referma la gourde d'un coup de paume, puis il se leva en lâchant dans une intonation de sergent :

— Bon, on s'y met, dans une heure il fait nuit.

Se lancer dans l'effort réquisitionne tout le corps et dissipe toute arrière-pensée. En m'emmenant avec eux, non seulement ils avaient réussi à me manipuler et à me coller la pression, histoire de me foutre les jetons, mais en plus ils avaient trouvé le pigeon idéal pour les aider à transbahuter le tas de bois, un candide qui aurait mauvaise grâce de se plaindre quand il se hissait sur la pointe des pieds pour faire basculer les bûches du haut, quitte à se les prendre sur le crâne, à chaque fois que j'en décrochais une elle m'arrivait en pleine tête, j'avais déjà deux taillades sur le front. De ma propre initiative, je me démenais pour faire dégringoler les faîtières, je les agrippais du bout des doigts pour les déséquilibrer. Les quatre bonshommes s'étaient mis un peu en retrait et me regardaient faire sans réaction particulière, je faisais tomber toutes les bûches du haut, en vrac, sans me soucier de l'ordre, fatalement, celles à terre me faisaient trébucher quand je coulissais le long de la fortification, mais en dix minutes j'avais étêté le sommet, un mikado de bûches anarchiques gisait au pied du mur de bois.

— C'est déjà mieux.

On mit plus d'une heure à remplir le camion en faisant la chaîne humaine. C'est toute une science de disposer des bûches inégales sur le plateau d'un camion pour en faire un tas solidaire et cohérent, Francis dominait parfaitement l'agencement. Une fois le travail fini on se posa tous sur des souches en se passant la gourde. Devant nous il restait encore un bon tiers du mur, il leur faudrait revenir demain à l'aube. Le plus vieux de l'équipe, le propriétaire de la ferme où serait remisé le bois, proposa qu'on soupe tous chez lui, à la ferme de Challoy. Personne ne répondit, chacun regardait ses mains pour en éliminer des blessures plus ou moins abstraites.

La nuit tombait salement, assombrissant les bois et repoussant les limites du décor, nous perdant plus encore dans cette forêt abyssale. Ce long effort m'avait bien plus entamé qu'eux, semblait-il. Pourtant ils étaient tous largement septuagénaires, mais sacrément endurants, déjà ils se relevaient pour s'épousseter le pull. Ils firent encore circuler cette gourde remplie de vin rude qui désaltérait, ça faisait remonter en moi tout un atavisme de la soif, d'avant l'eau de table, du temps où le vin ne servait à rien d'autre qu'à ça, à récupérer après l'effort.

Je regardai du côté de ce chemin qui continuait là-bas dans la nuit, il paraissait sans fin. Sans rien révéler de ce que j'avais vu des plantations de Dora, je leur demandai juste :

— À votre avis, ça existe des endroits encore plus paumés que celui-là, je veux dire des coins où personne ne va jamais ?

— C'est sûr.

— Des coins où même les chasseurs ne mettent pas les pieds ?

— De nos jours y a trop de gibier, alors c'est plus la peine de marcher loin dans les bois pour prélever ce qu'on veut… !

— Donc, il y a encore des zones où personne ne fout jamais les pieds ?

— De plus en plus même… Pourquoi, l'écrivain, t'as quelque chose à planquer ?

— Non, c'est pour savoir.

On reprit le chemin dans l'autre sens, mais avec quatre tonnes de bois dans les flancs, notre camion avançait encore plus pesamment, plus bruyamment, personne ne disait plus un mot, j'étais bercé comme un môme, la fatigue me gagnait dans un fourmillement délicieux, mais il y avait toujours une secousse pour redresser tout le groupe. En revenant sur la route, mon téléphone se mit à vibrer dans la poche de mon jean, de nouveau je captais. J'avais trois appels en absence, trois fois le même numéro, ce parfait numéro dans la grâce de ses chiffres pairs. Il y avait aussi un message, en collant bien le portable à mon oreille j'arrivai tout de même à l'écouter, rien dans sa voix ne trahissait l'urgence, au contraire, elle me disait juste cette phrase étonnante, dans un grand calme, « Passez demain matin. J'ai des livres pour vous… Merci à demain. »

On roulait maintenant plus souplement. On traversa Marzy plongé dans la nuit, on ne voyait personne, pas de lumière, les volets étaient clos, on n'aurait su dire s'il était 19 heures ou minuit. En y repensant, j'étais impressionné par l'endurance de ces quatre bonshommes et leur manière de faire le travail sans se parler, tous synchronisés, se pigeant d'instinct comme une colonne d'assaut, de la même façon qu'ils devaient chasser depuis toujours ou qu'ils avaient fait l'armée. À la limite avec leurs attitudes et leur treillis, leur vigueur et leurs pognes solides, ne craignant ni le froid ni les bois, pas plus que la nuit ou la mort, je sentais bien que ces gars-là seraient capables de tout, et pourquoi pas de buter Commodore, et par contrecoup de déjouer toute une bande de militants ou de les malmener, manière ultime de les intimider avant même qu'ils agissent.

Tout d'un coup, une pluie diluvienne s'abattit sur la route, ce genre d'averse torrentielle dont on se dit qu'on est chanceux d'y avoir échappé, qu'à une demi-heure près elle nous aurait trouvés dans le bois et nous aurait trempés jusqu'aux os. Une fois arrivé à la ferme, je respectais le rite de me déchausser avant d'entrer, on déposa tous nos chaussures boueuses dehors devant la porte, sous une sorte d'auvent, et on se rendit pieds nus dans la cuisine. On s'attabla sans vraiment faire les présentations, la table était déjà mise et la femme du vieux Bob rajouta une assiette pour moi, sans le moindre état d'âme. Un rata mijotait sur la cuisinière à bois, une soupe faite de poitrine de porc, de pommes de terre et de tomates, dans l'assiette c'était délicieusement gras et ça réchauffait profondément. Entre eux ça devait être un code, mais ils se mirent à parler de Charles, lui trouvant toutes les qualités à ce Charles, visiblement ça les amusait beaucoup de parler de ce Charles devant moi, sans que je sache qui il était ce Charles, avant que je pige que c'était le prénom du cochon que j'étais en train d'avaler. C'était bien Charles que je mastiquais à pleines dents et qui me réchauffait le ventre. Les cons, ça les faisait marrer, soudain j'avais face à moi l'image de quatre anthropophages prêts à me bouffer. Ça faisait froid dans le dos.

C'est là que Francis me cueillit en me demandant juste :

— Et ton machin il est où ?

— Mon ordinateur !

Je l'avais laissé dans les bois. Sous la pluie…

À partir de là je n'étais plus rien.

4

— Non… Tout mais pas ça !

C'était l'enfer. J'avais beau les lancer le plus loin possible, ils refusaient de couler ces foutus jerrycans, ils restaient désespérément à la surface et surnageaient en noyés accusateurs, comme des cadavres qui nous narguaient. On était pourtant montés sur un éperon rocheux surplombant le lac, c'était peut-être ça l'erreur, parce qu'en les balançant un par un depuis cette hauteur, ils étaient d'abord tous retombés à plat à la surface de l'eau, avant de continuer de flotter imperturbablement, sans s'enfoncer. Depuis que je la connaissais, je savais Dora d'un sang-froid total, jamais je n'aurais imaginé que cette fille puisse se mettre à paniquer, à craquer, et néanmoins elle en tremblait de voir le spectacle de tous ces jerrycans insubmersibles qui nous bravaient en s'éloignant du bord, ils dérivaient comme autant de preuves bravaches refusant de sombrer.

— Il faut y aller !

— Mais ça va pas, Dora ! On va pas plonger là-dedans, elle est glacée.

— C'est une catastrophe, faut faire quelque chose…

Elle se raccrocha à moi et me serra fermement dans ses bras, de nouveau je retrouvais cette odeur d'ambre et de patchouli, la chaleur de ses cheveux doux, mais aussitôt elle me repoussa pour s'écarter, elle m'avisa froidement de ce qu'elle voulait faire et sans autre précision elle se rua vers la pente qui nous séparait de l'eau et la dévala, elle dérapa sur la terre meuble en s'engageant trop vite, je ne pus faire autrement que la rejoindre, je ne le voulais pas mais je le fis. Je me mis à l'eau parce qu'elle était prête à le faire, j'étais poussé par l'irrépressible envie de ne pas la décevoir, l'héroïsme me venait comme un mirage de conquête, j'avais enlevé mon jean et gardé mon tee-shirt, elle me disait de l'enlever ce tee-shirt, ça n'avait pas de sens de le garder, mais illusoirement il me tenait chaud. Je marchai dans l'eau au point d'en avoir jusqu'à la taille, à plus de vingt mètres du bord, le fond du lac se stabilisait et ne s'enfonçait plus, ça me permit de continuer à avancer sans m'immerger davantage. Je grelottais de tout mon corps en rattrapant le premier jerrycan, je réussis tout de même à le ramener à moi et appuyai dessus comme sur la tête d'un ennemi à finir de noyer, Dora comprit bien que ça me prendrait un temps fou de les faire couler tous, d'autant que quatre d'entre eux menaçaient de s'éloigner vraiment, alors elle ôta son jean et s'avança dans l'eau elle aussi, elle mettait une rage spectaculaire pour progresser dans ce lac glacial, elle se jeta littéralement sur le bidon le plus proche et le noya aussi radicalement qu'un chat, en l'injuriant, puis à dix mètres de moi elle se dirigea vers un autre qui s'écartait là-bas, mais le fond se déroba sous ses pieds et elle coula à pic, sans un cri, instantanément étouffée, j'ignorais si elle savait nager, dans un mouvement réflexe je plongeai vers elle mais elle ressortit devant moi, rejaillissant comme une gamine affolée, elle savait nager mais elle était suffoquée, elle continua jusqu'au bidon lointain et se rua dessus comme sur un traître, elle y mettait bien plus de hargne que moi parce que pour elle c'était vital que ces bidons-là disparaissent, ça le devint donc pour moi. Elle nagea encore plus loin pour rattraper celui qui d'entre tous s'était le plus éloigné, elle hurlait en appuyant dessus, mais il résistait comme une bouée, elle se hissa au-dessus de l'eau en prenant appui sur ce jerrycan retors mais il s'obstinait à lui glisser entre les mains et à ressurgir plus loin, je me doutais que le bouchon était fermé, j'avais beau le lui dire elle n'écoutait pas, le jerrycan s'enfonçait une seconde et réapparaissait à trois mètres de là, plus fort, plus fier, celui-là il fallait le laisser tomber, je nageai jusqu'à sa hauteur, là où l'on n'avait plus pied, dans cette eau saisissante c'était dur de se maintenir en surface, Dora était livide et blanche comme Ophélie, les cheveux plaqués sur le visage, elle en pleurait de l'avoir laissé partir ce bidon, elle m'agrippa dans un geste désespéré et là encore elle se raccrocha à moi en me prenant à pleins bras, me serrant trop fort, je lui gueulai de ne pas faire ça parce qu'on coulait tous les deux, je tirai sa main pour la ramener vers le rivage, dans un réflexe de survie elle épousa le même mouvement, on nageait vers la rive en se tenant main dans la main, je voyais nos habits sur le rivage, je les percevais comme ce qui aurait pu être les tout derniers indices de nos présences au monde, nos derniers signes de vie, on était à bout de souffle.

On s'essuya tous deux avec ma chemise en coton, dans le même mouvement on renfila nos jeans et nos blousons, assis l'un contre l'autre on regardait ce jerrycan félon dériver de plus en plus loin. Ce jerrycan-là, je me souvenais que l'autre soir c'était moi qui l'avais refermé, comme ça, simplement pour juger de l'astuce du mécanisme, alors que tous les autres étaient restés ouverts, celui-là je l'avais refermé, c'était de ma faute s'il flottait. En même temps, si les gendarmes le retrouvaient ce bidon, ça ne voudrait rien dire, sinon qu'on identifierait peut-être qu'il appartenait à Commodore, et dans le contexte ça pourrait orienter des fouilles vers le lac, qui sait, il y avait peut-être autre chose d'englouti là-dedans.

Je passai l'autre bras sur l'épaule de Dora pour l'enlacer, je me collai à elle pour nous réchauffer, elle avait la tête baissée, je cherchai son visage naufragé, enfoui sous ses cheveux trempés, je l'appelai, elle me lança un regard, et là je tombai sur des yeux implacables et noirs, des yeux perdus dans leur horizon de malédiction. Je lui demandai si ça allait, si elle avait froid, mais elle ne m'entendait pas, comme si je n'étais pas là, je découvrais une Dora intraitable et glaçante, une déesse féroce capable de se noyer ou de se taire, de garder la vérité au plus profond de l'abîme de ce regard. Me vint l'image de Commodore immergé pour toujours, quelque part là-dessous, au fond de cette eau, ou au fond de ses yeux à elle.

Dans la voiture en la ramenant chez elle, j'essayai de jouer l'imperturbable, je me montrai réconfortant en lui disant que maintenant tout allait bien, que tout était rentré dans l'ordre, elle pouvait être tranquille il n'y avait plus de trace, tout était enfoui.

— Non, il y a encore les plants.

— Les plants ? Mais Dora il faut laisser tomber tout ça, personne n'ira fouiller, avec ces pluies ils vont pourrir sur pied…

— Non, il faut vite s'en occuper, on est déjà trop loin en floraison, ils sont beaucoup trop hauts mais il y a plein de têtes.

— Des têtes de quoi ?

— Des fleurs, il faut les récolter.

— Dora, faut arrêter avec toutes ces conneries, laisse tomber tout ça maintenant…

— On se dit vous !

— Mais je m'en fous, tu vas pas retourner là-bas pour ramasser ces trucs…

— Aurélik a prévu de faire deux récoltes, une en juin et une maintenant, et si je ne le fais pas, il va devenir fou !

— Mais il est en taule, tu ne vas pas me dire qu'il n'a pas autre chose à penser… ?

— Non, s'il voit que j'ai perdu sa récolte, alors il va devenir fou.

Je m'arrêtai net sur le bas-côté pour la regarder en face.

— Dora, oublie ça, oublie-le, en tout cas jamais je ne refoutrai les pieds là-bas. Jamais plus je ne t'aiderai en quoi que ce soit.

— Pas grave. J'irai toute seule, mais j'irai.

— C'est ça, avec ton camion blanc ?

— Oui.

Avec elle ça n'en finissait pas, derrière une connerie il y en avait toujours une autre à enchaîner, cette fille tissait sa vie au fil d'une inconscience existentielle, elle vivait sur le fil vraiment. À moins qu'elle n'ait été sous l'influence de ce mec, car finalement c'est Aurélik qui l'embarquait dans toutes ces galères, ce type était tout ce qu'il y a de plus néfaste et de plus tordu, et elle, par faiblesse ou par bienveillance, elle le suivait. Cette fois je les cernais pour de bon, Dora n'était qu'une pure inconsciente sous l'emprise d'un parfait marginal, ils étaient de ces couples de rebelles qui se croient affranchis de tout, de ces asociaux qui passent leur vie à mépriser la peur et à transgresser les règles, qui se pensent au-dessus des lois comme des gendarmes ou même la mort, c'était rien d'autre qu'un couple maudit qui menait sa petite guerre contre le monde, ce qui faisait d'elle une fille à fuir de toute évidence. Enfin je les pigeais, et là, tout en redémarrant sur cette petite route, une indéniable perversité m'amena à essayer de la piéger en lui demandant de me décrire Commodore.

— Pourquoi tu me demandes ça ?

— J'entends tout le temps parler de ce bonhomme, mais je suis le seul ici qui ne l'ait jamais vu, pour le décrire tu dirais quoi ?

— Je ne sais pas.

— En deux mots ?

— Mais c'est bizarre que tu me parles comme ça, je suis trempée, j'ai juste envie de rentrer.

— Allez, décris-le-moi !

— Mais j'ai pas envie de parler de lui, quel intérêt il y a à parler de lui ?

— C'est pour m'aider, si je voulais écrire sur ce type, tu me dirais quoi ?

— Tu n'as qu'à demander aux autres.

— Non mais toi, quand tu le voyais il te parlait de quoi ?

— Mais je ne sais pas, un ancien militaire ça parle tout le temps de l'armée, de l'Asie, des combats, tout ça, il avait toujours plein d'histoires là-dessus, et puis il parlait de sa femme qu'est repartie vivre au Vietnam, enfin, à quatre-vingts ans on ne retourne pas vivre dans son pays, on va y mourir plutôt, et peut-être que je ferai pareil moi aussi quand j'aurai son âge, voilà, et puis il connaît tout des plantes, de la terre, des légumes, il nous a donné l'idée de produire des semences et des graines bio si un jour on voulait se lancer là-dedans, enfin, voilà, tu sais tout, c'est bon, tu vas me lâcher avec lui, j'en ai marre que tout le monde me parle de lui… ?

— Juste une chose, pour le qualifier tu choisirais quel mot, « sympa » ou « salaud » ?

— Non, c'est pas un salaud.

— C'est pas un salaud ?

— Non.

— T'en parles au présent.

— Quoi ?

— Tu m'en parles au présent, tu sais où il est ?

— Mais non, *c'est* ou *c'était*, c'est pareil, c'est la langue française qui cherche toujours à me piéger.

— Dora, c'est Aurélik qu'a déconné c'est ça ? Qu'est-ce qu'il en a fait ?

— Je ne sais pas, je te jure que je ne sais pas.

Une fois à L'Épeau Dora voulut que je reste, que je prenne au moins un café avant de repartir. Mais moi, tout ce que je voulais c'était rentrer bien vite à l'hôtel, m'extraire de tout ça, retrouver ma vie normale, et surtout je voulais me changer, chez elle il n'y avait pas de chauffage et on était trempés. Mais elle insista, elle n'avait pas envie que je reparte tout de suite, et puis il y eut l'odeur du café chaud qui montait dans la pièce, ces premiers crépitements dans la cheminée et cette manière qu'elle eut de se serrer tout contre moi pour nous réchauffer, tout cela finit par me convaincre de me poser un temps. Sentant qu'on grelottait, Dora partit vers la pièce du fond pour en revenir avec deux pulls et deux pantalons. Elle me tendit des affaires d'Aurélik pour que je me change maintenant. Elle avait raison. Ce n'était pas la peine d'attendre davantage et de repartir mouillé, elle m'assura que si en plus je rentrais à l'hôtel dans cet état, trempé de la tête aux pieds, la mère Meunier aurait vite fait de m'assaillir de questions pour savoir ce que j'avais encore foutu, et d'où je revenais, elle me ferait un tas d'histoires, quitte même à deviner que j'étais allé au lac. Dora voyait juste, signe que cette fille était lucide, qu'elle avait de la suite dans les idées, là encore elle finit par me persuader. Je gardai mon jean humide mais je passai le pull d'Aurélik, un pull de laine rouge beaucoup trop petit, avec un marteau jaune sur le plastron, je lui demandai s'il y avait une signification particulière, et elle me dit en souriant que c'était la mère d'Aurélik qui le lui avait tricoté, en Serbie, et qu'elle n'avait pas eu assez de laine pour la faucille...

On resta un long moment au-dessus de nos bols bouillants, sans nous parler, on ne faisait que laper gorgée par gorgée ce café brûlant, le bol serré entre nos mains pour nous réchauffer. J'inspectai ce pull. Je n'arrivais pas à savoir si elle était amoureuse de ce type, ce qu'il représentait réellement pour elle, ni si lui-même était une âme malmenée par la dureté du monde ou un vrai voyou. Dora gardait le regard plongé dans son café, toute recentrée dans son mystère, j'avais l'impression que je ne parviendrais jamais à la connaître réellement. Des tas de questions me brûlaient les lèvres, comme ce café. Je sentais bien qu'il valait mieux maintenir une distance, non pas pour cultiver le secret, mais pour me préserver des siens.

Tout de même elle faisait peu de cas d'Aurélik, ça ne semblait pas l'atteindre qu'il soit en détention, ou alors à vingt-neuf ans seulement, après une vie de déveines et de déracinements, elle était déjà délestée de toute colère et de toute douleur, elle n'en était plus capable. Et cette question pourtant toute simple à poser, de savoir si Aurélik était oui ou non impliqué dans la disparition de Commodore, s'il était en taule pour de vraies raisons, je ne réussissais pas à lui poser, j'avais trop peur qu'elle me dise oui, et que du coup j'en sache trop, il y a parfois des questions infranchissables, des zones d'ombre qu'il vaut mieux ne pas cerner.

C'est elle qui fit le tour de la table et vint s'asseoir près de moi, au plus près, avant de venir se poser sur mes genoux.

— « Je suis mauvaise, je suis abîmée, et personne ne peut me sauver... », tu sais de qui c'est ?

— Non.

— De Sarah Kane.

Elle se tourna vers moi, nos corps bien en face, elle me prit dans ses bras, s'abandonnant à moi comme à un grand frère, comme à un parent, sauf qu'elle prolongea incestueusement le geste et lova sa tête dans mon cou, me serrant plus fort, puis elle recula le visage et me regarda, visant ma bouche, avant de fondre dessus et de m'embrasser. J'étais dépassé par sa fougue et submergé par le reste, sa peau, son souffle, son odeur, sa peau que mes mains trouvaient sous son pull, ces gestes-là me venaient dans un élan lointain, sans réflexion, là sans bouger de cette chaise on accentuait le corps à corps, abandonnés à l'étreinte, se lever pour marcher vers la chambre aurait marqué un temps d'arrêt, une clairière dans laquelle la fougue aurait été surprise à découvert, la folie démasquée. Alors le désir nous charria jusqu'à terre, on se laissa glisser de la chaise, pris d'une bestialité qui nous venait du lac, et pourtant partout dans cette pièce comme depuis la cour je sentais la présence toxique de son mec, ce type qui devait sentir que j'étais là, je savais m'exposer à la jalousie folle d'un criminel ou d'un fou. Mais dans mes mains, cette fille devenait toute petite, entièrement contenue, plus aucune peur ne m'en séparait, la soif démente que j'avais d'elle balayait tout, je lui pris fermement le visage pour qu'elle me regarde bien en face, ses jolis yeux bleus de myope m'offraient un lac sans fond, elle à son tour me dévisagea, ce n'est pas moi qu'elle voyait, mais l'effet du vertige fou de son corps plaqué contre le mien, ses mains piégées cherchaient la chair, on était trop soudés, on n'arrivait même pas à se disjoindre pour nous délivrer de nos vêtements, nous libérer de nos jeans, et c'est là dans l'élan de notre mince passé que la brutalité me déborda et que je me soulevai d'elle pour tout déboutonner à l'arrache, j'entrai en elle avec la rage d'une peur dont depuis six jours elle m'électrisait, nos têtes ruisselaient encore du lac, puis il y avait les sueurs de cette boisson trop chaude qui nous mettaient en nage, on sombra littéralement l'un dans l'autre, on se noyait réciproquement dans cet oubli radical, c'est sans doute la plus primitive disposition de l'amour, elle le dos à terre et moi l'empoignant sans éloquence, sans grâce, sans pardon, je la pénétrai dans la colère exaspérée de ne pas pouvoir nous tuer, là tous les deux, immédiatement, dans le même mouvement, on se faisait mal à se prendre si fort, elle me mordait l'épaule comme un chien qui ne lâchera pas, je lui en voulais de me posséder si fort, on visait tellement le mal qu'on se faisait du bien, le sang à fleur de peau, on saignait d'ailleurs, moi de l'épaule, elle de plus bas, et tout ça nous décuplait de l'ivresse résolue de se vouloir tout entier, de s'introduire totalement, on n'en finissait pas de forcer l'étreinte, comme si on voulait entrer en l'autre de tout le corps, on se battait presque, lancés dans un corps à corps où le désir le disputait à la rage, et ça durait. À partir de là je me retins, je retins tout, je tins l'espace entier suspendu à cette jouissance-là, de venir ou pas, tout de suite, elle me regarda en se figeant, s'arrêtant net, une supplique dans les yeux, comme un moment de prière, me faisant comprendre d'attendre, d'un coup son visage était celui d'une sainte promise au merveilleux sacré, mais pas maintenant, jouir là serait la violation absolue de ce désir qui n'en finissait pas de monter, comme la rivière en bas qu'on avait franchie tout à l'heure, à la surprenante abondance, on se posa un moment, mon sexe en dedans du sien ne bougeant pas d'un millimètre, plus rien de moi ne bougeait, j'étais la pierre qui fend inutilement l'onde au fond du torrent, elle prit mon visage dans ses deux mains, elle me tenait comme un objet étrange sur lequel elle avait tout pouvoir, mais pour lui ôter aussitôt le plaisir de cette ascendance je la pilonnai de nouveau. J'étais cette masse qui prenait sa revanche sur ses humiliations récentes, toutes ces forces que je n'avais pas mises dans la bataille face aux trois gars dans cette même cour, elles galopaient au plus profond de moi avec une charge de retard, le quintal débordé par un alliage de désir et de vengeance, je ne m'arrêtais plus et Dora était plus folle que moi, même là je ne la dépasserais pas, même en lui faisant l'amour je n'atteindrais jamais le plus intime de ses sommets, alors je me laissai jouir en elle dans un mouvement de sabre, je décapitai en elle cette fraîche emprise qu'elle avait eue sur moi, je dominais tout ce lac qui m'avait envahi de froid et de peur et d'eau obscure, on resta par terre sur le carrelage glacé, comme si le lac avait encore gagné, comme si on ne se sortirait jamais de cette malédiction, de cet environnement voué à nous détruire et à nous glacer, je ressortis de l'amour avec l'appréhension magnifique qui nous assaille quand on vient de faire une belle connerie, je me sentais compromis jusqu'au seuil du crime, la tempe échouée sur ce carrelage, ce sol où ils avaient peut-être liquidé l'autre vieux fantôme d'à côté, ils en avaient nettoyé le sang, le sang de ce vieux fou qui menaçait sans doute de les balancer pour des histoires de stups. Je sentais que ce carrelage de tommettes rouges me disait ça, par flash il me renvoyait à ces images de sang épongé, à ce rouge pareil à notre sang à nous, celui qu'on venait tout juste de laisser là.

— Alors comme ça vous militez avec les écologistes ?

— Je vous jure que non.

— Mais vous l'avez bien signé cette pétition, on a retrouvé votre signature « contre la prolifération des algues vertes », il y a deux ans.

— C'est possible, je n'en sais rien, on me demande souvent de signer des pétitions, comme à tout le monde…

— Et vous dites oui à chaque fois ?

— Bien sûr que non, mais par Internet j'en reçois plein, du coup c'est facile, suffit de mettre son nom, son adresse, et voilà c'est signé.

Mme Meunier apporta un café serré au gendarme qui m'avait cueilli à froid. Il s'était pointé dans le hall pendant que je prenais mon petit déjeuner, puis il s'était avancé directement vers moi, je lui avais proposé de s'asseoir. Il se voulait rassurant en disant qu'il avait juste deux petites questions à me poser, parce que la veille il avait essayé de me joindre à l'hôtel, et même sur mon portable, mais ça ne répondait pas. C'était un type plutôt jeune, athlétique, inquiétant de vivacité intellectuelle. Tout en servant le grand adjudant, Mme Meunier me jeta un regard de mère affolée, elle passa sa main sur son visage pour dissiper son tourment et se détourna vite fait, comme si elle voulait apparaître le moins possible en la circonstance.

— Vous savez que ce n'est pas anodin de signer une pétition, mine de rien c'est un engagement, votre nom apparaît, il est associé à d'autres, et surtout il reste, je veux dire il reste pour toujours.

— Je ne vois pas où est le problème, tout le monde signerait une pétition contre la prolifération des algues vertes.

— Dans le cas qui nous occupe, le problème c'est que cette pétition émanait des Grüne Füchse : « les Renards verts », ça vous dit quelque chose ?

— Je ne parle pas allemand.

— Pourtant on a retrouvé votre nom à trois reprises sur leur site, et bien en évidence, « contre les algues vertes » donc, mais aussi « contre les gaz à effet de serre », et l'autre c'était, ah oui, « contre l'expulsion de Roms ».

— Franchement je ne me souviens pas d'avoir signé tout ça, et de toute façon je ne vois pas où est le problème.

— Le problème, je vais vous le dire où il est le problème...

Là-dessus le gendarme enquêteur sortit une carte IGN, qu'il déplia pour me la mettre sous le nez.

— Le problème, c'est que c'est à ce groupe qu'appartient le groupuscule qui projette l'action commando pour occuper les sources, là-haut sur la zone de L'Épeau, une zone que vous connaissez bien, je crois.

— Un peu.
— Alors, vous en pensez quoi ?
— Que vous au moins vous me vouvoyez.
— Pardon ?
— Votre collègue l'autre jour me disait tu, ça me mettait mal à l'aise.
— Question d'âge peut-être, je suis de la nouvelle génération.
— Parce que vous voyez qui c'est ?
— Qui donc ?
— Le gendarme qui m'a auditionné l'autre fois ?
— Dans le coin on commence à vous connaître, c'est le début de la célébrité peut-être ?

J'étais incapable de toucher à ces tartines de pain grillé que je m'étais préparées, je n'avais pas non plus touché à mes corn-flakes qui gonflaient sous la forme d'une pâte écœurante et débordaient de mon bol. Même le café m'écœurait. J'ouvris un minipot de miel, histoire de m'éclaircir la gorge, j'avais chopé froid hier dans le lac, toute la nuit j'avais frissonné de fièvre et de sueur, ce matin je n'étais pas dans mon assiette. Et ce militaire qui venait me cueillir au réveil, je ne savais plus trop où j'en étais, je craignais surtout de générer le doute en paraissant trop évasif. Et ce pull, je sentais que le regard du gendarme s'arrêtait sur mon pull bien trop petit, il était improbable ce pull rouge avec un marteau jaune, surtout que les manches m'arrivaient au milieu des avant-bras, peut-être même que l'enquêteur le reconnaissait ce pull, je sentais bien qu'il le regardait bizarrement. J'avais l'image de mon pull à moi, trempé, que j'avais laissé sécher chez Dora, elle l'avait mis devant la cheminée, j'avais voulu le reprendre en repartant mais elle voulait qu'il reste là, demain il serait sec. Bien sûr ça supposait que j'y retourne, d'une certaine façon je n'attendais que ça, de la revoir, il y avait des années que je n'avais pas ressenti ce désir total d'englober un être, ce matin encore je sentais mes muscles enveloppés d'une aisance douce en plus de la fièvre, alanguis d'une liqueur qu'elle m'avait instillée, c'était l'ivresse du lendemain, quand on sent qu'un déséquilibre nous pousse inexorablement vers l'autre et qu'on y pense en permanence, qu'il est là sous la forme du manque.

— Eh, oh, allez-y, mangez, je ne veux surtout pas vous couper l'appétit.

— Je n'ai pas faim ce matin.

— Alors comme ça, vous ne saviez pas que les Renards verts étaient liés aux activistes qui se mobilisent contre la Seriaf ?

— Non, les Renards verts, j'avais oublié ça.

— Alors je vous le redemande, vous êtes écologiste, oui ou non ?

— Comme tout le monde.

— Non, ce que je vous demande, c'est si vous êtes militant, si vous avez adhéré à un groupe quelconque, vous étiez abonné à leur page Facebook, c'est donc que vous leur versiez des cotisations ?

— Mais non, je n'adhère à rien moi, je ne suis militant de rien !

— Pourtant vous écrivez ?

— Quel rapport ?

— Eh bien on vous lit, vous avez un pouvoir, c'est pas rien ça ?

— Attendez, honnêtement vous aviez déjà entendu parler de moi ? Vous voulez me faire croire que vous connaissiez mon nom et que vous pourriez citer le titre d'un de mes livres... Tu parles !

— On se vouvoyait non ?

Alors tout s'embrouilla. J'en vins à me demander si je n'avais pas effectivement déjà entendu parler de cette histoire d'usine, il y a longtemps peut-être, et de ces Renards verts, ce logo me disait quelque chose, c'est vrai que je recevais leurs notifications dans le flux d'actualités, mais j'adhérais à tellement de groupes sur Facebook, j'y avais tant d'amis que je n'avais jamais vus... J'en vins à douter de tout, même de Dora, elle qui, pourtant, avait pris une telle importance pour moi ces derniers jours que j'avais la sensation qu'elle m'occupait l'esprit depuis toujours. Cet interrogatoire improvisé me déstabilisait, je me demandais même si ce gendarme assis face à moi ne nous avait pas vus hier au bord du lac, peut-être qu'il nous filochait depuis trois jours. Quand tout le monde se met à vous soupçonner comme ça, à vous regarder comme un suspect, plutôt que de se défendre et de déjouer toutes les questions pièges, le plus simple ce serait de dire oui à tout, de leur dire qu'ils ont raison, parce que c'est épuisant de devoir se justifier sur tous les points, oui sans doute que le plus simple serait de leur donner raison, j'entrevoyais là la perversité du mécanisme, celui de ces innocents qui n'en peuvent plus de se défendre et qui passent aux aveux uniquement parce que c'est plus simple, parce qu'au moins on leur propose un déroulement des faits, il n'y a plus qu'à dire oui pour que ça cesse.

Je devenais complètement parano. Dora m'avait contaminé d'une influence fatale, même mentalement je trouvais dangereux de prononcer son prénom, et cependant je n'en finissais pas de me le répéter, malgré moi elle insistait, sa bouche me manquait, sa voix, son accent...

— Ça va ?

— Oui, c'est juste que le matin, tant que je n'ai pas bu un café, je ne suis pas dans mon assiette.

— Je vois ça, vous êtes en sueur. Faut manger. Bon allez, j'arrête de vous embêter, d'autant que vous n'êtes pas très matinal à ce qu'on m'a dit. J'ai tout de même attendu 9 heures et demie, vous l'aurez remarqué ?

— Trop aimable.

— En tout cas, pour vous dire clairement les choses, si d'aventure vous vous souveniez de détails dont vous auriez eu connaissance, si des souvenirs vous revenaient ou si vous avez récemment appris des choses sur la disparation de M. Henri Commodore, je compte sur vous pour nous en parler, n'est-ce pas ?

— Henri ? Je ne savais même pas son prénom. Mais vous cherchez quoi, à me faire peur ?

— Non, c'est pour que les choses soient claires, c'est tout, vous avez le droit de voir qui vous voulez, seulement si vous détenez des éléments qui peuvent aider à la manifestation de la vérité, il faut nous les communiquer, parce qu'une non-dénonciation de crime c'est un délit, et sans vouloir vous affoler, en général ça vaut dans les trois ans ferme.

— Non mais attendez, vous me faites déjà mon procès là ou quoi ?

— Non, je rassemble des éléments pour celui de vos amis. Je m'excuse, mais dans la vie il faut assumer ses fréquentations, pas vrai ?

Le gendarme se leva et replia ses affaires, qu'il rangea soigneusement dans son cartable, il était élancé et sportif, très loin de l'image pittoresque du gendarme de campagne.

— Je vous laisse finir votre petit déjeuner tranquille. Je sais bien qu'au réveil, on n'a pas toujours les idées très claires, en même temps c'est un peu pour ça que je suis venu le matin...

Dans un réflexe servile je me levai pour le saluer.

— Qu'est-ce qu'il y a, vous voulez me suivre déjà ? dit-il en souriant.

— Non, non enfin je vous raccompagne.

Je lui emboîtai bêtement le pas comme si j'étais chez moi dans cet hôtel. On traversa le hall devant Mme Meunier qui ravala son air catastrophé, je suivis le gars jusque dehors.

— Ma femme a commencé de lire un de vos livres.

— Ah bon, et lequel ?

— Celui, vous savez, où le type se fait passer pour un autre, elle m'a raconté, apparemment on ne sait pas bien si c'est un brave type ou un meurtrier... Elle m'a dit qu'il était habillé tout en blanc et qu'au bout de trois jours il était plein de taches. Alors, vous pouvez me le dire à moi, cet homme qui débarque, c'est lui le meurtrier ?

— Je ne dénonce jamais personne.

— Je vois ça.

— Je plaisante, de toute façon c'était une fiction, ça n'a rien à voir avec moi.

— Ce n'est pas vous qui l'avez écrit ?

— Si, mais le personnage, l'histoire, j'ai tout inventé, ça n'a rien à voir avec la réalité.

— Je connais la musique, ils disent toujours ça…

— Qui ?

— Les auteurs pardi !

Encore une fois je tiquai sur le mot « auteur », il l'avait fait exprès, ça m'affolait d'être l'auteur de quoi que ce soit d'autre qu'un livre. Je le regardai monter dans sa Clio bleue garée juste là devant la porte.

— À bientôt.

Je ne lui répondis pas, mais son *à bientôt* lancé avec un fond d'ironie dans le regard glaçait le sang. D'ailleurs sur le coup je pensai à me tirer, à retourner chez moi à Paris, à les planter tous et à oublier tout ça. Seulement je ne le pouvais pas, vis-à-vis de tous ceux qui m'avaient invité ici je ne le pouvais pas, en plus ce serait furieusement suspect de disparaître sans prévenir. Et surtout je n'avais aucune raison de fuir. Rien à cacher. Il fallait presque que je m'en convainque, je n'avais rien à voir avec tout ça, j'étais innocent, à vrai dire je n'avais rien fait, ou si peu…

— Ça va ? me demanda Mme Meunier, avec l'intonation paniquée d'une mère.

Elle eut ce petit geste rassurant de m'attraper par le bras, tout en me faisant signe de rentrer. Une fois à l'intérieur elle attendit que je sois assis pour me lâcher sa sentence sur un mode totalement culpabilisant :

— Si vous savez quelque chose, il faut leur dire.

— Vous n'allez pas vous y mettre vous aussi.

— Je vous l'avais pourtant bien dit de ne pas traîner là-bas... Et vous, vous y allez tous les jours ! Faut pas vous étonner que les gens trouvent ça bizarre, même moi je trouve ça bizarre.

Je remontai dans ma chambre et restai un quart d'heure sous une douche chaude, la vapeur envahissait tout. Depuis la salle de bains j'entendis sonner le téléphone de la table de nuit, à trois reprises, les trois fois je ne répondis pas, cette sonnerie ne me plaisait pas. En descendant dans le hall, je vis Mme Meunier assise à son comptoir. Elle avait l'air plutôt vexée.

— Je vous ai appelé au moins dix fois, mentit-elle.

Dans le même mouvement elle me tendit mon ordinateur portable, les forestiers au gros camion me l'avaient ramené pendant que j'étais sous la douche. L'ordinateur avait passé la nuit dehors, il y avait de la terre dessus, il avait pris la pluie, le froid, l'humidité, en l'ouvrant là tout de suite l'intérieur était humide, quand j'appuyai sur *on* rien ne se passa, je voulais croire qu'il était juste totalement déchargé. En remontant dans la chambre je le branchai tout de suite sur le secteur, et là rien ne s'alluma, il n'y eut pas cette petite lumière rouge si rassurante pour indiquer la mise en charge, aucun bouton n'était actif, aucun signe de vie, j'avais le sentiment de tenir une chose inerte et morte, bien plus qu'un objet, toute une partie de moi.

En perdant l'ordinateur je perdais des textes en pagaille, pas tous sauvegardés, ainsi que la poignée de notes prises pour mon feuilleton. En plus de l'outil de travail je perdais l'allié précieux qu'est devenu l'ordinateur, ce vade-mecum qui rattache au monde, une sorte d'interface qui me relie aux autres, à tout un monde superficiel et de savoir, source d'information et d'oisiveté, j'y consigne tellement de notes, de liens, de favoris, de codes d'accès et d'aide-mémoire, des heures de musique qui sont pour moi comme une bande-son, et même des débuts de manuscrits, des petits films faits en voyage, c'est ma mémoire qui s'envolait.

J'avais la sensation de plus en plus concrète de perdre tout repère, de flotter dans un environnement dans lequel je ne maîtrisais plus rien. Tout ça me replongeait dans d'anciens états d'âme, de vieilles émotions. Voilà que de nouveau je me retrouvais en porte-à-faux vis-à-vis de tout le monde, en marge de la société, avec des papiers d'identité même plus à jour. Le passé me revenait en retour de flamme, j'étais rattrapé par le fantôme de ces années où je n'avais ni travail ni appartement, cette décennie de débrouille avant que je publie, une époque où je faisais croire que j'étais écrivain, histoire de justifier le sens de ma présence sur terre et mon peu de revenus. Pendant des années j'avais prétendu être nègre, je disais que j'écrivais pour les autres, mais il ne fallait pas que ça se sache, je disais aussi que je rédigeais des scénarios obscurs pour des télés étrangères, certains me faisaient la faveur de me croire, parce qu'ils m'aimaient bien, j'étais distrayant et serviable, plutôt gai, et un écrivain ce n'est pas si courant. Ma famille par contre n'en croyait rien, alors je ne la voyais pas. Pendant des années je m'étais arrangé avec la vérité, avant d'arriver enfin à y coïncider plus ou moins, et c'était maintenant que tout basculait, je n'étais plus sûr de rien, sinon que Dora me manquait.

J'avançais dans le matin perdu de cette ville morte, je ne savais pas précisément vers où ni vers qui, je marchais au hasard pour éprouver cette moindre liberté-là. On devait être mardi, ou jeudi, un jour neutre, pas de marché, personne dans les rues, les seules présences étaient véhiculées. À l'intérieur des rares voitures que je croisais, on me reconnaissait peut-être, ou alors on ne me voyait pas. J'avais passé trois tee-shirts les uns sur les autres pour ne pas ressortir avec le pull rouge qui me donnait l'allure d'une pièce à conviction.

J'avais une bonne heure devant moi avant de rejoindre Marie et Michel à la librairie, ils m'avaient demandé de venir pour midi. Je ne pouvais plus aller sur Internet, ni regarder des bouts de films, ni écouter mes musiques, ni même faire semblant de retravailler mes textes, ma chambre sans ordinateur avait perdu tout son sens. J'explorerais donc les contours de la ville du côté du camping, de la piscine, ces zones qui figurent sur les prospectus mais qui sont parfaitement désertées dès l'automne, surtout avec un froid pareil. À croire que j'étais le seul être vivant dehors. Je parvins néanmoins à me perdre dans cette ville mineure, je n'avais pas pris de plan. Cela dit, c'était rassurant de réussir à se paumer dans une ville aussi prévisible. En sortant par le nord, la périphérie était complexe, en partie abandonnée, j'abordai une zone d'activités ancienne avec des bâtiments délaissés, des rails rouillés, je devinai l'ancien abattoir, le moulin hydraulique qui ne fonctionnait plus. Dans la documentation j'avais lu qu'il y a quelques années, il servait encore à broyer un peu tout, on y faisait aussi bien de l'huile de noix que de la farine, chacun amenait ce qu'il avait à presser. Ma grand-mère dans la Nièvre faisait ça, j'ai le souvenir du goût puissant du pain de noix, ce résidu solide du broiement, dur comme de la pierre, et qu'on suçait comme un caillou goûteux. En longeant la sente aménagée le long de la rivière, il y avait de grands hangars vides, les vitres cassées, les structures attaquées par la rouille et la végétation, plus loin je devinai aussi deux usines désaffectées dans le même état, l'une devait être celle où le père de Nadège fabriquait ses talons. C'étaient les vestiges d'un monde pas si ancien que ça, un monde récemment délaissé, les épaves de ce XXe siècle échoué. Toutes ces ruines disaient bien que cette région avait du mal à passer d'une époque à une autre, que la transition était violente, qu'elle faisait des dégâts. En voyant ça je comprenais mieux que ce projet de nouvelle usine soit l'ultime salut, que la plupart ici le vivaient comme un espoir. En m'engouffrant dans un petit chemin qui partait de la friche industrielle, je me retrouvai à longer un ruisseau et des bosquets douteux et débouchai du côté du cimetière. De là je repris la route départementale pour retourner vers la ville, il n'y avait pas de voiture. En abordant les premières maisons du bourg me vint cette image des vieux westerns, le héros qui pénètre dans une ville hostile, traçant entre les façades muettes, se sachant épié de toutes parts. Sauf que dans les westerns il fait chaud et que la sueur signe la peur.

J'avais reçu un coup de fil de Marie hier soir, et dans sa voix j'avais ressenti les intonations d'une sœur inquiète. Peut-être que mes libraires regrettaient déjà de m'avoir invité. J'arrivai devant la librairie aux douze coups de l'église. À l'intérieur je ne trouvai personne, Michel était dans le bureau du fond, réquisitionné par une conversation visiblement complexe au téléphone. Au beau milieu du magasin il y avait un tas de cartons posés au sol, par curiosité j'y jetai un œil, il y avait là-dedans des livres perplexes, attendant qu'on les renferme pour les réexpédier. On aurait dit un fourgon de blessés devant un hôpital de pays en guerre, ça me foutait les jetons de voir ça, j'y aperçus cinq de mes livres, probablement des recalés après des semaines d'attente sur les tables, cinq de mes livres qui devaient retourner chez l'éditeur, il faisait mal au cœur ce bataillon de vaincus, surtout que je les découvrais là par hasard. Quand Michel revint il me surprit à fouiller dedans…

— Y a des choses qui t'intéressent ?

— C'est des livres qui repartent ?

— Non, c'est des commandes, et justement il en manque plein, je me bats depuis ce matin au téléphone…

— J'aime mieux ça.

Michel me demanda de l'attendre encore un peu, il avait un autre coup de fil à passer, ce gars-là bossait tout le temps. Je m'approchai de cette vitrine coquette qu'ils m'avaient consacrée. Une grande photo de moi trônait au milieu d'un empilage de livres, la plupart étaient là, en piles subtilement agencées, un assemblage qui faisait comme une construction ambitieuse, c'était intimidant, c'était même gênant vis-à-vis des auteurs ici présents, je veux dire dans la librairie. J'étendis le bras vers la vitrine pour attraper cette photo de moi, voir d'où elle sortait, évaluer cette tête bizarre que j'avais dessus, et là, en la saisissant du bout des doigts mon coude buta sur la pile complexe et tout s'écroula dans un fameux boucan. Michel ressortit instantanément de son bureau, ça aurait pu le fâcher, mais il ironisa.

— Ah ah... piégé ! Tu sais à qui tu me fais penser ?

— Non.

— Milon de Crotone !

— Je ne vois pas.

— Comment, tu ne connais pas l'histoire de Milon de Crotone, cinq cents ou six cents avant Jésus-Christ... Tu connais la statue au moins ?

— Je ne sais plus, mais je vais tout remettre en place.

— Attends, il faut que je te la montre.

Michel s'avança vers le rayon beaux livres et commença de feuilleter de gros ouvrages d'art sur la sculpture. Assez vite il trouva une statue sur une double page, il me la montra en lisant la description.

— « Selon la légende, Milon de Crotone était parti traverser l'Italie. Il marcha des jours dans la campagne. Un soir, en passant par une forêt, il vit un vieux chêne abattu et entrouvert. Dans les flancs du tronc immense, les coins des bûcherons étaient restés piégés dans la masse du bois. Par jeu, Milon entreprit d'achever de fendre le grand tronc en l'écartant de ses mains, dans l'effort il écarta bien les entrailles du chêne et libéra les coins, mais à bout de force le chêne se referma sur lui, et le vieil athlète demeura prisonnier de l'arbre, les mains prises comme dans un étau. Il ne put se libérer, piégé et ensanglanté, incapable de se défendre, il devint lui-même son propre piège, car dans la nuit il fut dévoré par des animaux sauvages. »

Michel me mit sous le nez plusieurs statues illustrant la scène, celle de Puget, un marbre géant qui trône au Louvre, puis deux autres aussi, je regardai les œuvres, puis le libraire, soupçonnant de multiples sous-entendus. Dans un autre livre il trouva une peinture sur le même thème, qu'il me flanqua sous le nez.

— En fait, c'est plutôt à cette version-là que tu me fais penser.

Je découvris la peinture de Bachelier, un tableau terrifiant. Dans la pénombre d'une forêt effroyable on voyait un athlète nu, barbu, âgé, défiguré par la douleur, sa main était piégée dans un arbre, pendant qu'en dessous de lui un chien et un loup lui dévoraient les jambes. J'en eus une crampe au mollet.

Une fois à table, on essaya tous trois d'arrondir les angles. J'étais à Donzières depuis une semaine, mais déjà les malentendus s'accumulaient, c'en devenait même des sujets de conflit avec mes hôtes, ces libraires auxquels je devais tout. Gage de ma bonne volonté, j'affichais une sympathie surprenante. Marie de son côté m'avait préparé son pot-au-feu promis, ce qui me réjouissait plus qu'un Noël. Mais au-delà de la réelle affection qu'ils me portaient, et du respect que j'avais pour eux, je sentais qu'entre nous ça se tendait, je les inquiétais. Ils me redirent qu'avant tout ils m'avaient invité parce qu'ils aimaient ce que je faisais, et parce qu'on s'était rencontrés dans un salon du livre un an auparavant, que d'emblée ils m'avaient trouvé sympathique, mais maintenant ils en étaient là, non seulement à se faire du souci pour moi, mais aussi à avoir des histoires à cause de moi.

Tout d'abord je tâchai de les rassurer à propos du feuilleton, le journaliste les avait appelés pour leur en parler, alors je leur fis solennellement la promesse que jamais ce feuilleton ne parlerait de ce fait divers, jamais je n'utiliserais le filon de cette histoire toute trouvée, ce serait glauque de fouiller dans une affaire en cours, encore chaude, avec un mort dont on n'avait toujours pas de trace.

— Vraiment, faut pas rigoler avec ça, s'exclama Michel. S'il te plaît ne nous embarque pas là-dedans, rien n'est clair dans cette histoire, et ça implique trop de gens ici, crois-moi.

— C'est juré.

— Tu vas l'écrire sur quoi alors, ce feuilleton ?

— Je pensais le faire sur l'usine, mais j'imagine que vous allez me dire que c'est pas le moment non plus...

— Non, effectivement... Le maire est assez emmerdé avec ces histoires de manif et tout le reste, ne te mêle pas de ça...

— Attends, moi je veux bien tout comprendre, mais ce feuilleton c'est quand même bien à moi de l'écrire ! Il y a des tas de choses que je vois ici et dont j'ai envie de parler, ça vous pourriez le comprendre, non... ?

Plus je m'expliquais et plus ils étaient catastrophés. Ça devenait vexant de les voir me contredire ou se mettre à paniquer dès que je l'ouvrais, la moindre de mes suggestions les affolait. Pourtant il avait bien été dit que ma liberté serait totale dans le choix du sujet, que je n'aurais pas de consignes sinon sur le nombre de signes, cinq pages de journal, faut les remplir... Mais pour le choix du sujet j'avais carte blanche. Je tentai de les convaincre que ce serait tout de même hautement instructif de mettre en lumière le paradoxe contemporain que soulevait cette usine, avec d'un côté des industriels qui voulaient faire de l'énergie renouvelable avec du bois, et de l'autre des écologistes qui s'opposaient à une source d'énergie bio ! Chacun se retrouvant à front renversé, ça valait le coup d'écrire là-dessus, cette situation c'était l'emblème parfait de l'époque.

— Mais c'est un feuilleton qu'on te demande, pas un programme politique, c'est de la fiction qu'il faut faire, de la fiction, quelque chose dans l'esprit d'Eugène Sue.

— Mais je ne suis pas Eugène Sue, et moi j'ai envie de parler de ce que j'ai là sous les yeux, c'est même un devoir d'écrire sur ce qu'on voit, une usine propre en pleine forêt qui bouffe du bois, c'est pas banal...

— Pas en ce moment ! asséna Michel. Et puis si tu te lances là-dedans, fais bien attention, parce que si tu dis une seule connerie, ils t'attaqueront, tu piges, ils t'attaqueront en diffamation ou je ne sais pas quoi, mais ils t'attaqueront.

Là-dessus le ton se durcit et Michel partit dans des récriminations menaçantes et argumentées, m'exhortant de ne pas déstabiliser le maire ou mettre le projet en péril...

— Le maire, c'est pas parce qu'il règne sur deux mille âmes que ça m'impressionne, c'est pas le tsar non plus !

— Tu te souviens de la réception, le soir de ton arrivée.

— Oui et alors ?

— Dis-toi bien que ce soir-là, si le maire t'a offert ce pot grandiose en invitant tout ce monde, c'était moins pour célébrer ta venue que pour remobiliser ses troupes, tu te souviens de son discours à propos du progrès, de l'initiative locale, tout ça ?

— Peut-être, mais il n'avait pas besoin de moi pour ça…

— Bien sûr que si. Ce soir-là tu lui as servi de caution. Qu'un écrivain soit là, que nous soyons tous à ses côtés, les libraires, les bibliothécaires, les professeurs, ça lui a servi de caution, tu comprends, le vent a sacrément tourné pour lui ces derniers temps et j'ai pas envie que tu fasses le malin dans le journal à propos d'une usine à laquelle tu ne connais rien, ici on en a besoin de cette usine, tu piges, on en a tous besoin, sans quoi on coule tous, oui on coule tous…

Michel, à bout de nerfs, partit dans la cuisine pour faire du café. Sur un mode plus conciliant, Marie adoucit les choses, me disant que tout allait bien, qu'elle avait eu de très bons échos de mon atelier avec les apprenants, qu'ils étaient très contents.

— Le prochain c'est quand ?

— À 14 heures justement.

Michel revint avec la cafetière, toujours aussi tendu il m'envoya un argument qui se voulait massue.

— En plus, je serais à ta place, je me ferais tout petit. T'as bien vu que les gendarmes t'ont dans le collimateur, déjà parce que tu traînes tout le temps avec la fille, et puis parce que tu connais ces militants qui débarqueront au premier coup de bulldozer.

— Mais jamais de la vie !

— On nous l'a dit. Tu devrais faire gaffe à tes nouveaux amis…

— Dora et Aurélik ? Mais ils n'ont rien à voir avec tout ça !

— Bien sûr que si, ils leur servent de base arrière.

— Mais c'est faux ! Eux ils s'en foutent pas mal de ces histoires, au contraire, tout ce qu'ils veulent c'est être tranquilles et faire leurs trucs dans leur coin.

— Quels trucs ?

— Mais j'en sais rien, leurs affaires...

Michel et Marie me sondaient, comme si j'étais celui qui, d'entre tous ici, pourrait leur apporter une quelconque vérité à propos de ces marginaux, savoir s'ils étaient effectivement liés ou pas à ces ultras.

— Qu'est-ce qu'elle t'a raconté cette fille ?

Je ne pouvais rien dire. Et ce que je savais d'eux n'aiderait en rien à les disculper, bien au contraire.

— Tout le monde raconte que vous avez une histoire tous les deux...

Michel m'envoya ça sèchement, assez satisfait de son effet.

— Ah bon.

— Et on dit aussi que tu la connaissais avant.

— Mais c'est vous qui m'avez invité ici, avant je ne connaissais personne dans ce coin, j'y avais jamais foutu les pieds.

— Une fois.

— Mais pas ici, au salon de Chalon, oui, et encore, j'ai signé dix livres en deux jours, et puis je suis reparti.

— Je sais bien, on y était au salon ce week-end-là, et elle aussi.

— Peut-être, mais dans un salon on voit du monde, on ne se souvient pas de chacun !

— Vous êtes bien amis sur Facebook, non ?

— Avec elle ? Ça m'étonnerait, en fait j'en sais rien.

— Et t'as pas de la famille dans la Nièvre, c'est pas si loin la Nièvre.

Bien plus qu'interrogé je me sentais mis en cause, je le prenais comme un procès.

— Ne mélangez pas tout !

— Les gendarmes sont venus nous poser des questions sur toi, ils voulaient savoir pourquoi ils avaient retrouvé des exemplaires dédicacés de tes livres chez cette fille.

Michel se prenait au jeu du procureur, ça l'amusait de me faire peur. Marie par contre ne disait rien, probablement parce que c'est elle qui prêtait des livres à Dora, sans que Michel soit au courant.

— Mais enfin ces livres, moi je ne sais pas comment ils se sont retrouvés là-bas… Vous leur avez dit quoi aux gendarmes ?

— Justement, on aimerait bien savoir, t'es venu pour elle, c'est ça ?

Là-dessus je m'emportai, je me levai en bousculant la table, tout ça me dégoûtait, ce climat, cette ambiance, l'idée de me dire que tous ici m'espionnaient et commentaient ce que je faisais dans mon dos, surtout sur ces questions intimes, ils en étaient tous à présumer de ce qu'il pouvait y avoir entre Dora et moi, et depuis quand, alors que moi-même je ne savais rien de la nature exacte de notre relation.

— Et puis quoi, même si je couchais avec elle, où serait le problème, ça ferait de moi un suspect ? Tant qu'on y est, pourquoi pas m'accuser d'avoir tué Commodore !

— Les petites villes, c'est comme ça.

— Alors expliquez-moi une chose, puisque ici tout le monde sait tout sur tout le monde, comment ça se fait que personne n'est foutu de dire ce qui s'est passé avec Commodore ?

Ils ne me répondirent pas. L'ambiance avait refroidi jusqu'aux cafés.

— Mais dites-moi ? Quelqu'un sait ? Vous le savez, vous, ce qui s'est passé ? Hein, allez, c'est obligé qu'il y en ait qui le sachent... Pas vous ?

Elle avait pris des dizaines de photos de la séance ! Elle faisait défiler ça dans son smartphone et me les montrait au fur et à mesure, des prises de vue datant de moins d'une heure, comme si c'était extraordinaire.

— Aujourd'hui c'était parfait. Parfait. Je veux que vous le sachiez.

Là dans la salle de la mairie redevenue vide, je restais en tête à tête avec Mme Romeux, je goûtais enfin la grâce toute simple de ne pas entendre de reproches.

— Ils étaient tous contents. Vous avez vu quand ils sont repartis, ils voulaient que ça dure encore ! Je suis tellement heureuse que vous les ayez fait rire à ce point.

À l'issue de mon deuxième atelier avec les illettrés, deux heures entières à ne faire que parler, deux heures à animer la séance et surtout à écrire ce qu'ils me dictaient chacun leur tour sur le paperboard, j'étais épuisé, épuisé mais soulagé.

— C'est tellement important ce que vous leur avez donné, rien que ça : qu'ils ne se sentent pas humiliés, c'est formidable. Qu'un écrivain se mette à leur niveau, qu'ils puissent vous dicter leurs histoires, je vous assure que vous leur redonnez confiance, c'est formidable.

Je recueillais ces compliments avec l'humilité d'un type au bout du rouleau, mais honoré tout de même, touché qu'enfin quelqu'un m'exprime de la reconnaissance, surtout elle, d'habitude si roide et si intransigeante, a priori ce n'était pas gagné. Je trempais des boudoirs dans du jus d'orange tiède, me disant que j'aurais au moins servi à ça, à dédramatiser le handicap d'une poignée d'illettrés, ces êtres qui d'entre tous ici auraient été les moins machiavéliques, peut-être parce qu'ils n'en avaient pas les moyens. De la vie ils n'avaient plus rien à perdre et étaient tous tendus sur un mince objectif, arriver à conquérir vingt-six lettres, vingt-six lettres et l'infinie subtilité de leur agencement, un exploit en somme.

Mme Romeux continuait de s'épancher, elle me parlait d'eux comme s'il s'agissait de ses enfants, s'ouvrant sur l'énergie totale qu'elle y mettait, cette injustice qu'elle ressentait à voir qu'à ce jour encore, ici même, des hommes et des femmes ne savaient ni lire ni écrire, pour elle ça avait valeur de combat de les venger. Je ne cherchai pas à la faire parler davantage, à savoir la genèse de cette mission dont elle se sentait investie, de ce sentiment de revanche dont elle se galvanisait.

— Et bientôt, certains vont même trouver un boulot, vous vous rendez compte, c'est pas formidable ça... ?

— Oui, Christine, c'est formidable.

— Bon, alors vous ne voulez pas faire deux ateliers de plus avec eux ?

— C'est vous qui voyez, je n'ai pas d'agenda, depuis que je suis ici je me laisse guider.

Elle rangeait scrupuleusement la salle. Je lui donnai un coup de main pour rempiler les chaises et remettre les tables droites. En sortant sur le parvis, je pris une grande inspiration d'air pur, Mme Romeux s'alluma une cigarette. C'était étrange ce besoin qu'ils avaient tous ici de fumer, alors qu'on était au cœur d'un des plus grands poumons d'Europe, un océan d'oxygène.

J'accompagnai Mme Romeux jusqu'à sa voiture, je lui tins même la porte.

— Ah surtout, n'oubliez pas d'aller voir Manu, celui qui vous appelle *tonton*.

— Oui je sais, je lui ai promis... Il travaille vraiment dans une scierie ?

— Bien sûr, il est sous contrat dans la petite scierie d'intégration, vous lui avez promis de passer à son boulot, il faut être de parole avec eux, il sera fier, en plus il a dit qu'il pourrait réparer votre ordinateur.

— Ce serait un miracle !

— Apportez-lui toujours. Et à Vic, vous avez promis d'aller voir ses peintures, il croit que vous allez faire un album de bande dessinée avec lui, mais ne vous sentez pas obligé surtout.

— Oh que non.

— Je vous envoie son adresse par texto...

— Très bien, Christine. Et Manu il travaille où ?

— À la scierie Boyer, en montant sur Castelnau. Mais attention, c'est dans les bois, n'allez pas vous perdre encore une fois.

— Vous pensez qu'il y est déjà, là.

— Il finit à 18 heures, et de toute façon il dort là-haut. Il en est dingue de son boulot, en plus c'est impressionnant vous verrez, une vieille scierie comme ça, avec ces énormes machines, bientôt ça n'existera plus…

Il y a deux sortes d'auteurs de faits divers, ceux dont la vie est programmée pour déclencher l'incident, et ceux qui sont foudroyés par l'événement. En essayant de faire la part des choses, j'en voyais beaucoup dans la première catégorie, des êtres quasiment destinés à finir dans les pages des faits divers. À commencer par Aurélik, et Commodore évidemment, et même Dora. Pour Aurélik ça devait participer d'une sorte de prédestination. Pour les autres, je ne voyais pas. Quoique, j'avais décelé chez pas mal de gens ici suffisamment de violence rentrée, de rancœur et de folie pour commettre l'irréparable.

Cette fois, j'avais presque dû supplier Michel pour qu'il me prête sa voiture. Je roulai sans enthousiasme vers la scierie de Castelnau, je voulais honorer cette promesse faite à Manu, histoire de remonter dans mon estime. Je lui apportai aussi l'ordinateur pour qu'il le regarde, on ne sait jamais, ce type était peut-être un surdoué de l'informatique. La route grimpait, comme toujours, signe que la forêt était bien un monde au-dessus, un monde posé sur le nôtre. À ce que j'en avais compris, le massif du Morvan repose sur une roche granitique, cette forêt s'adossait donc à une couche fertile mais mince, car très vite en dessous c'était la roche. C'est pourquoi les écologistes les plus documentés s'opposaient fermement à la coupe massive des arbres dans cette région, car en dénudant le sol, par les effets de ruissellement la couche de terre filerait très vite dans les rivières, et d'ici peu il n'y aurait plus que du granit à nu, dès lors il serait parfaitement impossible de planter de nouveaux arbres.

Une fois de plus je me retrouvais au cœur d'un labyrinthe vert. Il fallait faire tout un parcours à travers la forêt pour trouver la scierie, mais bizarrement le trajet était fort bien balisé, au moindre croisement, à la moindre route, il y avait un petit panneau indiquant « Scierie », mais aucun autre pour signaler un village ou une direction. Ça disait bien à quel point ici, la vieille scierie était essentielle.

La dernière de ces petites routes me conduisit directement jusqu'au site, la bande de goudron s'arrêtait là, devant ces bâtiments noyés dans les bois. Je débarquai entre des remparts de grumes entassées sur plus de cinq mètres de haut, des sections de planches entreposées sur des rangées immenses, mais le plus impressionnant dans tout ça, c'étaient ces murailles d'arbres couchés, des troncs entiers alignés les uns sur les autres, on aurait dit les colonnes colossales d'un temple effondré, il y en avait des milliers. Au milieu de tout ce dispositif forestier, il y avait une maison assez ancienne, de vastes et vieux bâtiments, et des hangars très hauts, dont un plus grand que les autres d'où montait le bruit énorme de scies géantes. Je me garai là, il y avait déjà trois voitures et deux camions.

Il était 17 h 30, l'usine tournait toujours à plein. En sortant de la voiture je me retrouvai dans un espace empli de bruits tonitruants, une bande-son faite d'un mélange de sciage et de chocs, par séquence tonnait le fracas d'un billon de bois fraîchement coupé qui tombait lourdement sur le métal, toutes les dix secondes il y en avait un, et la scie qui usinait en permanence, c'était l'antichambre de l'enfer, il ne manquait plus que les flammes. Finalement je comprenais que Manu ait absolument voulu me montrer ça, c'était impressionnant. Le plus étonnant c'est qu'il n'y avait pas beaucoup d'ouvriers, j'en voyais deux sous le grand bâtiment, mais sans reconnaître la forte stature de mon nouveau neveu. Un des gars, en hauteur, commandait la scie géante, où un tronc entier rentrait, et l'autre gars calait les planches qui en ressortaient, ils étaient tellement concentrés qu'ils ne me remarquèrent même pas. J'allai de l'autre côté du bâtiment, il avait une façade immense avec un orifice en haut, très haut, au moins à cinq mètres, et visiblement c'est par cette bouche géante que les troncs pénétraient dans la scierie. Manu était là, dehors, aux commandes d'un pupitre sommaire et antique calé sous un petit abri tout rouillé, il portait un casque de protection sur la tête, en plus de son casque antibruit plaqué sur les oreilles, de dos il ne me vit pas arriver. Je restai un peu en retrait pour le regarder faire. Des arbres entiers, d'au moins trente mètres, étaient acheminés le long d'un tapis roulant, et Manu, semble-t-il, commandait cette machine, un genre de gigantesque taille-crayon à la radicalité étonnante, à ce que j'en voyais le tronc d'arbre s'engageait dans cette bouche démoniaque qui l'avalait comme une carotte, puis il coulissait dans une grande mâchoire, une écorceuse diabolique, où il était instantanément raboté, dépiauté, égalisé par des sortes de grandes lames fixées sur des rotors qui tournaient avec frénésie sur elles-mêmes, de voir ça, en plus du bruit effroyable que produisait l'engin, c'était proprement affolant. C'était bien ce brave Manu qui pilotait ce cerbère mécanique, qui domptait cette mâchoire géante à longueur de journée, c'était comme de passer sa vie en haut d'un cratère en fusion, aussi impressionnant et dangereux.

En se baissant pour remonter une manette, il m'aperçut, sans se déconcentrer il me fit un petit signe du pouce, il avait l'air content que je sois venu, je n'osai pas me rapprocher plus près de son installation, il ne m'y invita pas non plus. Je demeurai à bonne distance, pas moins de vingt mètres, c'était hypnotisant de voir ces troncs énormes s'engouffrer là-dedans avec leur écorce, des arbres centenaires qui se faisaient brinquebaler comme des géants inertes, qui s'enfonçaient inexorablement dans la bouche aux dents d'acier, pour en ressortir nus et polis, radicalement transformés, définitivement neutralisés et morts. Les déchets de bois coulissaient le long d'un tapis roulant jusqu'à la gueule d'une chaudière vorace, les conduits qui en partaient alimentaient un four à étuve, une sorte de gros caisson fulminant, crachant un râle constant de vapeur décuplé par l'air froid. Je ne sais pas pourquoi, mais j'eus une curieuse prémonition, je m'imaginai tomber là-dedans…

Manu ne pouvait s'empêcher de se retourner pour regarder dans ma direction, pas peu fier il me lançait des petits sourires de gamin qui semblaient bien dérisoires au regard de la machine surhumaine qu'il pilotait du bout des doigts, c'était surprenant de voir ce monstre atroce piloté par un si bon gars un peu déficient.

J'attendis comme ça pendant une demi-heure, assis sur le sol, envoûté par le spectacle. À un moment il y eut une séquence de bips dont la stridence dépassait tout, un genre d'alerte, et tout s'arrêta. D'un coup tout fut calme, il n'y avait plus un bruit, ou de si petits qu'ils résonnaient à peine dans ce silence engourdi. Manu enleva ses casques, puis tripota quelques boutons sur son pupitre et s'avança vers moi.

Devant son sourire de grand môme un peu absent, avec cette bouche de fer énorme qui trônait au-dessus de lui, ce gosier enfin rassasié, j'eus de nouveau ce pressentiment affreux, à en devenir pâle et tremblant, de tomber dedans.

— Ça va tonton ?

Dans la vieille maison près de l'usine, c'est là qu'il vivait. Les deux autres ouvriers étaient partis, Manu me les avait présentés, pas peu fier de leur faire serrer la main de son oncle, un écrivain venu de Paris. Les deux collègues, beaux joueurs, avaient feint d'être impressionnés, je sentais bien qu'ils n'avaient qu'une envie, s'engouffrer le plus vite possible dans leur voiture et redescendre chez eux à vingt kilomètres de là, oublier leur journée de travail dans ce fracas infernal. Visiblement ici, il n'y avait ni vestiaires ni douche, ce qu'on appelle une scierie à l'ancienne. Manu m'expliqua que l'administration et le reste de l'entreprise étaient en bas, au hameau, chez Francis.

— Francis, celui qui a les bottes jaunes ?

— Oui, c'est le patron, mais il ne vient que le matin. Vous le connaissez ?

— Oui, un peu.

La maison était grande mais sommairement aménagée, Manu vivait dans une seule pièce au rez-de-chaussée, c'est là qu'il dormait, mine de rien il était aussi veilleur de nuit. Je lui fis remarquer que tout de même, ça faisait deux boulots, sans vouloir l'embêter je lui demandai si ça n'était pas un peu beaucoup.

— Moi, tonton, vous savez, je suis un peu handicapé, je pourrais être à la Cotorep, alors c'est une chance d'avoir un vrai boulot et une maison, et j'ai même le scooter et la voiture sans permis, moi j'ai tout ! Faut pas le dire, mais le soir je conduis aussi le vieux Land Rover, oui, je le prends la nuit...

J'étais pas trop à l'aise dans son gourbi, ça sentait un peu les pieds et les pommes pourries, il n'y avait qu'une chaise, bancale qui plus est, du coup j'étais sacrément gêné quand il me proposa de rester dîner avec lui, ce soir il faisait des saucisses grillées. Je mentis en lui disant qu'il fallait absolument que je redescende, parce que ce soir il y avait un dîner avec les gens de la mairie.

— Ah bon, je suis pas au courant. Tant pis. Juste un verre alors.

Il me tira un verre d'eau du robinet, et sans réserve aucune il se mit à se rouler un pétard devant moi, me confiant qu'il ne fallait surtout pas le dire, parce qu'ici il n'avait pas le droit de fumer, dans tout le domaine de la scierie c'était interdit de fumer, « même du haschich », il ajouta.

D'une certaine façon j'avais fait ma B. A. Et en même temps j'avais la sensation de passer un moment insolite avec ce type, une fois en confiance il se livrait pas mal, sans être bavard il parlait. Je sortis l'ordinateur de mon sac en lui demandant s'il pouvait réellement faire quelque chose, il m'assura que oui, son copain informaticien m'arrangerait le coup, il me le ramènerait demain ou dans deux jours.

J'essayais d'évaluer mollement le bon moment pour lui dire que cette fois je devais y aller, je n'avais aucune envie de m'attarder davantage, mais quand je me levai il me rattrapa en me priant de lui rendre un service.

— Oui, Manu, quand tu veux, mais pas maintenant...

Je le sentis déçu, atteint par ma réponse, c'était sans doute démesuré, et surtout je ne voulais pas qu'il me fasse le coup du chantage affectif, il était assez malin pour ça. Mais presque implorant il me relança.

— Y en a pour cinq minutes, tonton.

— Cinq minutes, vraiment ? Qu'est-ce que je peux faire pour toi ?

— Une lettre.

— Une lettre, mais c'est une très bonne idée, Manu, on la fera au prochain atelier, avec les autres, si t'as une idée précise ce sera encore plus sympa ! Je t'assure, je me ferai un plaisir de te l'écrire ta lettre.

— Non, cette lettre-là, il n'y a que moi qui dois la lire.

— Oui, Manu, je sais bien, c'est un peu le principe, c'est ce qu'on fait chaque fois à l'atelier.

— Non, parce qu'à l'atelier, les autres ils entendent tout ce que je dis. Celle-là, il faut que personne l'entende à part moi.

— Ah bon, mais tu veux parler de quoi ?

— De Commodore.

— Tu veux lui écrire, c'est ça ?

— Non, je veux dire que... Je veux dire c'est pas de ma faute, il faisait noir et puis j'ai eu peur, j'ai pas fait exprès, c'est pas de ma faute...

Là, je ne savais plus si je devais l'amener à m'en dire plus, quitte à l'effaroucher, ou si je ne ferais pas mieux de retranscrire sa dictée tout de suite, de le laisser venir doucement pour savoir ce qu'il avait à dire, d'autant que je le sentais perturbé, assiégé par le besoin d'écrire justement.

— Mais Manu, cette lettre tu veux l'envoyer à qui ?

— À personne. Surtout à personne.

— Dans ce cas-là, c'est peut-être pas la peine de l'écrire...

— Si, c'est pour moi, rien que pour moi, c'est vous qui l'avez dit l'autre fois, quand c'est écrit ça reste, et ça c'est plus fort que tout.

Il devenait sombre, et derrière cette soudaine gravité je percevais la férocité furieuse de la mâchoire d'acier qu'il manœuvrait à longueur de journée, comme s'il était investi par cette force déraisonnable, cette brutalité indépassable qu'il contrôlait du bout des doigts.

— Bon, d'accord, tu veux la garder pour toi, mais après tu ne voudras pas la montrer à quelqu'un ?

— Elle est pour moi, mais si un jour on me fait des histoires, au moins je saurai qu'elle est là la lettre, si un jour on ne me croit pas, au moins la lettre on la croira.

— C'est si grave que ça ?

En fin de compte je repartis de la scierie bien après minuit, avec cette odeur de saucisses trop cuites qui m'imprégnait la tête et les vêtements. Autant pour monter à la scierie, il suffisait de suivre les panneaux qui la signalaient, autant pour en repartir et retourner à Donzières il n'y avait rien, aucune indication. De toute façon je n'arrivais pas à me concentrer. Je roulais la fenêtre ouverte pour essayer de faire passer tout ça, l'odeur en plus du reste, l'horreur de tout ce que Manu m'avait dit, cette radicale confession qui éclairait tout. Finalement, sa lettre je la lui avais faite, seulement là-haut, pour ce qui était d'écrire, il n'y avait rien, pas la moindre feuille blanche, pas de cahier. J'avais bien trouvé un stylo au fond de ma poche mais pas de papier. Dans tout le bazar qu'il y avait dans sa maison, et même dans les pièces désertes à côté, comme à l'étage abandonné, on n'avait pas déniché la moindre feuille vierge, rien pour noter, dans ce gourbi il avait certes la télé, la radio, une cuisinière et le confort sommaire d'un naufragé, mais pas de papier. Alors, en ressortant dans les hangars on avait mis la main sur ce bloc, une sorte de grand carnet de bons vierges pour consigner les mouvements de grumes, de grandes pages blanches avec des lignes horizontales, avec même une feuille de carbone en dessous, comme ça il y aurait un double à sa lettre, d'ailleurs ça le rassurait de savoir que je faisais une copie et que cette copie ce soit moi qui la garde.

C'était terrible. Ce môme me mettait dans une situation impossible. En définitive j'avais passé cinq heures à parler avec lui, en tâchant de minimiser la gravité des choses, comme si tout cela était abstrait et pas si grave, alors qu'en fait c'était atroce comme déballage. Du coup, quel rôle j'avais maintenant dans tout ça, celui d'un témoin privilégié ou d'une balance… Je devenais quoi dans cette histoire, un type qui se tait ? Un type qui sait et qui ne dit rien ? Un type loyal et droit qui garde le secret, ou bien un lâche qui ne dénonce pas ?

Une fois la lettre écrite, j'avais pris les accents les plus sévères pour lui faire jurer de ne jamais en parler, vingt fois je lui avais fait jurer de ne pas dire que c'était moi qui l'avais rédigée, et si un jour il avait besoin de la montrer à qui que ce soit, surtout qu'il m'en parle avant, qu'il me demande bien si j'étais d'accord, qu'il me tienne au courant de tout. Malgré moi, j'étais maintenant bien plus qu'un oncle virtuel face à un faux neveu, j'étais bien plus que le parrain mental de ce brave garçon, je devenais le dépositaire de son drame, j'étais le sceau du plus lourd secret de sa conscience, à un moment, au beau milieu de la rédaction, je lui avais même demandé qu'il cesse de me raconter tout ça, qu'on en reste là, j'arrêtais tout, mais c'était trop tard, une partie de l'aveu était faite.

J'avais mis des heures ensuite pour tourner le plus clairement possible tous ces éléments, reprenant vingt fois le texte et déchirant le brouillon, sans doute la page la plus compliquée de ma vie à écrire. J'étais assis sur cette chaise bancale, m'appliquant à retranscrire au plus près les faits qu'il me racontait en vrac, et que je rédigeais à la première personne, j'avais littéralement endossé son rôle.

Au retour, très naturellement la route descendait, cependant à un moment elle se mit de nouveau à monter, ça ne pouvait être la bonne direction puisque Donzières était en bas au pied de la forêt. Je fis demi-tour, la route descendit donc dans un premier temps, mais au bout de trois kilomètres elle remonta, là encore, où que j'aille ça montait, ce qui voulait dire que malgré moi je n'en finissais pas de m'enfoncer dans cette forêt, je n'arrivais pas à en sortir, cette fois j'étais paumé pour de vrai. Il était près d'1 heure du matin. Les relents de ces saucisses carbonisées sur le gril électrique me soulevaient le cœur, ça m'accablait au moins autant que tout ce que je venais de comprendre. Je n'avais pas de bouteille d'eau, ni même un chewing-gum, alors je m'arrêtai et inspirai une grande bouffée d'air froid comme une gorgée d'alcool blanc.

Là, plongé dans ces ténèbres à peine sauvées par la lumière des phares, je me représentai la scène telle qu'il me l'avait racontée. Je voyais Manu en pleine nuit marchant dans le bois derrière chez Commodore. Manu sans même une lampe, se guidant à la seule lumière d'un quartier de lune, avec une corde enroulée autour de l'épaule et deux madriers de chêne lourd pour faire ses essais. Il aurait tout aussi bien pu les faire sur d'autres arbres que ceux-là, seulement il voulait essayer sur les vrais arbres, dans les vrais bois, voir si les cotes étaient bonnes, parce que c'est à lui que revenait de découper les planches, les madriers et les tasseaux, et de faire les assemblages. Pendant trois semaines, après le travail, il avait passé ses nuits à construire ces soi-disant cahutes, et lui, garçon maladivement méthodique et concret, ce qu'il avait retenu, c'est que ce serait sur ces dix arbres-ci qu'ils les installeraient ces cabanes, des genres de plates-formes en fait, des planchers solides qu'ils fixeraient dans les hautes branches des hêtres costauds, dix arbres bien répartis autour des sources, au cœur de la zone où devraient commencer les travaux.

C'est Francis et les autres qui prenaient les mesures pour édifier ces plates-formes, mais le soir, c'est Manu tout seul qui coupait et ajustait. Parce que dans le camp des vieilles scieries, ils n'en voulaient pas de cette usine, ils savaient bien qu'ils n'existeraient plus à l'ombre de ce concurrent géant, un complexe qui développerait ses activités et leur prendrait une partie du travail en plus de la matière première. Dans le camp des vieilles scieries, ils n'étaient toujours pas entrés dans le XXIe siècle, d'ailleurs ils n'y entreraient jamais, ils devenaient ainsi les alliés objectifs des opposants les plus radicaux, des écologistes les plus exaltés. Ils les voulaient donc indestructibles ces cabanes qu'ils façonnaient pour les extrémistes, qu'elles durent des mois, voire des années. Le jour dit, la veille du commencement des travaux, ils apporteraient les planches, les madriers, tout le matériel sur place et en moins de deux heures ils arrimeraient ces solides terrasses en haut des arbres, comme ça les Renards verts et les autres n'auraient plus qu'à s'y hisser, les planchers seraient suffisamment costauds pour qu'ils y fixent leurs tentes Anapurna et qu'ils campent à trois par arbre, ça ferait au moins trente personnes en permanence à tenir le siège, et une fois qu'ils tiendraient ces positions-là, ils savaient pertinemment que jamais le préfet ne donnerait l'ordre de couper des arbres où nichent des hommes, jamais les gendarmes n'oseraient les déloger. Même pour se ravitailler ils avaient envisagé des astuces, ça durerait des mois cette histoire, ça attirerait tous les médias, et c'est sûr que ces images d'hommes-oiseaux feraient le tour du monde et prendraient des allures de symbole, et comme ça la scierie géante ne se ferait pas.

Toutefois, cette nuit-là, en entendant du bruit dans le bois derrière chez lui, Commodore était sorti avec son fusil, ce canon scié qu'il gardait toujours sous l'oreiller depuis qu'il avait dû rendre ses armes de poing. Il était 2 heures du matin, mais il ne dormait jamais que d'un œil, le vieux commando, et cette nuit-là, il s'était avancé dans le bois comme dans ses souvenirs de jungle, reniflant l'ennemi, et là il était tombé sur Manu, sans le reconnaître, prêt à tirer, le mettant en joue avec le geste sûr de l'ancien soldat, mais c'est Manu qui avait tout fait basculer, parce que de voir ce fusil pointé sur lui ça l'avait soulevé de panique, d'un geste réflexe il avait balancé son tasseau dans la gueule de ce vieux fou armé, un coup pourtant pas fort, m'avait assuré ce gaillard qui ne se rendait pas compte de sa force, mais Commodore était tombé net, « comme un lapin », m'avait dit Manu. À partir de là, paniqué, Manu avait foncé réveiller Francis, une demi-heure après ils étaient revenus tous deux sur la zone, avaient ramassé Commodore comme on le fait d'un sanglier, l'avaient casé dans le coffre du 4 × 4, puis avaient tout dégagé pour que le jour se lève sur un monde propre…

J'entendais encore Manu me raconter cette scène avec une distance surprenante, comme si ce n'était qu'un corps après tout, et celui d'un ennemi en plus, comme en temps de guerre.

— Manu, tu sais que, enfin, tu mesures que c'est très très grave ce que vous avez fait là ?

— Oui, tonton, mais c'est rien qu'un accident, c'est pour ça que je veux que tout soit bien dit dans la lettre, comment ça s'est passé, si des fois on me demande, il y aura tout d'écrit et on me croira.

— Je ne sais pas, Manu, je ne sais pas.

— Mais faut pas s'en faire, tonton, de toute façon on le retrouvera jamais.

— Qu'est-ce que vous en avez fait ?

D'un coup de menton il m'avait juste désigné la scierie dehors, ce monstre dormant derrière nous dans la nuit, alors m'étaient venues les images de cette machine phénoménale qui écorçait des arbres entiers, cette mâchoire qui les retournait en tous sens pour les éplucher, et ces surplus de bois qui coulissaient le long de la rampe jusque dans la gueule de la chaudière, ce dragon insatiable, fulminant jour et nuit, jamais rassasié.

Finalement cette forêt autour de moi ne me faisait plus peur. Pourtant cette fois j'étais complètement perdu, livré à ce monde d'arbres obscurs à l'immobilité inquiétante, mais je n'en avais plus peur. Je savais que la forêt est une terre inoffensive, un royaume immobile où dort toute une faune pendant qu'une autre se faufile en silence, sangliers, renards, vers ou insectes, il n'y avait là que des vies préoccupées par elles-mêmes, insensibles au sort des hommes, malgré les ombres et les craquements, je ne ressentais plus le moindre affolement. Cette fois je savais que même paumé en pleine forêt, même en pleine nuit, le seul vrai danger ce serait la peur, la mienne ou celle d'un autre.

C'était de nouveau jour de marché quand j'ouvris grand mes rideaux vers 9 heures du matin. Là depuis mon balcon je tombai sur cette vie étonnante juste en dessous de moi. Je posai les mains sur la balustrade pour regarder ça. En temps normal cette place était toujours déserte, n'offrant ni plus ni moins qu'un vaste parking largement délaissé, mais deux matins par semaine la vie reprenait le dessus. En plus de faire ses courses, tout le monde se croisait et renouait pour un temps, en plus de ces légumes et de ces fruits qui passaient de main en main, c'étaient aussi des brassées de paroles qui s'échangeaient, ça bruissait de tout un troc de nouvelles et de révélations, des anecdotes ou des petits secrets qui avaient fait dix ou vingt kilomètres en voiture pour venir jusque-là, toute une chronique née dans l'ouest du canton et qui repartirait coloniser la rumeur à l'autre bout de la région.

Cette population, je l'avais là devant moi, de mes bras je l'embrassais presque. Ils devaient se parler de leurs petites misères ou de leurs grandes joies, ou alors ils se contaminaient de panique en évoquant le cambriolage d'un voisin, ou bien ils se donnaient des nouvelles d'Untel qui allait mieux, ou de l'autre qui n'allait pas bien. Dans tout ça il devait aussi y avoir des êtres plus légers, qui échangeaient juste à propos de leur jardin, même si en octobre ce sujet-là est vite épuisé. Mais une chose est sûre, la grande affaire qui les préoccupait tous ici, cette chape de mystère qui les dominait tous, c'était la disparition de Commodore. Depuis trois semaines ces ballets d'hypothèses et de fantasmes ne faisaient que s'exacerber, c'est une constante de l'esprit humain, face à toute énigme il faut trouver des explications, quitte à délirer, et moi, là sur le toit du monde, je ressentais les ondes perplexes de ces échanges, je les dominais tous, je les surplombais, telle une conscience survolant le tout frais cadavre qu'elle vient enfin de quitter, finalement c'est moi qui savais, et eux qui ne savaient rien. En dehors des acteurs directs condamnés au silence, Francis et Manu, et un ou deux autres peut-être, personne ne saurait jamais.

En prenant mon petit déjeuner, je repensais aux mille façons de ne rien dire à Dora, je n'avais cessé d'y songer toute la nuit, à cette difficulté insurmontable de la revoir tout en lui taisant la vérité. Comment ne pas lui dire que j'avais la preuve que son mec n'y était pour rien ? Comment l'embrasser de ma bouche dorénavant coupable de lui mentir ? L'aimer serait la trahir. Lui dire la vérité serait la perdre, les perdre tous. À moins de trouver un plaisir à me taire, à garder pour moi ma vérité, à faire comme tout le monde, puisque intimement chacun pense bien la détenir sa vérité, chacun la sienne.

Comme tous les matins Mme Meunier m'apporta les journaux, mais je ne les ouvris pas, cette fois j'avais la conviction d'en savoir bien plus qu'eux. Pour le reste, toutes ces autres nouvelles du monde, je m'en sentais bien loin, soulagé d'en être détaché. En définitive j'avais cent fois plus d'éléments que quiconque pour l'écrire mon feuilleton, plus que le juge lui-même, je pourrais distiller toutes mes informations épisode par épisode, au point même de faire éclater la vérité à la fin, elle serait si flagrante qu'on ne la verrait même pas, parce que c'est une fiction qu'on attendait de moi. Si au contraire j'écrivais sur ce fait divers sans rien révéler de ce que je savais, ce serait écrire pour rien. Écrire suppose de ne pas savoir vraiment, car quand on sait vraiment, on n'ose pas dire, on a trop peur d'être cru, ou pire, de ne pas l'être, la vérité ça prend des années avant de pouvoir se poser sur le papier.

Mme Meunier était étonnée que je sorte directement après le petit déjeuner, car en général je remontais toujours dans ma chambre. Mais ce matin, même sans blouson, en simple tee-shirt, je savais que rien ne pouvait m'atteindre, ce matin j'avais envie de marcher au milieu de tous ces étals, de naviguer docilement dans le brouhaha de toutes ces vies à l'œuvre. Je croisai le patron du café du Centre, il s'étonnait de ne plus me voir, je n'y étais pourtant allé qu'une seule fois.

— Faut venir, on a toujours le Wi-Fi, et il marche !

— Oui, mais moi je n'ai plus d'ordinateur…

— Ben mince alors.

Je le sentais presque déçu de ne pas me revoir. Si bien que je lui promis que je passerai plus tard prendre un café, peut-être même faire un ticket de PMU, et ça l'enchanta. À partir de maintenant je les devinais tous. A posteriori je lisais clair dans leur jeu, je les déchiffrais tous. Je revoyais Francis qui dès le premier soir m'avait alpagué pour me dire de me méfier du maire et de sa mafia, alors que c'était de lui que venait indirectement le drame. Je revoyais le maire et tous les autres, pas mécontents de tenir un coupable, que ce soit le bon ou pas qu'importe, du moment que ça jetait le discrédit sur ces agités de L'Épeau et que ça neutralisait les opposants. Je revoyais Dora, Dora et ses silences derrière lesquels j'avais présumé le pire, la supposant machiavélique et trouble, elle qui sans être pure était en réalité innocente.

En passant par les petites rues j'allai chez le libraire pour y acheter un grand cahier neuf et un feutre noir. Marie demanda à Michel de descendre pour me saluer, sans colère ni éclats on fit le point sur l'ensemble des choses à faire pour les trois semaines à venir, ils m'offrirent même un agenda, j'y reportai la poignée d'ateliers d'écriture, les rencontres dans des lycées, plus deux dîners, ça m'allait bien, c'est assez rassurant d'avoir un emploi du temps. Encore trois semaines à vivre dans cette parenthèse temporelle, après quoi je rentrerais dans ma vie usuelle.

Je repartis vers la grand-place et me posai à la terrasse du café du Centre, histoire de dominer le spectacle. Les jours de marché, Donzières devenait un vrai carrefour. Je m'installai à l'une des tables libres, profitant d'un rayon de soleil. Le patron était ravi de me servir, il me demanda si je ne préférais pas plutôt me mettre à l'intérieur, déjà parce qu'il ne faisait pas chaud, et que dedans il y avait un peu de monde. Mais cette solitude m'allait bien. Sans compter que le café avait l'étonnante vertu de me réchauffer, j'étais bien. Je savais d'avance que cet après-midi j'irais revoir Dora pour renouer avec le doux ensorcellement de se perdre dans ses bras, j'irais la revoir comme on court à sa perte, mais c'était plus fort que moi, je la reverrais tout en sachant qu'entre elle et moi ça ne se pourrait pas, puisque l'aimer serait la trahir, et lui parler serait la perdre. Il faudrait en rester là. C'est cruel d'aimer quelqu'un à cette distance-là, tout en se disant qu'on s'aime pour trois semaines encore, ou un mois, un genre d'amour de vacances passées au bord du drame. Pour trois semaines encore, elle aimerait en moi l'allié providentiel, et moi j'aimerais en elle la muse bafouée, ça ne tiendrait que le temps du déséquilibre, et l'histoire en resterait là, on se quitterait dans le plus profond remords, en se faisant peut-être des promesses d'ailleurs, en se jurant de se retrouver, l'amour ment souvent. Je l'aurai aidée sans doute, tout autant que je l'aurai aimée, de ces amours qui ne durent que le temps d'une floraison.

Et tous ces autres, eux aussi d'ici peu je les abandonnerais, tous ces autres qui passaient là devant la terrasse pour s'engouffrer entre les étals, ou qui en ressortaient chargés de cabas, plus tous ceux qui me disaient bonjour ou me faisaient signe de loin, de jour en jour il y en avait de plus en plus, je sentais bien qu'il suffirait que je leur fasse signe pour qu'ils s'assoient là en face de moi et se mettent à me parler. C'est ce qu'il y a de plus universel ça, l'envie de parler, dès lors qu'on se propose sincèrement d'écouter l'autre, alors on tient le monde. Mais j'avais trop conscience de ce qu'ils attendaient de moi, car si une infime minorité d'entre eux me faisaient la faveur de lire mes histoires, ce qu'ils souhaitaient par-dessus tout c'était bien que j'écoute les leurs, que je sois le conteur prêt à tout retranscrire de leurs anecdotes, à tout assimiler de leur vie ici, que je leur raconte ce grand roman dans lequel ils rêvaient tous de figurer, de se retrouver, tout en redoutant plus que tout de s'y reconnaître, par chance un roman n'a pas à dire la vérité, il peut bien plus que cela.

Une apparition, c'est bien l'effet que ça me fit. Dora m'apparut entre deux montagnes d'oranges. Une simple silhouette surgit comme ça au beau milieu d'une foule, et soudain tout s'arrête, les autres ne sont plus là. Elle tenait à la main un filet rempli de fruits, elle me découvrit en sortant de l'ombre des étals, surprise, elle marqua un temps d'arrêt, se posant sans doute la question comme moi, afficher ou pas cette envie de se prendre là, à pleins bras, se rapprocher au grand jour, à la vue de tous. À certains moments de la vie les questions ne se posent plus, déjà j'étais debout et je marchais vers elle, tandis qu'elle, plantée là avec son sac, n'attendait que ça, que je prenne ce risque fou, que je m'approche d'elle et l'enlace, comme je le faisais là, qu'importent les flots de regards et de paroles que ça soulevait, vivre c'est être le maître de son feuilleton, et déjà, le visage perdu dans ses cheveux je me sentais plongé au cœur d'un tout, l'amour est une histoire qu'on se raconte, un pacte à deux contre le monde, c'était une folie pure de faire ça, une connerie de plus sans doute, mais qu'il est bon de retrouver le goût de l'autre, qu'il est fort de flotter dans l'éternel présent d'un début de rencontre, sans futur ni questions, qu'il y ait des lendemains ou pas, après tout qu'importe, un amour même impossible c'est déjà de l'amour, c'est déjà aimer, profondément aimer, quitte à en prolonger le vertige le plus longtemps possible.

11207

Composition
NORD COMPO

Achevé d'imprimer en Espagne
par BLACKPRINT CPI IBERICA
le 19 juillet 2015.

Dépôt légal juillet 2015.
EAN 9782290108192
OTP L21EPLN001786N001

ÉDITIONS J'AI LU
87, quai Panhard-et-Levassor, 75013 Paris

Diffusion France et étranger : Flammarion